◆米沃什诗歌◆
1931—1981

礼 物

◆◆◆

【波兰】切斯瓦夫·米沃什 著
林洪亮 译

上海译文出版社

目 录

前言 / I

冻结时期的诗篇（一九三三）/ 1

  肇事者 / 3

三个冬天（一九三六）/ 5

  歌 / 7

  军火库大门 / 10

  赞歌 / 13

  黎明 / 17

  缓流的河 / 19

  一对夫妇的雕像 / 22

拯救（一九四五）/ 25

  勒瓦卢瓦之歌 / 27

  偶遇 / 29

  废墟中的一本书 / 30

  创造日 / 34

  菲奥里广场 / 37

  世界（天真的诗）/ 40

   路 / 40

   小门 / 41

   门廊 / 41

   餐厅 / 42

楼梯 /43

图画 /44

父亲在书房 /44

父亲的咒语 /45

窗外 /46

父亲在解说 /46

罂粟的寓言 /48

在牡丹花旁 /48

信念 /49

希望 /50

爱情 /50

林中旅行 /51

鸟的王国 /52

恐惧 /52

找到 /53

太阳 /54

穷人的声音 /55

世界末日的歌 /55

公民之歌 /56

可怜的诗人 /58

咖啡馆 /60

一个可怜的基督徒望着犹太区 /61

郊区 /63

阿德里安·吉林斯基之歌 /65

告别 /71

逃走 /73

在华沙 /74

献词 /77

白昼之光（一九五三） /79

瓷器之歌 /81

欧洲之子 /83

二十世纪中叶的肖像 /89

民族 /91

出生 /93

家庭 /96

海洋 /98

旅途 /99

论法的精神 /101

传说 /103

大地 /106

你侮辱了…… /107

密特贝格海姆 /108

诗论（一九五七） /111

前言 /113

一. 美丽的时代 /114

二. 首都 /122

三. 历史的精神 /139

四. 大自然 /155

颂歌 /166

波庇尔王及其他（一九六二） /171

波庇尔王 /173

饶舌 /174

教训 /175

不再更多 /177

鸟颂 /178

幸福 /180

曾经是伟大的 /181

该,不该 /182

这意味什么 /183

赫拉克利特 /184

希腊肖像 /186

大师 /187

轻率的谈话 /190

在米兰 /191

选自《波尔尼克小城的编年史》 /195

 蓝胡子城堡 /195

 加利波 /196

 主人 /197

 旺代人 /198

 奥查勒尼亚女士 /199

梦幻集 /200

边陲 /207

沿着我们的国土 /208

着魔的古乔（一九六五） /217

  这是冬天 /219

  着魔的古乔 /222

  江河变小了 /228

  他们要在那儿安装电视屏幕 /229

  彼岸 /230

  这城市灿烂辉煌 /232

  这些走廊 /233

  三论文明 /234

  格言 /238

  我睡得太多…… /240

  酒神赞歌 /242

没有名字的城（一九六九） /245

  岁月 /247

  没有名字的城 /249

  当月亮 /260

  快来吧，圣灵 /261

  窗子 /262

  管弦齐奏 /263

  怎么回事 /272

  在路上 /274

  白色 /275

  论证与回答 /277

  忠告 /278

  咒语 /280

诗的艺术？ /281

在二〇六八年全球国家理事会上的发言中
关于纪律性的更具说服力的论据 /283

海岛 /285

我的忠实的母语 /286

散诗（一九五四至一九六九） /289

存在 /291

一个错误 /293

多么丑陋 /294

致罗宾逊·杰弗斯 /295

信（致拉贾·罗奥） /298

太阳从何处升起何处降落（一九七四） /301

使命 /303

钟点 /304

一个故事 /305

阅读 /306

神的摄理 /308

消息 /310

历史的加速推进 /312

给 N.N. 的哀歌 /313

呼吁 /316

号召遵守秩序 /320

不是这样 /322

那么少 /324

关于天使 /326

一年四季 / 328

礼物 / 329

太阳从何处升起何处降落 / 330

 一 听从 / 330

 二 一个自然主义者的回忆录 / 334

 三 拉乌达 / 347

 四 在城市上空 / 370

 五 短暂休息 / 377

 六 控告者 / 385

 七 冬天的钟声 / 392

珍珠颂（一九八一）/ 399

魔山 / 401

风景 / 404

凯撒里亚 / 405

孤独研究 / 406

幸福的一生 / 407

衰落 / 408

诱惑 / 409

秘书 / 410

证据 / 411

惊异 / 412

思想 / 413

费利娜 / 414

读日本诗人一茶（一七六二至一八二六）/ 416

句子 / 419

在圣像前 /427

诗的状况 /428

距离 /430

当度过了漫长的一生 /431

前去朝圣 /432

凌晨 /433

正门 /434

单独的笔记本(一九七七至一九七九) /435

  一 装有镜子的画廊 /435

  二 有关独立年代的页篇 /455

  三 茵陈星 /462

笛卡儿大街 /472

算账 /474

河流 /475

前 言

一位九十岁的诗人当有自知之明,别去给自己几十年间的成诗写前言。但出版商一再恳求,我抗拒过却又不够执拗,所以还是回过头来,就我的诗写几句吧。

我看到有一种内在的逻辑将我的诗联系起来,从二十岁时写的早期作品一直到本书收录的最新诗集《这》,该集最初的波兰语版于二〇〇〇年问世。然而,这种逻辑与推理逻辑不同。我坚信诗人是被动的,每一首诗都是他的守护神赐予的礼物,或者按你们喜欢的说法,是他的缪斯馈赠的。他应该谦卑恭谨,不要把馈赠当作自己的成就。同时,他的头脑和意志又必须警醒敏锐。我经历了二十世纪恐怖的一幕又一幕——那是现实,而且我无法逃避到某些法国象征主义者所追求的"纯诗"的境界中去。虽然有些诗歌仍保有一定价值,比如我在一九四三年四月的华沙、在犹太人居住区熊熊燃烧时写的《菲奥里广场》，但我们对暴虐的愤慨少有得当的艺术性文字来表现。

正是那种尽全力捕捉可触知的真相，在我看来，才是诗歌的意义所在。主观的艺术和客观的艺术二者若必择其一，我选择客观的艺术，即便它的意义并非由理论阐释，而是通过个人努力来领会的。我希望自己做到了言行一致。

二十世纪的历史促使许多诗人构思意象，来传达他们的精神反抗。既要认清事实举足轻重，又要拒绝诱惑、不甘只做一个报告员，这是诗人面临的最棘手的难题之一。诗人要巧妙地择取一种手段并凝练素材，与现实保持距离、不带幻想地思考这个世界的种种。换言之，诗歌一直以来都是我参与时代的一种方式，我同时代人身处的为人所控的现世。

切斯瓦夫·米沃什

冻结时期的诗篇

一九三三

肇事者

燃烧着,他走在颤动的字母、单簧管、
跳动得比心脏还要快的机器、被砍掉的
脑袋、丝质帐篷的溪流中,并在天空
下面站住了,朝天举起了他紧握的拳头。
信徒们俯身倒下,他们以为圣器在发光,
但这是手指在发光,是尖手指在发光,我的朋友们。

他把黄色的发光的房屋一劈为二,
把墙壁劈成了五颜六色的两瓣儿。
在沉思中,他望着从巨大蜂巢中流出的蜂蜜。
钢琴的震响,孩子的哭泣,脑袋敲击地板的响声。

这才是能让他激动的唯一景观。

他惊讶于他兄弟的脑袋形状像个鸡蛋,
他每天都会把有泡沫的黑头发遮住前额:
直到有一天他安放了一大堆炸药,
令他惊讶的是,后来这一切像喷泉那样爆炸。
他张着大嘴注视着那些烟云,而在它里面,
悬挂着地球仪、刑法法典、仰面朝天漂浮着的死猫、
火车头。

它们在云团中转动着,如同泥潭中的垃圾。
这时候,在低低的大地上,有一面旗帜,
颜色像一朵浪漫的玫瑰,在迎风飘扬。
还有长长的一列军用火车,
在长满野草的轨道上爬行。

维尔诺　一九三一

三个冬天

一九三六

歌

献给加布里艾娜·库纳特

安娜:
    大地从我站立的岸边漂走了,
    她的树木和草地越离越远,闪亮着。
    栗树的花蕾,白杨的柔和光亮,
    我再也见不到你们了。
    你们和劳累的人们一起离去,
    跟着像旗帜那样飘动的太阳奔向黑夜。
    我怕独自留下,除了躯体,我一无所有,
    ——它在黑暗中发亮,一颗叉着手的星星,
    以致我惊恐地望着你。大地,
    请不要离开我。

合唱:
    冰早已从河里流走,浓密的叶子长出了,
    犁耕过的田地,鸽子在树林中鸣叫,
    狍子在山里奔跑,高唱着愉快的婚曲,
    长茎的花怒放,温暖的花园雾气弥漫。
    孩子们掷着球,三人一组在草地上跳舞,
    女人们在河里洗衣,想捞着月亮。
    一切欢乐来自大地,没有她就没有快乐,
    人把自己交给了大地,大地才是他的渴求。

安娜:
    我不要你,你别诱惑我,

流走吧，我平静的姐妹，
你炽热的触摸在我的脖子上，我依然能感到。
和你相爱的夜痛苦得像云的余烬，
黎明随着云层出来，湖上红霞一片，
鱼鸥在上空盘旋着，那样的悲哀
使我无法哭叫，只能躺着去数
早晨的时辰，听着已死的高大白杨树
的沙沙声。你，上帝啊，请怜悯我吧，
从贪婪的大地嘴里把我解救出来，
从它不真实的歌声中让我得到净化。

合唱：
绞盘在转动，鱼在网里挣扎跳动，
烤面包发出了香味，苹果在桌上滚动，
黄昏走下了阶梯，阶梯是活的肉体——
一切均来自大地，而她是完美无缺。
大船摇晃着，铜的同胞正扬帆出航，
动物摇动着肩背，蝴蝶掉入大海，
篮子在夜幕下游荡，黎明活在苹果树上——
一切来自大地，一切又回归于大地。

安娜：
啊，若是我身上有颗不生锈的种子，
只要是一颗能持久存在的种子，
那我就能睡在晃动的摇篮中，
摇进黑夜，摇进黎明。
我会平静地等着，直到缓慢的摇动停止。
然而真实突然裸露着出现，
以一副陌生的新脸孔作盾牌

凝视着一朵野花和一块田野中的石头。
然而此时，生活在谎言中的他们，
就像生长在海湾水底里的野草，
只能成为像松针那样
从上面透过云雾望着树林的那个人。
但我身上除了恐惧，一无所有，
我一无所有，除了奔腾的黑浪。
我是风，掠过并栖息在黑色的水中，
我是奔腾向前不再回来的风，
是蒲公英撒在黑草地的花粉。

最后的声音：
  在湖边的铁匠铺里，锤在敲打着，
  一个人弯着腰，在打造一把镰刀，
  他的头在炉子的火光中闪亮。

  小屋里点起了第一根松香，
  劳累的雇工们把头俯伏在桌上。
  一只碗正冒着热气，蟋蟀在唱歌。

  岛屿是一群沉睡的动物，
  它们躺在湖中的巢穴里，打着呼噜，
  它们的上面，飘动着狭长的白云。

维尔诺 一九三四

军火库大门

温柔的忠诚的动物,一声不响,平静地
审视着公园地区,从半闭合的眼缝里
眨巴着它们那橄榄色的眼睛。雕像
收集着头上的栗树叶和石卷上早已
改变的法则,或者沿着剑的痕迹
行走着,并覆盖着新的秋天的月桂,
在水面上,那里漂流着一只小纸船。
从地面下发出光亮,它的冷光照耀在
那些温柔躺着的动物们的条状毛上。
在白天喷出泡沫的建筑物的地下室里,
可以看到树木的翅膀飞翔在烟雾中。

火光啊火光,巨响的音乐
在四处震动,永恒的运动搅乱着树林。
双手捆绑着,骑着马,在炮架上,
在不动的狂风下面,在不响的长笛里,
旅客们转来转去,绕过了一个圆圈,
相互露出他们被严寒冻住的嘴唇,
它们被高喊所扭曲,或者被智慧
撕开的眉毛,或者是在寻找食物的手指,
在被绶带、绳索和勋章遮盖的胸部上。

暴风雨的呼啸,海浪的轰鸣,钢琴的响声,
从深渊中发出。在那里,要么是一片白桦林
在细小云彩里响动,要么是一群山羊
把白胡子伸进温柔可亲的陶罐里。

绿色的山谷,要么是一套餐具
发出像平静山谷中溪流的响声。
满载的马车在行进,临近傍晚的时分。
是割完的残根,人们的笑声和脚步声在消失?

月色朦胧的果园,寂寞梦中的强国,
以善良之心去接受来自世界的事物。
在那里生长着各种各样的鲜活的美,
就像不是僵死的,收集到的一撮
骨灰,并不长久,如同太阳飞过那样久。
接受它,但愿永远不会唤起爱情。

在林荫大道的绿色远处,在游行的光亮中
一个年轻的女人在赶路,她不知道
雾蒙蒙的果园有多远,她用一只手蒙着眼睛,
动物们的嘴在草地上转动着,
一个大胡子看守骑着跛马在小跑,
他手搭金色箭矢拉紧了弓弦。

脚掌下的小石子,在脚步伪装的寂静中,
在沙沙声中,一团栗色的头发,
从抬起的额头上垂下,像小行星那样。
嘴里露出银白色,害怕抹掉了红晕,
她的胸部冻结在两个冰柱中不安地喘息,
光熄灭了,由于光亮,凡是活着的均会死去。

她的破烂的衣裙掉落了,一束头发着火了,
她露出的光亮的肚子像青铜的圆圈、

好动的臀部一直未被幻想所控制，
赤裸而又纯洁，就像红色庞贝在冒烟。

假如这个孩子身怀斯拉夫血统，
他用眼翳看着，他沉重的脑袋靠在阶梯上，
他的四肢手脚日日夜夜在空气中转动，
他像匹死马睡在被烧毁牧场的草地上。

各种礼仪和花环将会缠绕着他。
摩擦而多刺的夜晚停留在他的头上，
而他将会在暴风雨中得到永恒的安息，
他用手将种子撒向驼背的天使们。

黄色的轮子在转动，一队帆船
装载着铁甲士兵的军队
小伙子们来自广场上。下着清新的雨，
小鸟在歌唱，云彩分成了两瓣。

月亮缓缓升起。骑者们用湿淋淋的眼睛
笔直地望着西方，一群纯种狗
在花坛上追逐。在镀金的楼梯上
坐着一对对恋人，在平静的大地上
只有乐队在演奏，沉浸在夜幕中的大门，
在长长的街道上，在篱墙上，沉默着，
含羞草的枝叶垂下了，在向夜晚鞠躬。

　　　　　　　　　　　巴黎　一九三四

赞 歌

在你我中间没有别人,
没有从大地深处汲取液汁的植物,
既没有动物,也没有人,
或者在云彩中间飘动的风。

最美的躯体有如透明的玻璃,
最强烈的火焰像水,洗涤着旅人疲惫的双脚。
最绿的树像铅,盛开在午夜时刻。
爱是被干裂嘴唇吞下的沙子,
恨是献给干渴者的一壶咸水。
奔腾吧,江河,举起你的手来。
都市啊:我是黑土地的儿子,
我将回到黑土地。
仿佛我的生命未曾有过,
仿佛创造出来的语言和歌曲,
不是出自我的心,我的血,
也不是我的存在。
只是一个未知的非人的声音,
只有浪涛的拍击,只有风的合唱,
只有参天大树在秋天的摇曳。

在你我中间没有别人,
而我有天赐的力量。

白色群山屹立在平原上,
朝大海走去,它们的海滨胜地,
日新月异的太阳斜照在
有着小河的阴暗山谷,我出生的地方。
我没有智慧、没有技能、没有信仰,
但我获得了力量,能把世界撕烂。
我会用惊涛骇浪冲毁它的海岸,
我离开,回到那永不干涸的水域,
新的波浪将抹去我的痕迹。啊,黑暗!
黎明的第一道霞光会把你沾染,
就像从宰杀的野兽中取出的肺脏,
你在摇动,你在下沉。
多少次我与你嬉水漂游,
在午夜时分停住不动,
听见使你惊恐不安的教堂上面的声音,
松鸡的叫声,榆树的沙沙声在你身上潜行。
桌上的两只苹果在闪闪发亮。
或许是打开的剪刀在闪耀发光——
而我们是那样的相像:
苹果、剪刀、黑暗和我——
都处在同样不变的月光下,
那是亚述人、埃及人和罗马人的
月光。

春天已过去,男女在交合,
孩子们在半睡状态中让手摸过墙,
用沾有唾液的手指在地上划来划去,

形状变化着,看似无敌的东西消失了,
却在节节崩溃。

但从海底升起的国家中,
在毁灭的街道上,从坠落的行星中,
将会出现一座座高耸的山峰。
面对着已经和正在逝去的一切,
青春护卫着自己,它像阳光中的尘埃般纯洁,
既不爱善,也不爱恶,
只是匍伏在你的巨大的脚下,
任凭你把它践踏,把它碾碎,
而你会用自己的呼吸去转动车轮,
那脆弱的建筑物会因转动而颤抖,
你给了它饥饿,给别人以酒、盐和面包。

任何东西都不能把你和我分开。

如果我是战士,你就是盾牌上的翅膀,
如果炮弹和燃烧的子弹朝你射去,
那你就回敬他,像所有值得给予的人那样。
如果我是农民,你就用我的手去劳动,
清除荒野上的浓密野草,让沼泽干涸,
让庄稼丰收,为渴求的人们酿造白酒,
像甘露一样,滴滴流入渴饮的喉咙。

你像一张黑幕,把渴望权力的人
低低盖住,还把人们的住房掩没。

掌权的人会用铜脚去踢云雾,
火花飞溅,就像从铁板上迸发的那样,
歌颂立法者的合唱队震天高唱,
当洪水的波涛还未淹没我们之前。

还没有吹响的号声,
那是呼唤着散居在山谷中的人们。
冻土上也没有最后一辆马车的辚辚声,
在你我中间也不再有任何别人。

        巴黎　一九三五

黎 明

高大的楼房。在黑暗中巨大的墙壁
在沙沙的枫树叶和匆忙的脚步声上面攀升。
高大的楼房,随着广场上空的光线冉冉升起。
在空寂的黎明时刻的轻柔嘶声中,
电梯在楼层中间移动,缆线沙沙在响。
公鸡的啼叫声在管子和水槽里回荡,
直至一阵颤动传遍楼房,惊醒的人们
听到墙壁中的歌声,像尘世的幸福一样可怕。

电车在轰鸣。已是白天,又是白烟升起。
啊,黑暗的日子,在我们住在楼上
房间的上空,一群小鸟急速飞过,
响起了一阵阵拍打翅膀的声音。
这太少了,只活一次太少了。
我愿在这悲惨的星球上再活两次。
在孤独的城市、在饥饿的乡村,
望着所有的罪恶、望着腐烂的躯体,
去探究受制于这个时代的法律,
和像风那样在我们头上嚎叫的时代。

在住宅楼的庭院里,歌手们
齐声合唱。听众的手在窗口上闪亮。
她从皱皱巴巴的床单上起来,
在梦里她想到了衣裙和旅行。

她朝灰暗的镜子走去。青春短暂，
没有人知道，工作会把一天
分割成巨大的辛劳和静止的休息，
也不知道晚上的月亮会在劳累人们的
睡梦上面停止每一个春天。
在我们剧烈跳动的心中
既不会有春天，也不会有爱情。

遮住双腿，以免他们回忆起
那显露的淡紫色的细小静脉，
而想到那个冲下楼梯的孩子，
那个奔跑在灰暗人行道上的孩子。
依然能听到远处的笑声——
重新、他将重新认识这一切，
沿着宽广、荒凉和结了霜的路，
穿过脉搏跳动如雷声的空间，
她的孩子行走着。时间在嚎叫。
她赤裸地站在镜子前面，这个女人
用手绢轻轻地擦去两行泪水
还用颜料涂黑她的眉毛。

维尔诺　一九三二

缓流的河

很久以来没有一个春天
像这个春天那么美丽；修剪前的草丛
长得浓密，满是露水。晚上的鸟叫声
从沼泽岸边传来，玫瑰色的浅滩
躺在东边，直到早晨来临。
在这样的季节里，每个声音对于我们
都是胜利的欢呼。光荣，痛苦和光荣
归于草和云，归于翠绿的小橡树。
大地的门被推开了，露出了大地的钥匙。
一颗星在迎接白天的来临。
可是，为何你的眼睛却含着不洁之光，
就像那些没有尝过邪恶而又渴望犯罪的
人的眼睛呢？为什么从你
那朦胧的眼睛里会放射出强烈的
仇恨之光呢？权力属于你，
金环形的云彩为你演奏乐曲，
路边的橡树在悄声念叨着荣誉。
从每个活物身上看不见的绳索
通向你的手掌——拉吧，所有这一切
都在称之为卷云的天幕下面
转成了一个半圆形。你的工作呢？
一座长满冷杉的山在等着你，
山上现出高大建筑物的轮廓。
一座长麦子的山谷，一张桌，一页白纸，

白纸上面也许能写出一首长诗、
欢乐和劳累。道路从你脚下消失得
如此之快,留下了白色痕迹。
以致眼神刚刚表示出欢迎,
紧紧握着的手便松开了,
一声叹息,暴风雨已过去。
然后他们把恶棍带过田野,
摇动着灰发,在海边的林荫道上
他们把他放下来,在那里海湾来的风
吹卷起了旗子。一群学生在碎石路上
奔跑,唱起了愉快的歌。

"为了在节日花园中欢叫、在草地上狂饮,
也不知他们何时会疲倦、何时会高兴,
他们从他们怀孕的妻子手里拿过面包。
他们从没有向任何东西低过头。
我的兄弟们:渴望欢乐、兴高采烈
把世界当作仓库、当作欢乐之家。"

"啊,举行春宴的黑色贱民,
像白色岩石一样的火葬场,
和从死黄蜂的巢里冒出的烟。
曼陀铃的噪音抹去了伟大的痕迹,
在食物的残渣和践踏过的苔藓上,
新的收割开始了,镰刀尘土飞扬。"

很久以来没有一个春天
对于旅行者说来，像这个春天这样美。
像毒芹的血那样的水面他觉得非常宽阔，
一队帆船在黑暗中疾驶，
像一个纯音符的最后的颤动。
他看见在沙滩上投下的人形，
在从天穹坠下的行星的光辉中。
而此时的波浪沉寂了，一片寂静，
泡沫是否发出了碘味？天芥菜的气味？
他们在沙丘上欢唱：马利亚，马利亚，
他把一只脏手放在马鞍上，
他不知道这是不是一种即使今天
杀人了也要去拯救的新兆头。
在我毫无畏惧地凝视沉睡在
我手中的权力，望着春天、
天空、海洋和大地之前，
必须在人们的盲目之轮转动三遍，
当伟大的真理尚未活生生地出现，
当春天和天空、海洋和大地
屹立在某一时刻的光辉之前，
撒谎者们定会获得三次胜利。

维尔诺　一九三六

一对夫妇的雕像

你的手,亲爱的,已经冰凉,
天上苍穹最纯洁的亮光,
已把我照透。现在我们两人,
有如躺在黑暗中的两座平原,
有如冰河的两道黑色堤岸,
在世界的深壑中。

我们梳向后面的头发用木头雕成,
月亮已从硬木的肩膀上驶过。
沉寂的夜晚正在消失,公鸡在啼鸣,
丰裕的爱的结晶,枯萎的嫁妆。

你在何处,活在何种爱的情调之中,
爱人啊,你踏入了怎样的深水里,
何时我们沉默嘴唇的冰霜,
不再阻挡神圣火焰的接近。

在泡沫的、银色的、云的森林中
我们活着,触摸着脚下的土地,
我们正运用黑暗权杖的威力,
去获得遗忘。

我的爱人啊,你的胸脯被凿子刺穿,
但你对此却一无所知,毫不知晓。

对拂晓的云雾，对黎明的愤怒，
对春天的阴影，你都无从记起。

而你带领我，像从前天使引导托比亚什
走进阴沉的赭色的伦巴第沼泽中，
直至有一天来临，一种征兆把你吓住，
那是金科玉律的圣伤。

伴着尖叫，伴着你纤弱小手的无限恐惧，
你跌进了一个放有骨灰的深坑中，
那里，北方的枞树和意大利的紫杉，
都不能保护我们古老的情人床。

过去、现在和未来的一切会是怎样——
我们以我们的呼喊充塞着整个世界。
黎明回来了，红色的月亮已落下，
我们是否知道？在一条重荷的船上，

出现了一个舵手，他把丝绳抛出，
把我们彼此牢牢绑在了一起，
然后他向朋友——从前的敌人——
撒上了一把白雪，在他们身上。

维尔诺　一九三五

拯 救

一九四五

勒瓦卢瓦之歌

为勒瓦卢瓦-佩雷[1]的失业者而建的木屋,
一九三五

上帝啊,请你怜悯勒瓦卢瓦吧,
请你看着烟雾下面中毒的栗树,
请给弱者和酒鬼们以片刻的幸福,
你那强而有力的手可以保护他们。

整整一天他们都在偷窃和咒骂,
现在却躺在木床上舔他们的伤口。
而当黑夜高悬在巴黎的上空,
他们却用盗匪的手掌蒙住脸孔。
上帝啊,请你怜悯勒瓦卢瓦吧。

他们是去倾听你的训戒。
他们收割庄稼,挖掘地里的煤,
还常常在兄弟们的血里洗涤自己,
悄悄呼唤着耶稣和马利亚的名字。

在小餐馆里他们的喧闹越来越高,
但这是他们赞颂你荣光的歌声。
在大地的内部,在海洋的深处,

---

1 勒瓦卢瓦-佩雷是法国的一座城市。

消失在尘土、霜冻和炎热中。

他们把你高举在自己的头上,
他们的手在雕塑你的脸孔。
而让你去看看那些虔诚的牧师,
并给予他们以食物和住宿的欢乐。

你把罪恶和疾病的标记揭去,
而把自由的人引进所多玛的大门。
用鲜花做成的花环去装饰房屋,
要让他们活得高兴,死得轻松。

黑暗、沉默、远处的桥在响,
该隐树林的风酣睡在溪河之上,
在荒凉的土地上,在人类的部落中,
没有对勒瓦卢瓦的怜悯。

维尔诺　一九三六

偶 遇

黎明前我们驰过冰冻的田野,
红色翅膀已展开,但仍是夜晚。

一只野兔猛然从我们前面跑过,
我们中有人朝着它指指点点。

这是很久以前的事情。如今
兔子和挥手者都已不在人世。

我的爱啊,他们在哪里,
他们到哪里去了,
那挥动的手,跑动的路线,沙石的响声,
我这样问,不是由于悲伤而是出自忧虑。

维尔诺 一九三七

废墟中的一本书

一座黑色的大楼。入口处是交叉的木板
阻止人们进入,形成了一道门。
如果你想进去。前厅像座岩洞,
因为它的墙壁阴暗潮湿,
蛇状的常春藤和电线纠缠在一起。
在那边,从红砖丛中升起的扭曲的
金属圆柱有如破烂的树干。从它们中间
露出路灯的亮光。这可能是图书馆。
你还不知道,或许是患病的白杨树林,
你在那里追寻着鸟儿,你遇见了
一个立陶宛的黄昏。在巨大的荒原中
一只鹰在鸣叫。你小心地走进那里,
当你抬头向上,看见整块的天花板
在最近的一次狂风中被吹塌。
而在上面,透过一排排的石膏板
是一片蓝天。你踩着书页,
就像蕨类植物的叶子,它们遮盖着
一具发霉的骷髅,或者是为侏罗纪
地壳的秘密而变白的化石。
一种如此古老而陌生的残余生命,
呼唤着科学家把它拿到光亮处,
默默长时间地去探究它的价值。

他无法知道，它是某个死去时代的阴影，
抑或是一个活体。他凝望着
被雨水——生锈的眼泪——所浸蚀的
白垩螺旋体。于是，在从废墟中
捡起的一本书里，以其遥远的
朦胧的过去闪闪发亮。
跌落那巨大的深渊而又返回的
绿色生物时代。女人的额头，
用颤抖的手戴上的耳环，
男人袖口上的珍珠纽扣，
镜子里的烛台，点亮的灯笼，
一阵最初的颤音从乐器上滑过。
舞曲在喧嚣，被公园里摇动的
大树的沙沙声所掩盖。
她疾步走来，披肩在黑暗中飘动。
并在那个爬满藤蔓的凉亭里
和他相会，在庄稼地的边上，
他们紧紧偎着坐在石头上
双双望着在茉莉花中发亮的灯笼。
或在这儿，这节诗：你听见鹅毛笔
在沙沙作响。一盏油灯的蝴蝶
在卷轴和羊皮纸上缓缓掠过。
一个耶稣受难像、青铜胸像，而韵律在
徒劳地倾诉着一切的愿望。
这里又新建起一座城市。在集市广场上

招牌叮当作响。一辆马车的隆隆声
惊起一群鸽子。在市政大钟下，
在小酒馆里，一只手停留在葡萄酒上。
这时候，纺织厂的工人们朝家走去，
居民们坐在台阶上交谈。现在手挥动着，
发出激烈的愤怒的呼号，其中包含着
某种历史的复仇的预言。
于是世界就在烟雾中成长，并从那些书页中
流出，像黎明时田野上升起的雾。
只有当两个时代、两种形式
相连在一起，它们的易读性
被搅乱时，你才能看到
从来就不存在单独的不朽性，
但它和我们的今天相连。——因此
你拾起了一块手榴弹的碎片，
它曾射穿那个唱达夫尼斯和克洛伊
歌曲的身体。你在悲伤的微笑中
进行一次这样的谈话，仿佛你活得
这样久就是期待着这件事的实现。
——怎么回事，克洛厄，你的长裙
为何会被伤害人的风撕破得
那么厉害？你，在永恒中歌唱
时光。你的头发在阳光中时隐时现。
怎么回事，克洛厄，你的小胸脯
被子弹射穿，而橡树林在燃烧、

你着了魔,却毫不在意,转身跑过
机械和混凝土的树林。
还用你脚步的回声来吓唬我们?
如果有这样一种永恒,即使短暂,
那也足够了。可哪里有呢……安静!
我们注定要活着。当舞台
变得昏暗,一个希腊废墟的轮廓
把天空变黑……中午时分,漫步走在
漆黑的大楼里。工人们坐在火堆旁,
那里有一条狭窄的阳光照在地板上。
他们扒出了一批厚书,把它们当桌子,
摆上了他们的面包。而在街上,一辆
坦克驶过,还有一辆有轨电车
在叮叮当当作响,事情就是这样简单。

华沙 一九四一

创造日

当自行车手在公路上转动着车轮,
沉浸在自己双脚的动作中,
在玫瑰色的天真无邪的空气里,
正在为别的形式而做着准备,
那是与活人的脚掌不同的形状。

当飞驰的双脚掠过云雾,
他们在清晨进入人类的某个城市,
郊外的向日葵在白雾中闪过,
白杨的幽灵也在空中轻快舞动。

一个女人弯身在蔬菜篮子下面,
在黎明时刻走着,穿过人群,
那些看不见的居民,高高的楼房,
绝不会被她的眼睛所发现。

只要抬起你的一只手,就能摸着
她的脸孔,触摸到丝绸的衣裙,
脸上露出过去时代的笑容,
一条像泡沫的锁链,一把镶贝的梳子。

一个巫师拿着魔杖或者凿子,
叫喊一声:变!从空中驶来
由四匹不动的马拉着的马车,
或者出现一条被雨水洞穿的铜手臂。

而在曾是一片白色空间的地方,
现在是红色的火光在不停移动,
那空气由于触动而变得越来越浓,
竟至一层又一层变为了大瀑布。
僵硬了的花朵的螺旋在不断旋转;
整个大地散发出春天般的闪电气味。
凿子、魔杖从手上掉落,消失不见。

太迟了,一支无拘无束的合唱队来到。
一排排芦笛,一排排动作灵巧的手指,
旗帜的烟雾低飘在它们的上空,
深渊被触及而如今在逐渐消逝。
为了小巧如玩具的历史的赞歌,
为了悲伤如命运的巫师的失败,
由露水沾湿的纪念碑在广场上闪耀。

而此时,脚的闪光划破黎明时刻,
还有一个挎着菜篮子的女人,
向日葵在晨雾中摇曳不停。

现在另一个人在向你招手,
另一个人在向你呼叫、要你进去,
在那儿,你是你自己而又不是你。

尾 声

是你的命运在挥动你的魔杖,
唤醒暴风雨,穿过暴风雨的中心,
暴露纪念碑就像暴露树叶下的巢穴,
虽然你想要的只是采下几朵玫瑰。

华沙　一九四二

菲奥里广场[1]

在罗马的菲奥里广场上,
一筐筐橄榄和柠檬,
葡萄酒溅过的鹅卵石
和花朵的碎片。
商贩们在货架上
摆满了玫瑰色的海产品。
一串串的紫葡萄
堆放在桃子的绒毛上。

正是在这座广场上,
他们烧死了乔尔丹诺·布鲁诺。
刽子手点起了被观众紧紧
围住的火刑的柴堆。
在火焰熄灭的那一刻,
小酒店里挤满了顾客。
一筐筐橄榄和柠檬,
又扛在商贩们的肩头上。

在一个晴朗的春天的傍晚,
在华沙的旋转木马旁,
在欢快的乐曲的声响中,

---

[1] 又名鲜花广场。

我想起了菲奥里广场。
欢快跳跃的旋律淹没了
犹太区围墙内的枪炮声。
掀起的阵阵硝烟,
飘荡在无云的天空中。
有时从燃烧房屋吹来的风
会把黑色风筝刮向空中。
骑在旋转木马上的人们,
抓住了半空中的花瓣。
那从燃烧房屋吹过来的风,
吹开了姑娘们的衣裙。
愉快的人们放声大笑,
在这美丽的华沙的星期天。

有的人读出了道德的含义;
当华沙或罗马的人们
走过殉难者们的火刑堆时,
还在讨价还价、嬉笑、求爱。
而另一些人则读出了
人性事物的消失。
读出了人们忘性的增长,
在火焰熄灭之前。
但那时候我只是想到
垂死者的孤独,
想到乔尔丹诺当时
如何爬上他的火堆,

他无法在人类的语言中
找到这样的一个词句:
当他在告别人类之前,
留给活着的人类。

他们已跑去喝酒了,
或者在叫卖他们的白海星。
一筐筐橄榄和柠檬,
他们谈笑风生地扛着它们。
但他离他们已经很远了,
仿佛过去了好几个世纪。
当他在火堆上升天时,
他们仅仅停留了一会儿。

那些死去的孤独者,
已被世界所忘记。
他们的语言让我们感到陌生,
就像是来自古老星球的语言。
直到一切都变成了神话,
这时候已经过去了多少年,
在一个新的菲奥里广场上,
愤怒激发了一个诗人的话语。

> 华沙 一九四三

世 界（天真的诗）

路

在那绿色山谷伸展的地方,
有一条被野草半掩半露的路,
穿过正在开花的橡树林,
孩子们放学之后正往家走。

在一个打开盖子的铅笔盒里,
蜡笔头夹杂在一些面包屑中,
还有每个孩子节省下来的铜钱,
为了欢迎第一只春天的布谷鸟。

女孩的贝雷帽和她兄弟的校帽,
不断闪现在茂密的矮树丛中。
一只松鸦鸣叫着,在枝头上跳跃,
长条形的云在树林上空飘动。

转弯处能看见一座红屋顶,
在房屋前面,父亲倚着锄头,
低弯着腰,侍弄着伸展的叶子,
从花畦上他能看见整个地区。

小 门

嗣后,浓密的蛇麻草将它完全遮盖,
不过现在,它却具有在深水中
水百合花叶子那样的颜色,
当它在夏日黄昏的霞光中被拔起。

篱笆桩的顶端涂成了白色,
雪白而尖锐,像支小火焰。
奇怪的是它们从未把鸟儿吓走,
甚至有一只野鸽曾栖息在那里。

木做的门把手,已是非常光滑,
许多手的触摸使它变得锃亮。
荨麻喜欢从门把手下面偷偷冒出,
黄色的素馨是这里的小灯笼。

门 廊

走廊的门朝西开着,窗子很大,
太阳足以把它晒得暖烘烘,
从这里可以望见四面的美景,
看到树林、河流、田野和道路。

当橡树给自己披上了绿装,
菩提树的阴影盖住了一半花坛。
世界便消失在远远的绿色树皮后面,
被树叶刻成了色彩斑驳的齿状。
在这里的小桌旁,兄弟姐妹
跪着在画战斗和追击的场景。
用他们粉红色的舌头去帮助
那些大战舰,其中一艘正在沉没。

餐 厅

房间的窗子很低,青铜色的阴影,
角落里有架不响的格但斯克时钟,
一张低矮的皮沙发,在它的上面
有两个魔鬼大笑的头像,
还有个底盘发亮的铜盘。

墙上挂有一幅描绘冬天的图画,
一群人在树林中间滑冰,
烟囱里冒出阵阵轻烟,
乌鸦在阴暗的天空中飞翔。

这里还有一座钟。里面有只鸟,
它鸣叫着跳出,一连叫了三声,
它刚刚来得及叫出第三声,
妈妈便从汤盆里舀出了热汤。

楼 梯

黄色的,嘎嘎吱吱,散发出蜡味。
楼梯很狭窄,只能紧靠墙行走,
你只能交叉地踏上你的鞋子,
但靠扶手那边,仅能踏一只脚。

野猪头是活的,在阴影中庞大,
起初,只有獠牙,然后变得很长,
猪嘴晃动着,嗅着楼梯的拱顶,
而光线融进在颤动的灰尘中:

母亲拿着闪烁的灯走下楼梯,
她身形高大,腰间系着一根绳,
她的影子重叠在野猪头的影子上。
她就这样与凶狠的野兽单打独斗。

图 画

一本打开的书,一只飞蛾扑打着
飞向一辆奔驰在尘埃中的战车。
飞蛾被撞落下来,它的金色粉末
散落在攻城略地的希腊军队中。

飞驰的战车翻倒了,那位英雄的
头碰着了碎石板,被拖在车后面。
飞蛾被一掌击中钉在了书页上,
扑动在英雄的身体上,随即死去。

此时,天空阴云密布、雷声轰鸣,
舰船从悬岩之中冲向奔腾的大海。
附近的牛群垂下了带轭的脖颈,
一个赤裸的农民在耕种岸边的田地。

父亲在书房

高高的额头,上面是蓬乱的头发,
阳光透过窗口倾洒在他的头发上。
而父亲则戴着一顶明亮的绒毛王冠,
翻开了摆在他面前的一本大书。

他穿着花纹的袍服像个巫师,
他压低着声音念起了咒语。
只有被上帝传授过魔法的他
才能了解书中包藏的天机。

父亲的咒语

啊,亲爱的圣贤,你以怎样的平静,
让你的心充溢着明澈的智慧!
我爱你,我在你的掌握之中,
即使我永远都看不见你的脸孔。

你的骨灰早已被撒散干净,
你的罪行和疯狂没有人记得。
你将永远保持着完美的声誉,
就像一本从虚无中获取思想的书。

你知道辛酸,也知道疑惑,
但对你的罪过却已失去了记忆。
我知道我今天为什么会尊重你;
人类渺小,他们的工作却很伟大。

窗 外

田野过去,是树林和另一片田野,
广阔的水面像白色镜子在闪闪发亮。
水中的陆地就像那金黄色的洼地,
沉浸在海中,有如盘里的一朵郁金香。

父亲对我们说,这是欧罗巴,
在白天,它清晰得就像在你的掌中。
经历了多次洪灾,依然是烟雾袅袅,
这是人们、狗、猫和马的住所。

色彩斑斓的城市,高塔在那里闪亮,
溪流交织在一起像银色的发辫。
山间的月亮犹如银色的鹅毛,
这里那里,铺满了整个大地。

父亲在解说

"凡是亮光触摸到平原的地方,
影子便逃走,像是其正在奔跑。
华沙屹立着,向四面八方开放,
城市虽不古老,但却非常有名。

"更远处,从朵朵云块洒下的雨丝,
落在了长满洋槐树的山峦上。
这是布拉格,上面有座奇美的城堡,
依照古老的风尚,建筑在山坡上。

"用白色泡沫来划分这个地区的
是阿尔卑斯山,黑色的是枞树林。
再过去,沐浴在金色阳光中的
是意大利,像只深蓝的碟子。

"在众多的美丽城市中间,
你能认出罗马,基督教的首都,
从那些教堂上面的圆形尖顶,
就能看见圣彼得大教堂。

"而在那边的北方,越过海湾,
绿色的雾霭笼罩着平原的地方,
巴黎想和它的高塔并驾齐驱,
并在河上建起了一大批桥梁。

"还有许多城市与巴黎相伴,
它们用玻璃装饰、用钢铁铆紧,
今天要再说什么可就嫌多了,
其余的且待下回再告诉你们。"

罂粟的寓言

一颗罂粟种子的上面是一所小屋,
一群小狗冲着罂粟那边的月亮吠叫,
而对于这些冲着罂粟月亮吠叫的狗
却从未想到过某处还有个更大的世界。

地球就是颗种子——真的不是别的,
而别的种子——则是行星和星星。
即使它们有千万颗,
每颗上面都有一所带花园的小屋。

一切都在罂粟花冠中,罂粟长在花园里。
孩子们在奔跑,罂粟在摇晃。
每当傍晚月亮升起的时候,
狗便在某处吠叫,叫声时高时低。

在牡丹花旁

牡丹花开了,又红又白,
每朵花里面,像在芬芳的瓶中,
成群的小甲虫在欢聚交谈,
因为花朵给了它们一个家。

母亲站立在牡丹花坛旁,
拉过一朵花、掰开它的花瓣。
她久久凝视着这片牡丹国土,
那里的一瞬间就像是整整一年。

然后她放开它,把自己的想法
大声地向孩子们和她自己说出。
和风摇曳着那些绿色的叶子,
把光的斑点投射在他们的脸上。

信 念

信念的含义就是当一个人看见
一滴露珠和一片漂浮的叶子,
便知道它们存在,而且必须存在。
即使你闭上眼睛,或者在幻想,
世界依然保持着原来的模样,
那片叶子也将被河水带往远方。

信念也意味着,当你的脚
被一块尖石碰伤,你知道
石头的存在就是为了碰伤我们的脚。
看,那棵大树投下的长长的阴影,
我们和花朵的影子也投在了地上。
没有影子,也就没有活下去的力量。

希 望

希望意味着,当你相信
地球不是梦,而是活的肌体。
视觉、触觉和听觉都不骗人。
你在这里看到的所有东西,
就像你站在门口看到的花园。

你不能进去,但它确实存在,
如果我们看得更清楚、更聪明,
我们就能在世界的花园中看到
一种新奇的花和不止一颗的星星。

有些人说:眼睛蒙骗了我们,
什么也没有,只是一种假象,
他们正是一些没有希望的人。
他们认为,当一个人转过身去,
整个世界就会立即跟着他消失,
就像被小偷的手窃走了似的。

爱 情

爱意味着要善于凝视自己,
就像凝视我们不熟悉的事物,
因为你只是许多事物中的一种。

谁这样凝视,虽然他自己不知道,
就能医治他心中的各种烦恼。
一只鸟和一棵树会对他说:朋友。

这时候,他要利用自身和事物,
让它们处在完美实现的光辉中。
有时他不知道该做什么,这不要紧,
做得最好的并不是那个明白的人。

林中旅行

高大的树木,看不清树梢。
西落的太阳放射出满天红霞,
在每棵树上就像在灯台上面,
人们走在小路上显得人很小。

让我们抬起头,手牵着手,
这样就不会在草木丛生中迷路。
黑夜开始把花朵封闭了起来,
色彩连着色彩从空中飘落。

在我们上面是一次盛宴。金罐,
从奥希诺铜器中流出了红酒。
一辆云中轿车带来了许多礼物,
送给看不见的国王或者送给熊。

鸟的王国

那肥硕的松鸡在展翅高飞,
用翅膀划破树林上面的天空。
一只鸽子回到它旷广的荒原。
一只乌鸦像飞机钢板闪闪发亮。

对于它们大地算什么?是个黑暗的湖,
永远被黑夜吞噬着。而它们
在黑夜之上有如在黑色波浪之上,
而房屋和岛屿却被光拯救了下来。
如果它们用嘴修饰着长长的羽毛,
其中的一根脱落了,它久久地
漂浮着,在沉入深深的湖底之前,
碰到了人的脸。——从明亮、温暖
自由和美丽的世界带来了消息。

恐 惧

"父亲,你在哪?树林里昏暗又荒凉,
有野兽在奔跑,灌木在摇动、作响。
兰花爆发出有毒的火光,
我们脚下是危险的深渊。

"你在哪里,父亲!黑夜没有尽头,
从今以后,黑夜将持续到永远。
无家可归的旅客们将死于饥饿,
我们的面包味苦,硬得像石头。

"可怕的野兽的呼吸越来越近,
热呼呼直扑我们的脸,臭气难闻。
你去哪里了,父亲?难道你不怜悯
你的那些迷失在荒凉树林中的孩子?"

找 到

"我在这里。为什么会有这无谓的恐惧!
黑夜即将过去,白天很快就会来临。
你听,放牧人的号角已经吹响,
在条形红带上的星星正在变白。

"路是直的。我们正在树林边上。
下面村子里,钟声已经敲响。
公鸡在篱笆上欢唱黎明的到来,
大地在冒气,富饶而又幸福。

"这里依然很暗。雾像条涨水的河,
笼罩着一丛丛黑色的越橘树。
但黎明已踩着高跷涉水而来,
太阳的火球正在隆隆地升起。"

太 阳

所有的色彩来自太阳,但它本身
却没有一种颜色,因为它包含着一切。
而整个地球就像是一首长诗,
君临其上的太阳则是位艺术家。

谁想去描绘色彩斑斓的世界,
决不能让他直接望着太阳。
否则他会忘记他所看到的一切,
只有滚热的泪水留在他的眼里。

让他跪下来,把脸俯向草地,
望着从地上反射出来的光亮,
那里他将找回我们失去的一切;
星星和玫瑰,夕阳和黎明。

华沙 一九四三

穷人的声音

世界末日的歌

在世界末日到来的那天,
蜜蜂绕着金莲花在飞翔,
渔夫在修补闪光的渔网。
欢愉的海豚在海里跳跃,
幼小的麻雀在水沟里嬉玩,
而蛇是金皮的,像它应有的形状。

在世界末日到来的那天,
女人们撑着伞走过田野,
一个醉鬼昏睡在草地边上,
菜贩们却在大街上吆喝叫卖。
一只金帆的小船驶近了小岛,
小提琴的声音在空气中回荡,
消失在繁星闪耀的夜晚。

而那些期待着雷电的人们
却大失所望。
那些期待神启和天使长号角的人,
也不再相信它们会发生。
只要太阳和月亮还在天上,
只要黄蜂还在造访玫瑰,

只要玫瑰色的婴儿出生,
就没有人相信它会发生。

只有一位白发老人才会成为先知,
但他还不是先知,因为他实在很忙,
当他一边绑扎西红柿一边不断说着:
在这个世界上不会有另一个末日,
在这个世界上不会有另一个末日。

华沙 一九四四

公民之歌

海底深处的岩石目睹了海的干涸
和亿万条白鱼在痛苦中挣扎跳动。
我,可怜的人,看见一群裸露的白人
失去了自由,我看见螃蟹在吃他们的肉。

我曾见过国家的衰落和部族的毁灭,
国王和皇帝的逃亡,暴君的强权。
如今我,在这个时候,可以说了,
我依然活着,尽管一切均已灭亡。
一条活狗也要好过一头死狮子,
正如《圣经》所说。

我,一个不幸的人,紧闭着双眼
坐在冰冷的椅子上,
我叹息,我在想布满星星的天空,
在想非欧几里得空间,蜷缩的阿米巴,
在想白蚁筑起的高高的土堆。

走路时,我睡着了,睡觉时我头脑清醒。
我被人追赶,奔跑着,全身汗水淋淋。
在耀眼的曙光照射着的城市广场上;
在被炸毁大门的大理石残迹旁,
我在经销着伏特加和黄金。

但是,我已经是如此多次地接近,
直达金属的心脏、大地、水和火的灵魂
而未知揭开了它的脸孔,
如夜之展现、冷静、倒映在溪水中。
光亮的铜叶花园在热情欢迎我,
我一触碰它们,便立即失去光泽。

如此接近,窗外就是世界的暖房,
那里的小甲虫和蜘蛛与行星等同,
那里漫游的原子像土星那样燃烧,
近处的刈麦者喝着壶里的凉水,
在炙热的夏天。

这就是我想要的,别无所求,当我年老时,
我就会像老年歌德那样站在大地的前面,
去认识它,并与它和解,
用我堆积的作品,像一座森林城堡,
屹立在变化着的光线和短暂阴影的河上。

这就是我想要的,别无所求,
那么谁应负责?是谁剥夺了
我的青春和成熟年华。是谁
把恐怖加进了我的美好岁月?
是谁?谁该受到责备?啊,上帝?

我只想着布满星星的天空,
和白蚁筑起的高高的土堆。

可怜的诗人

第一个动作是唱歌,
舒畅的声音充满群山峡谷。
第一个动作是快乐,
但它已被人夺走。

既然岁月已改变了血液,
而千百个星系在我肉体中诞生、死去,
我坐着,一个狡猾而愤怒的诗人,
眨巴着眼睛,充满着恶意,

手里掂量着一支钢笔,
我正思谋着复仇。

我拿起了笔,它长出枝叶,覆盖着花朵,
但那树的气味却肆无忌惮,因为那里,
在真实的大地上,
这样的树不能生长。那树的气味,
对受苦的人类是一种侮辱。

有的人受到绝望的庇护,它甜美得
像浓烈的烟草,有如失望时喝下的醇酒。
有些人抱着愚蠢的希望,美妙如同艳梦。

另有一些人在崇拜祖国中寻找安宁,
它能够延续很长时间,
尽管只比十九世纪稍长一些。

然而给予我的却是否定一切的希望,
因为自从我睁开眼睛,看到的只有大火和大屠杀,
看到的只有欺压、侮辱和吹牛者的可笑的羞耻。
给我以向别人和向自己报仇的希望,
因为我是个明白人,
不会从中为自己获得任何的益处。

华沙 一九四四

咖啡馆

冬天的中午庭院里闪耀着浓霜,
围坐在咖啡馆桌子旁的人里
只有我一个人幸存下来。
只要我愿意,我可以走进那里;
在寒冷的空旷里敲打我的手指,
去召唤幽灵。

玻璃上依然是冬日的霜雾,
但谁也没有进去。
里面只有一小撮骨灰,
腐烂的痕迹已被石灰掩没,
不用脱下帽子,不用谈笑风生,
让我们去喝白酒吧。

带着疑虑我触摸着冰冷的大理石,
带着不自信我触摸着自己的双手。
它——存在,而我是在历史的变化中,
他们却永远被禁锢在
他们最后的话语里,
他们最后的一瞥中。
遥远得就像瓦伦提尼安皇帝,
或者像马萨盖特的酋长们,
我对他们一无所知,
虽然过去才刚刚一年、两年或者三年。

我依然可以去遥远北方的森林中伐木,
我也可以在讲台上演讲或者拍摄电影,
用他们从未听说过的技术。
我可以去品尝海岛水果的味道,
或者穿上本世纪下半叶的时装去拍照,
但他们永远像那些大百科全书中的
半身像,穿着长礼服和绣有花边的饰带。

然而有时,当晚霞映红了穷街上的屋顶,
我便仰首观望着天空,在白云中我看到
一张桌子在晃动,侍者随着盘子在转动,
他们看着我,爆发出阵阵笑声,
因为我仍不清楚死在残暴人手中的情形。
但他们知道,而且知道得一清二楚。

华沙 一九四四

一个可怜的基督徒望着犹太区

蜜蜂围着红色的肝脏筑巢,
蚂蚁围着黑色的骨头筑窝,
开始在撕破和践踏着丝绸;
在打碎玻璃、木头、铜镍、银器和泡沫,
在打碎石膏、铅铁、琴弦、喇叭、树叶、

圆球和水晶玻璃制品。
噗！磷火从黄墙中升起，
吞噬了人类和动物的毛发。

蜜蜂围绕着肝脏筑巢，
蚂蚁围绕着白骨筑窝。
撕破的是纸、橡皮、餐巾、皮革、麻布、
纤维、织物、人造纤维、头发、蛇皮和铁丝。
屋顶和墙壁在大火中倒塌，热炎已侵袭着地基。
留下的只有布满沙砾和被践踏的大地，
和一棵没有叶子的秃树。

慢慢地钻进地道，一只护卫的鼹鼠在摸索前进。
额头上系着一盏小小的红灯，
它碰到被埋的尸体，数了数，又继续前进。
它凭借发光的氪氙分辨出人类的骨灰。
蜜蜂围绕着红色的痕迹筑巢，
蚂蚁围着留下我尸体的地方筑窝。

我害怕，我真怕那只护卫的鼹鼠，
它的眼皮红肿，就像主教的那样；
它久久地坐在烛光里，
读着那部关于物种的伟大图书。

我对他说什么呢，我，一个《新约》的犹太人，
两千年来一直在等待耶稣的再次降临？

我的破碎的尸体将会送到他的面前，
他将我算进死神的助手之中：
不受割礼的人。

华沙 一九四三

郊 区

一只拿着纸牌的手，
落在热沙上面，
变白的阳光，
落在热沙上面。
费列克做庄，费列克给我们发牌。
阳光刺穿了整副黏乎乎的牌，
落入热沙中。

破碎的烟囱倒影，稀疏的野草。
远处是败露出红砖的城市。
褐色的沙堆，纠结在车站的铁丝网，
铁锈斑斑的汽车的干燥骨架，
黏土场在闪闪发光。

一只空瓶埋在
热沙中，
一滴雨水把热沙
扬起了灰尘。

雅内克做庄,雅内克给我们发牌。
我们在赌牌,七月和五月已飞逝,
我们赌了两年,赌到了第四年。
阳光穿过黑色的纸牌,
洒在了热沙上。

更远处,是败露出红砖的城市。
犹太人的屋后有一棵松树,
零乱的足迹和伸向远方的平原
石灰扬尘,车厢在移动,
车厢里是一片悲哀的哭泣声。

快拿起一把曼陀铃,你用曼陀铃
能奏出一切乐章。
嘿,手指拨动琴弦,
多么美妙的歌。
一片不毛之地。
打碎玻璃杯,
不再需要。

看,路上走来一个美丽的姑娘,
软木的拖鞋,卷曲的头发,
到这儿来,姑娘,让我们一起快活。
一片不毛之地,
太阳西落。

华沙 一九四四

阿德里安·吉林斯基之歌

一

战争的第五个春天开始了,
一位姑娘在为她的情人哭泣,
华沙街上的积雪正在融化。

我原以为我的青春会长在,
那样,我就会永葆青春。
可剩下的只是黎明时刻的恐惧,
我凝视自己像在凝视一张空唱片,
徒劳地寻找着我已知晓的东西。

旋转木马在小广场上嗡嗡作响,
有人在街上枪杀另一个人,
风从泥沙混浊的河上吹来。

但这一切和我有什么关系?
我像个孩子连一朵黄色蒲公英
和星星都不能区分。
我学到的不是我所期待的智慧。
世纪是什么,历史是什么?
我艰难度过的每一天就像是一个世纪。

啊,上帝,请赐我你一小片怜悯的羽毛。

二

当我走向低矮树林外边的田野，
走向干旱的一片荒原，
我看到最初的春天花朵怎样
被一只地下的手推到了上面。

我很想钻进地洞深入地球中心，
好去看一看地狱。
我很想穿过太阳光芒的湖泊，
好去看一看天堂。

因液态金子而变得沉重的地球之心，
旋转星体的荒凉空间，
才是我要找的一切。没有深渊。
无始无终，大自然什么也不繁衍，
除了这生生、死死，
一切都结束了。深渊沉默着。

假如最可怜的魔鬼，地狱的仆人，
能从报春花的叶子下面露出头角。
假如在天上砍劈木头的天使，
挥动小翅膀从云中飘然而下。

我请你们理解，一个人独自在人世间
去创造一个新的天堂和地狱是多么艰难。

三

最初，人和树：都非常巨大，
后来，人和树：便变小了。
直到整个大地、田野和房屋、
人、植物、鸟类、动物
都缩小成五月叶子那样的大小，
像在手里搓捏的一团湿泥巴。

甚至你看不见自己，
也看不见通往世界的曲折小路，
甚至连死人也无法找到——
他们像痉挛的黑蚂蚁，
躺在琥珀色的沙地上，
任何肉眼都辨认不出他们。

一切都那么小，就连一条真的狗
或者一丛真的野玫瑰，
都会大得像座金字塔，
或者像座城门，对于一个
刚从僻远林区出来的孩子。

但我找不到一朵真玫瑰，
也找不到真的飞蛾和石头。
永远只有这片很小很小的土地。

四

某处有幸福快乐的城市,
某处有,但不能确定。
那里,在市场和大海之间,
在海浪掀起的雾霭中,
六月从篮子里倒出的湿蔬菜,
冰被拿到洒满阳光的
咖啡店的平台上,而花朵
落在了女人们的头发上。

新报纸的色彩每小时都在变化,
争论着是否对共和国有好处。
吵闹的电影院发出橘子皮的气味,
曼陀铃在夜里久久响个不停,
鸟儿在清晨用羽毛弹奏出露水的歌曲。

某处有幸福快乐的城市,
但它们对我毫无用处。
我看着生和死的奥秘就像
看着空酒杯的底部。
光辉灿烂的建筑物或是红色的废墟,
  请让我平静地离去,
   我听到在我身上呼吸的夜的轻声悄语。

他们拖着一个人的笨脚,
穿着丝袜的小腿,

向后低垂的脑袋。
沙滩上的血迹,一个月的雨水也冲不走。
手持玩具枪的孩子们,
跑着去玩他们的游戏。

要么去看这个,要么走进杏树园,
要么就手拿吉他站在一座雕花的门前。
　　请让我平静地离去,
　　也许这不是一回事,但肯定是一回事。

五

一个过路的姑娘的臀部,
滚圆的臀部在阳光中雕塑而成,
它是可怜的天文家们的行星,
他们正拿着瓶子坐在沙地上。

当他们望着广阔的深蓝色天空,
一种巨大的恐惧包围着他们,
于是他们重又低下了头,
觉得整个事物都过于高大。

他们看着那摇摆的臀部远去,
维纳斯行星出现在望远镜里。
而春天的绿色像波浪在闪动,
洪水过后金星在它上面闪耀。

六

我听到在我身上呼吸的夜的轻声悄语,
声音小得像猫在舔着我的身子,
而我体内被压制住的暴风雨,
喷发出一首感恩和赞美的歌曲。

你是个多么聪明的人,安德里安,
你就像一位古代中国的诗人,
你不必在意,你生于哪个世纪,
你望着花便可发出欣喜的微笑。

你是多么的聪明啊,你从不被
历史的疯狂和人们的激情所迷惑。
你泰然自若地走着,永恒的光辉
把你的脸孔变得更加柔和。

祝愿智者的家庭平安吉祥。
祝愿谨慎的岁月平安吉祥。

啊!黑色的背叛。黑色的背叛——
雷声。

华沙 一九四三至一九四四

告 别

在多年沉默之后,我要对你说,
我的儿子,维罗纳已不复存在。
我用手指搓着它的砖屑,这是
对故乡城市伟大的爱所残留的一切。

我听见你在花园里的笑声,
疯狂春天的气味透过湿叶向我扑来。
向我扑来,我不相信任何拯救的力量,
我活得比别人也比自己更长久。

要让你知道这是怎么回事,当夜里
突然醒来,听到自己的怦怦心跳,
便问道:你还想要什么,
贪得无厌?春天,夜莺在歌唱。

花园里孩子们的笑声。第一颗明星
出现在山峦蓓蕾似的泡沫之上。
一支轻快歌曲回到了我的唇边,
于是我又年轻了,像当年在维罗纳。

拒绝、拒绝一切。不是这么回事。
我不会让过去复活,也不会回到过去。
睡吧,罗密欧和朱丽叶,在碎羽毛的靠枕上。
我不会从灰烬中抬起你被捆的双手,

让猫去拜访那已荒废的教堂吧,
它的眼珠闪烁在祭台上。让猫头鹰
在僵硬的拱顶尖角上筑巢。

在炎热的白色中午,废墟里有条蛇。
让它在款冬的叶子上取暖,让它沉默地
围着无用的金子蜷成发亮的圆圈。
我不回去。我想知道还剩下什么,
在抛弃了青春和春天之后,
在拒绝了嫣红的嘴唇,
在撩人的夜晚,从嘴唇中
流出了火热的情欲波涛。

在抛弃了歌声和葡萄酒的芳香,
誓言和抱怨,钻石般的夜晚,
和海鸥的叫声之后,随即便是
黑色太阳的亮光在背后闪现。

在生活,在闪闪发亮的刀子切开的苹果中
还能保全什么样的种子?
我的儿子,相信我,什么也没有留下。
只有成年人的劳累,
只有手掌中的命运犁沟。
只有劳累,
别无其他。

克拉科夫 一九四五

逃　走

我们从熊熊燃烧的城里逃出,
刚走上乡间大道便回首观看。
我说:"让野草掩盖我们的足迹。
让喋喋不休的先知在火中沉默,
让死人向死人说明发生的事情,
我们将成为一代性格刚毅的新人,
将摆脱罪恶和昏昏欲睡的幸福。
我们快走吧!"——火光之剑在为我们
扫清道路。

戈西策　一九四四

在华沙

在这温煦暖和的春日里,
在圣约翰教堂的废墟上,
诗人啊,你在做些什么?

当维斯瓦河吹来的轻风
扬起了瓦碟中的红色灰尘,
你在那里想些什么?

你曾发誓,永远不会变成
一个哭泣的哀悼者。
你曾发誓,永远不会去触动
自己民族的巨大伤口,
也决不会让伤口成为圣物,
成为令人诅咒的、折磨
子孙后代很多世纪的圣物。

然而,这是安提戈涅的悲哭,
她在寻找着自己的兄弟。
这的确超出了忍耐的力量。
可是心却像铁石般坚强,
里面有如甲壳虫那样,
包藏着一种深沉隐秘的爱,
一种对最不幸土地的爱。

我不想这样去爱,
那不是我的本意。
我不想这样怜悯,
那不是我的本意。
我的笔比蜂鸟的羽毛
更加轻软。这种重负,
决非我的笔所能承受。
我怎能生活在这个国家?
在这里每一步脚都能踢到
未被掩埋的亲人的尸骨。
我听到声音,看到了微笑,
但我却无法写作;有
五根手指抓住了我的笔,
命令我去写他们的历史,
他们生活或死亡的故事。
难道我与生俱来
就是个哭泣的哀悼者?
我要歌唱节日、歌唱
这座欢快的森林,是莎士比亚
把我带到了这座森林。
请留给诗人们欢乐的瞬间,
否则你们的世界就要灭亡。

这很疯狂,没有欢笑地活着,
并向你们死去的人们,

向本应该享受思想和肉体,
歌唱和欢宴的欢乐的你们,
不断重复着两个被拯救下来的词:
　　真理和正义

克拉科夫　一九四五

献　词

我未能拯救出来的你
请听我说：
请听完我的肺腑之言，
我羞于找别的话语。
我发誓，我不善于花言巧语，
我沉默，我对你说，像云彩或像棵树。

使我坚强的，却使你致命。
你把告别旧时代当成新时代开始，
你把仇恨的灵感当成了抒情美，
把盲目的力量当成了完美的形态。

浅浅的波兰河水流过山谷，
一座大桥伸向云雾深处。这是座
破碎的城。当我和你说话时，
风把海鸥的叫声投向你的坟墓。

救不了国家，救不了人民的
诗歌是什么？
和官方的欺骗同流合污，
变成快被割断喉咙的酒鬼的歌曲；
变成天真少女们的闲暇读物。

我期望人间的好诗,但我无能为力,
我发现了它高尚的目的,但太晚了。
它的目的就是,而且只能是,拯救。

人们常在坟上撒些小米和罂粟,
去喂那些化成为小鸟的亡灵。
为从前活着的你,我把书放在这里,
以免你的亡魂再来拜访我们。

华沙 一九四五

白昼之光
一九五三

瓷器之歌

我那粉红色的茶盘,
华丽花纹的咖啡杯,
它们躺在这小河边,
那里是坦克经过的地方。
微风在你们头上吹过,
把褥子里的绒毛吹散。
一棵折断的苹果树的影子
落在了黑色的足迹上。
你所看到的大地洒满了
破碎泡沫的水滴。
先生,我不痛惜任何东西,
唯有瓷器最让我伤心。

当曙光刚刚升起
君临于平坦的地平线上,
便能听到大地在呻吟,
那是小茶盘的碎裂声。
主人的珍贵的梦,
冻僵的天鹅的羽毛
流进地下的溪河,
再也没有它们的记忆。

当我刚刚在清晨起来，
沉思着走过那个地方，
先生，我不痛惜任何东西，
唯有瓷器最让我伤心。

平原伸展到了地平线上，
被树皮的碎屑所掩盖。
它们坚硬的外层嘎吱作响，
并碾碎在我的脚下。
啊，你们那好看而无用的东西，
却以色彩 鲜艳而令人兴高采烈。
染上了难看的厚厚油彩，
耳壶、托盘和茶罐，
躺在了新坟的土堆上。
先生，我不心痛任何东西，
唯有瓷器最让我伤心。

华盛顿D.C. 一九四七

欧洲之子

一

我们的胸中充满白天的甜蜜,
我们看见五月鲜花盛开的树枝,
我们要比那些牺牲的人更美好。

我们细细品尝着异国的佳肴,
我们完全沉浸在爱情的欢乐中,
我们要比那些死者更为美好。

我们来自熊熊燃烧的火炉,
来自无止境的秋风哀鸣的铁丝网,
来自战役中受伤空气发出的悲吼,
我们以机智和知识而获得拯救。

把别人送到更加危险的阵地,
用呐喊以鼓励他们投入战斗,
而我们自己预见到失败,主动撤退。

在自己死亡和朋友死亡之间做出抉择,
我们选择后者,冷静想着:让它快点实现。

我们关紧毒气室的门,偷窃面包,
知道明天要比昨天更加令人难熬。

像人们应该做的那样我们认识了善与恶,
我们的恶毒的智慧在这地球上无与伦比。

应接受验证了的事实,我们比那些人好:
那些轻信者、热情的弱者和不重视生命的人。

二

欧洲之子啊,要珍惜你所获得的技能,
哥特大教堂和巴洛克大教堂的继承者,
受侮辱的人们发出悲哭的犹太教堂。
以及笛卡儿、斯宾诺莎的继承者,
还有那"光荣"一词的继承者,
李奥尼达斯的遗腹子,
要珍惜你在恐怖时期获得的技能。

你有机灵的头脑,你能立即看出
每一种事物的好与坏。
你有优雅而怀疑的心灵,让你享受到
原始人类一无所知的快乐。

由于这心灵的引导,你立即知道
我们给予你的忠告是多么正确。
让白天的甜蜜沁入到你的胸中,
为此我们具有聪明而严格的规则。

三

不能侈谈强权的胜利,
现在是正义得势的时代。

不要提及强权,否则你将被
认为是腐朽学说的秘密信徒。

握有权力的人,得助于历史的逻辑,
应向历史逻辑表示应有的尊敬。

当你的嘴说出假设的时候,
并不知道伪造实验的手。

让你的手在伪造实验的时候,
也不知道正在说出假设的嘴。

你能准确无误地预测火灾的发生,
然后你把房子烧掉以实现你的预测。

四

从真理的种子中长出虚假的植物,
不能仿效那些蔑视现实而说谎的人。

让谎言比真实事件更合乎逻辑，
让疲惫的旅人在谎言中得到满足。

谎言日之后我们聚集成精选的圈子，
当别人提及我们的行动，我们浑身抖笑。

给予其奉承的称号：机灵的谈吐，
给予其赞美的称号：伟大的天才。

我们是最后一批能从怀疑中找到快乐的人，
也是最后一批快要绝望而又狡诈机灵的人。

特别严肃的一代新人已经诞生，
我们以笑处置的事物他们照搬无误。

五

让你的话语不要去表示其真正的含义，
但这些话语还是能被人正确使用。

让模棱两可的词句成为你的武器，
把明确的词句扔进辞书的黑暗中。

当官吏们在卡片索引中尚未查出是谁
说的这些话语之前，你不要做出评判。

激情的声音胜过理智的声音,
没有激情的人却无法改变历史。

六

你不要爱任何国家,国家易灭亡,
你不要爱任何城市,城市会毁灭。

不要收藏纪念品,否则从你的抽屉里
会散发出令人窒息的毒气。

不要对人热情,人会轻易死亡,
或被欺凌而向你请求帮助。

莫看过去的湖泊,那锈色的水面,
会映照出不同于你所期待的面孔。

七

谈论历史的人永远会平平安安,
死人不会起来作证去与他争斗。

你可以任意把罪状归到他们名下,
而沉默将永远是他们的回答。

从黑暗深渊中浮现出他们空洞的脸孔,
你可以随心所欲地塞进你所需的面貌。

为统治早已逝去的人民而感到骄傲,
把过去变成你自己的更美好的形象。

八

从热爱真理所产生的笑声,
已变成人民的敌人的笑声。

讽刺的时代已逝。如今我们不再
用窃窃私语去嘲讽无能的君主。

严肃得有如事业的创造者,
我们只允许自己用奉承的幽默。

我们紧闭嘴唇,听任理性的支配,
小心翼翼地跨入火的解放的时代。

纽约 一九四六

二十世纪中叶的肖像

隐没于兄弟情愫的微笑后面,
他鄙视报纸的读者,政治辩证法的牺牲品,
他说起民主,却眨巴着一只眼睛。
他憎恨人类的官能的欢乐,
充满对那些热衷于吃喝玩乐、随后
便被割断喉咙的人的回忆。
他赞美公园里的舞会和娱乐,
那是公众发泄愤怒的方式。

他们口里高喊着"文化"和"艺术",
实际上指的只是马戏的演出。

可怕的沉闷无聊,
在睡梦或麻醉中轻哼着:上帝、上帝!

他把自己比作罗马人,却把崇拜
米特拉和崇拜宙斯混在一起。
他依然守着旧迷信,有时他认为
自己受着恶魔的支配。
他抨击过去,但又害怕一旦毁灭过去,
他连躺放脑袋的地方都会失去。
他不喜欢打牌和下棋,以免
泄露自己的隐私和秘密。

他一只手放在马克思的著作上,
却在家里偷偷阅读着《圣经》。
他以嘲讽的眼神望着从烧毁教堂
走出的宗教游行队伍。
其背景是具有马肉颜色的城市废墟。
在他手里,是死去法西斯分子的纪念品。

        克拉科夫　一九四五

民　族

地球上最纯洁的民族，当闪电非难它时，
在日常的劳动中显得愚钝而又机灵。

对孤儿寡母没有怜悯，对老年人缺乏同情，
从一个孩子的手里抢走了一块面包皮。

把生命献出，以便让上天迁怒于敌人；
用孤儿和女人的哭泣使敌人丧魂落魄。

把政权交给那些具有黄金商人眼光的人，
用妓院老鸨的良心去提振男人的气质。

他的最优秀的儿子们却成了无名之辈，
他们仅有一次出现，为了死在街垒上。

这个民族的苦涩泪水中断了半途中的歌曲，
而当歌声沉寂时，便大声说起俏皮话来。

影子出现在房间的角落，指向他的心里，
窗外有只狗朝着看不见的行星吠叫。

伟大的民族，不可战胜的民族，爱讥讽的民族，
它善于认清真理，但却保持沉默。

它在市场上宿营,用玩笑来相互沟通,
用在废墟上拾来的旧把手进行交易。

戴着皱巴巴帽子的民族,背着全部的财物,
一路跋涉,在西方和南方寻找栖息之地。

没有城市,没有纪念碑,没有雕像和绘画,
只有口口相传的语言和诗人们的预言。

这个民族的一个男人站立在儿子的摇篮边上,
重复着一直是徒劳无果的希望的话语。

          克拉科夫　一九四五

出　生

他第一次看见光,
世界是五彩缤纷的光。
他不知道这些是
色彩斑斓的鸟儿在尖叫。
它们的心在急速跳动,
在巨大的树叶下面。
他不知道鸟儿活在
和人不同的时间。
他不知道树活在
与鸟儿不同的时间。
而且会慢慢地生长,
向上形成一根灰色的圆柱。
用它的根去想
地下王国的银。

部族的最后一人,他来了,
在盛大的魔法舞蹈之后。
在羚羊的舞蹈之后,
在有翼的蛇的舞蹈之后,

在永远是蔚蓝的天空下,
在一座砖红色的山谷里。

他来了,在斑驳的皮鞭之后,
带着怪物头颅的盾牌,
在众神画过眉睫,
送来美梦之后,
在风所遗忘的
雕船画舫生锈之后。

他来了,在刀剑的打击声
和战斗的号角声之后,
在碎砖的灰尘中,
离奇人群发出尖叫之后,
在挥动扇子
以取笑暖茶杯之后,
在天鹅湖的舞蹈之后,

在蒸汽机车之后。
凡是他走过的地方,
都会在沙土中留下深深的
他的大脚趾的脚印。

他喧嚷着要用它
来自原始森林的
稚嫩的脚来衡量。
凡是他走过的地方,
总会在大地的万物中,
找到温暖和一种被人之手
所擦亮的光泽。
从来都不会离开他,
总是和他在一起。
一种接近于呼吸的存在,
那是他唯一的财富。

        华盛顿D.C. 一九四八

家　庭

在一个炎热的早晨，
母亲挺直了灰褐色的胸脯，
父亲脸上涂满了肥皂沫，
在一道彩虹般的光线里。
难道这不奇怪吗，他们说：
我们身体的电流
一点也不能分发给
我们看见了的东西？
我们身上只有记忆，
我们的梦有着自己的锚，
在深底的火山遗迹中，
在大海的房间下面。
我们的故事对他说来，
就像约瑟夫·弗拉维尼斯的言论，
或者像吉本的《罗马帝国衰亡史》。

但我们看见他如何行走在
破损的圆柱和装饰的雕像石块之间,
到达他的房间很小的家里。
葡萄园变得荒芜,
水鸡在呼叫着,
镶着镀金书脊的书,
成了摆放牛奶的座架。
啊,如果我们的心,
能够构造出一颗星星,
屹立在他的屋子上空。
而当他坐在房门口,
从长得像松树一样
高大的牛蒡下面,
通过浓密的绿色拱顶,
就能看见持久存在的
古代的天空。

华盛顿 D.C. 一九四八

海 洋

温柔的舌头舔着
圆圆的细小膝盖,
从亿万年的深渊中
使者们带来了白盐。
这儿有紫色的蓟,
太阳所栽培的海蜇,
这儿鲨鱼带着飞机般的鳍,
还有锉刀似的皮肤,
去访问水晶般的水塔下面的
那座死亡博物馆。
一只海豚从波浪中露出
一张黑人男孩的脸孔,
在流动的沙漠城市里
海中巨兽在吃青草。

华盛顿 D.C. 一九四八

旅　途

在木兰粉红色的手指中，
在美丽的五月的绒毛中，
在单色的、深红的小鸟
从枝头到枝头的跳跃中，
在缓缓流淌的两河的胸脯间，
坐落着这座我骑马
正要进入的城市，一束坚挺的玫瑰
在我的膝盖上，像红桃杰克，
为春天的欢快
和生命的短暂而呐喊。

香气扑鼻，歌声嘹亮，
一束束的紫花
被一只水里的黑手摇动。
一条霓虹灯的隧道，
又是绿色和歌声，
一座座架在鸟巢王国上的桥梁，
那些熊的玻璃眼睛
由红宝石制成。

午后的胡须，
黑人姑娘带刺的发辫，
模糊的玻璃杯，

在画成心形的嘴唇边,
臀部穿着丝裙的人体模特,
经常打扫的墓地,
像火箭朝夜的方向飞去,
飞向迸发的夜晚。
特啦啦啦,
特啦啦啦,
飞向遗忘。

        华盛顿 D.C. 一九四八

论法的精神

从时间外的车站地板上小孩的哭声中,
从监狱火车的司机的悲哀中,
从两次战争留下的额头上的红伤疤中,
在展翅的纪念碑铜像下我醒了过来。
在共济会寺院的鹰头狮身的怪兽下,
手中捻着快要熄灭的雪茄烟头。

那是个法国梧桐挺立、黎明撒出鸟般珍珠的夏天,
也是个手牵着手、深色的、紫罗兰色的夏天,
也是个蓝蜂、口哨声、光芒四射的夏天,
一个蜂鸟的小螺旋桨的夏天。

而我,带着沙原上我那松木做的锚,
带着我对死去朋友的默默无言的思念,
带着我对城市和江河的默默无言的记忆,
我已准备好用利刃去割开大地的心脏,
再把一颗叫喊和抱怨的钻石放进那里。
我正想以血去涂抹根茎的底部,
以便用符咒召唤叶子上的名字,
用黑夜的皮肤去遮盖孔雀石的纪念碑,
用磷光写下曼尼、提客勒和法勒斯,
闪耀着令人心软的眼睑的痕迹。

我可以朝水岸走去,那里的情侣们
正望着欢娱的余趣漂流到了大海。
我走进停车场,彩虹般的肥皂泡,
倾听着永恒人类的压抑着的音调,
还有勤劳而又灵巧的男人肌体,
如何在热情的红蝴蝶上面劳动。

果园直落而下,直达谷底,
灰色的松鼠跳起的民族舞蹈,
还有长着翅膀的婴儿的白色实验室,
他们永远是在变化的时代中成长。
日子的光辉、浓汁和玫瑰花景,
所有这一切,
让我觉得是黄土平原上的太阳的起点,
那儿,在火车站的缺腿少脚的桌边,
坐着一群悲哀的监狱火车的司机们,
望着空酒杯,双手支撑着脸孔。

华盛顿 D.C. 一九四七

传　说

无人知道城市的起源。
泥泞的痕迹,渡口上的喊叫声,
松脂的火把,渔夫支撑在船桨上,
捕鱼的笼子,河湾上的浓雾。
直至持矛的骑兵,押解着
半裸的俘虏,松树一棵棵地倒下,
以巨大的原木在激流的小河之上,
建立起城堡。
昏暗的顶阁,一群狗
在剑和盾的亮光里啃着骨头。
摇曳的松明,和大胡子投射在
锡壶上的影子。歌声响起
在仓库里、在棍棒和皮带之间。
古代众神的窃笑声,夜晚的密林。
他们粗野的踏脚声和口哨声,
而大钟的低沉声穿透整个荒原。
僧侣们坐在马鞍上,
转身面对下面的人们。
他们缺乏信心,在仪式
和新的暴政律法之间犹疑不决。

有谁知道起源?我们曾生活在这座城里,
并没有关心过它的历史。它的城墙

我们认为是永恒的。而那些生活在我们之前的人们
却成了传说,已无法读懂。
我们的时代更美好,这是我们说过的。
没有瘟疫、没有刀剑
在追逐我们,因此我们不必回溯过去。
但愿恐怖的世纪沉睡在坚硬的大地下。
我们调整好了乐器,晚上会
带给我们快乐,和一群朋友一起,
在灯笼下面,在栗树的绿荫下,
举行着宴会。我们妇女的修长身段,
愉悦着我们的眼睛。画家们使用着
欢快的颜色,直到白天来临。

女人嘴唇上的口红消失了。戒指
在石子路上响起,眼睛
转向冷漠的蓝色的深渊,
并接受了死亡。装饰豪华的大厦的基础
崩裂了,碎砖的粉尘和烟雾
一道飘浮
在太阳的下面。鸽群
从天上飞下。我们用街道的堡垒
去支撑我们房屋的瓦砾场,直到堡垒倒塌,
还有双手和武器,失败的气味,
尸体的,潮湿的,令人不安的寂静。
在战斗的喧嚣中飘荡在废墟上。
秋雨连绵不断,被拯救的人们,

额上都打上了奴隶的印迹。
敌人歪曲历史,而把过去的和
未来的辉煌都同样归之于自己。

而此时,就在我们坐着的那个地方,
那座美丽的城,把沙子从手指
中间撒向荒地,我们发现了祖国
这个甜美的名字。那不过是沙子
和风吹苦艾的沙沙声。
因为没有过去,
祖国就什么也不是。而语言,
在它发出声音的半途中就失去了意义。
火光摧毁了那堵不坚固的墙。
野兽般激动的回声。在沙石中
百年骨灰和新鲜血液混合在一起。
高傲离开了我们,我们向逝去的
人们致以深深的鞠躬。
我们在历史中才拥有自己的家园。

华盛顿 D.C. 一九四九

大　地

我那甜美的欧洲的祖国,

蝴蝶栖息在你的花上,翅膀被血染红,
这血凝集在郁金香的嘴里,
而后在旋花的根部变成了星星,
把你的庄稼的种粒冲洗干净。

你的人民在报春花的
葬礼蜡烛上烤暖他们的双手,
他们在田野上听见了
狂风在排列整齐的大炮中的吼声。

在你这片土地上,苦难不是耻辱,
因为人人得到了一杯苦涩的酒,
酒里却是世纪的毒药。

在你那支离破碎的夜晚,
潮湿的树叶一直在水上流淌,
在倒塌的高塔的基座下面
是百夫长丢弃的甲胄,锈迹斑斑,
在像渡水槽一样的拱桥的阴影中,
在猫头鹰翅膀的平静的华盖下,
红色的罂粟花,被眼泪的冰霜摧残。

华盛顿 D.C.　一九四九

你侮辱了……

你侮辱了一个普通平凡的人,
对于他的受辱,你却哈哈大笑。
在你周围有一帮阿谀奉承的小丑,
你一意孤行,把善恶是非全颠倒。

虽然大家在你面前屈膝卑躬,
夸你多么英明,多么高尚,
铸好金质奖章以示对你敬重,
为自己多活一日而暗自庆幸。

你切莫心安理得,诗人记得很清。
即使你杀了这个,另一个又会出现,
你的一言一行都会记录在案。

冬日的早晨,压弯的树枝
和一条绞索对你最为合适。

华盛顿 D.C. 一九五〇

密特贝格海姆

致斯坦尼斯瓦夫·文岑什

葡萄酒沉睡在莱茵河橡木的桶中,
密特贝格海姆葡萄园中的教堂钟声
把我惊醒。我听到潺潺泉水
流落到院中的井里,木鞋走在
路上的哒哒声。在屋檐下晾晒的
烟叶,还有犁、木制车轮,
山坡、秋天,和我相伴在一起。

我闭着眼睛。不要催我,
火、权力、力量,因为时间还早。
我活了许多岁月,仿佛是在梦中,
我觉得我正要到达移动的边境,
在它后面充满着色彩和声音,
世上的一切都已融合为一体。
暴力无法将我的嘴打开,
请相信和信任我定会到达,
让我停留在这儿,密特贝格海姆。

我知道我应该。与我同在的,
是秋天、木制车轮和在屋檐下
晾晒的烟叶。这里,那里,

都是我的家乡。无论我转向哪里,
在何种语言中,我都会听到
孩子的歌声、情侣们的交谈,
我比谁都更快乐。我将收到
一个目光、一个微笑、一颗星,
膝盖上有皱褶的丝衣。宁静、观看。
我将在白天的柔和阳光中上山,
眺望湖水、城市、道路和风光。

火、权力、力量,把我牢牢掌握
在你的手中,那手上的皱纹
就像南风梳理过的巨大峡谷。
你给予我肯定,在恐惧的时刻、
在犹豫不决的怀疑的一周。
时间还早,让葡萄酒更加醇熟,
让旅人们在密特贝格海姆休憩。

密特贝格海姆,阿尔萨斯　一九五一

诗 论

一九五七

前　言

但愿母语能简单明了，
要让人人听到它就能看见
苹果树、一条河和一条路的拐弯，
有如在夏日里显示的一道闪电。

而它包含的应该比意象多得多。
单调的吟唱引诱它出现，
美妙的音调、一个白日梦。柔弱无助的
它被干巴巴的尖刻的世界漠然忽视。

今天不止一人在问：为什么每当你
阅读一部诗集时，你总是感到羞愧，
仿佛那作者是在以你所不明白的原因，
直对着你天性中最坏的一面在说话，
把思想推挤到一边，又欺骗着思想。

诗歌用讽刺、笑话和滑稽表演作调味品，
仍然知道怎样去取悦人们。
因此，它的完美便会受到众多的赞赏。
然而攸关存亡的真正的斗争
是在散文中进行的。情况不总是这样。

而我们也一直没有表露出我们的遗憾。
小说和论文能起作用，但不能久远，
因为一个优美的诗节具有更大的分量，
胜过许多勤奋写出的华丽的散文。

一 美丽的时代

马车夫们正在马利亚¹的塔楼旁打瞌睡,
克拉科夫小得就像从复活节的
染色罐里取出的一枚彩蛋。
披着黑色斗篷的诗人们在街头蹓跶,
今天没有人还记得他们的名字,
然而他们的手曾经是真实的,
他们的袖扣曾在桌子上面发出亮光。
一个服务员送来了支在棒上的报纸
和咖啡,然后也像他们一样消失不见。
没有留下名字。缪斯们,拉切尔²们
披着飘在身后的披肩,舌头顶在唇边,
正在用发夹别起她们的辫子,
那发夹正和她们女儿们的骨灰放在一起,
也可能是放在玻璃盒里,旁边是沉默的贝壳。
还有一枝玻璃制的百合花。新艺术派的天使们,
正在他们父母家里的黑暗的厕所里
思考着灵与肉的关系,
并在维也纳医治他们的忧郁症和偏头痛。
(我听说,弗洛伊德副教授是加里西亚人³)

---

1 克拉科夫的马利亚大教堂是波兰最著名的教堂之一。初建于14世纪下半叶,后经多次修建,现成为克拉科夫的一大景观。
2 拉切尔,维斯皮扬斯基剧作《婚礼》中的人物,该剧首演于1901年。
3 西格蒙德·弗洛伊德出生于摩拉维亚,其祖先住在相邻的加里西亚,故称其为加里西亚人。

还有安娜·希拉格留着长长的头发,
轻骑兵们的胸前挂着绶带。
关于皇帝的消息传遍了各个山村,
有人在山谷里看见了他的马车。

那里是我们的开始。否认也毫无用处,
回忆遥远的黄金时代也是毫无用处的。
我们不得不接受和承认它们是我们自己的:
那抹了油的大胡子,那边缘翻起的圆帽,
还有一条含铜的表链发出的叮当声。
它们是我们的,那首歌,那杯啤酒,
在那黑得像块厚布一样的小镇上。
划亮的一根火柴和那十二小时的劳动,
好在烟雾中创造出财富和进步。

哭泣吧,欧洲!你就等着船票吧。
在十二月的傍晚、在鹿特丹港口,
一条装载着移民的船静静地停在那里,
在冰冻的桅杆下面就像在白雪中的枞树,
甲板下面响起了宗教歌曲的合唱歌声,
用的是农民的、斯洛文尼亚或波兰的方言。
一架自动钢琴,像被子弹击中,开始演奏。
酒吧里的四人方阵舞驱动着对对狂舞者,
而这个肥胖的红发女人正拽拉着她的吊袜带,
穿着毛茸茸的拖鞋,叉开她的双腿,
坐在一个王座上,这个神秘的女人
正等着贩卖洒尔佛散和避孕套的商贩。

那是我们的开始,一部电影正在放映,
麦克斯·林代[1]牵着头母牛,摔倒在地。
在庭院里灯笼透过绿荫发出亮光,
一支长号女子乐队吹起了长号。

直到从一只只手,从指环,从紫色的胸衣,
从雪茄烟的灰烬,这一切都飘浮伸展开来,
穿过森林、低地、高山和平原,
传来一声命令:"前进!""前进!""出发!"

这是我们的心,撒满了生石灰,
在被火焰舔过的空旷的田野上。
没有人知道为什么它就结束了,
一架自动钢琴演奏出——进步和财富。

我们的风格,说起来难堪,就是在那里诞生。
从一个阁楼的窗户里传来了七弦琴的琴声,
在黎明时刻,发出丁格坦格的声响,
这首歌有如嘎嘎作响的星星一样空灵,
商人和他们的妻子并不需要这样的歌,
山村里的人们也不需要它。
它是纯洁的,对抗着世上某些可悲的事物,
它是纯洁的,它被禁止使用某些词句:
厕所、火车、电话、屁股和金钱。

---

[1] 麦克斯·林代(真名为 Gabriel Leuvielle, 1883—1925),法国早期著名的喜剧电影演员。

一位长发的缪斯学会了阅读,
在她父母家中的黑暗厕所里。
而且已经知道什么不是诗歌,
它只是一种激情和一阵轻风。
它停留在三个点上,在逗号后面。

它流淌着、摇晃着、无法理解,
是宗教的替身,而且一直是它的替身,
正常句法的气息将受到限止。
"啊,政论文,要用散文来写作。"
直到某个时候,新先锋派的一些学派,
把这些古老过时的禁令冠以新发明。
并不是所有的诗人都消失得无影无踪,
卡斯普罗维奇[1]怒吼着,撕扯着丝质绳索,
但却扯不断它们,因为它们是无形的,
它们不是绳索,它们更像是蝙蝠,
正吸吮着正在飞翔的话语的血液。
斯达夫[2]的脸色,无疑地像蜂蜜一样,
他赞美女巫们、妖魔们以及春天的阵雨,
他赞美处在虚幻世界中的虚幻。

---

1 卡斯普罗维奇(Jan Kasprowicz, 1860—1926),波兰19世纪末著名现代派诗人,其代表作有《野玫瑰丛》《垂死的世界》《圣母万岁》和《穷人的诗卷》。
2 斯达夫(Leopold Staff, 1878—1957),被称为"三朝元老"的波兰著名诗人,早期诗歌带有悲观颓废的倾向,后来转向歌颂生活、太阳和人类意志获胜的乐观态度。其代表作有《威力梦》《繁花满枝》《天鹅和七弦琴》《田间小路》等。

至于列希绵[1]，他作出了自己的结论：
如果这是一场梦，那就把梦做到底。

在小小的克拉科夫的一条小街上，
以前有两个小孩[2]住在那里，相距很近，
当其中一个向圣安娜中学走去时，
便能看见另一个在沙坑中玩耍。
他们的命运不同，声望也不同。

广袤的海洋，难以理解的国度，
在珊瑚礁后面的海岛上，
赤裸的部落居民吹响一只螺号，
一个水手看见了，那个时刻他铭记至今。
那时候，在布鲁塞尔炎热的无人街道上，
他缓缓地走上大理石阶梯，
按了一只标有 S 字母的门铃，
那是家股份公司，他久久听着那片寂静，
他走了进去。两个女人在扯着线绳编织，
他觉得她们是罗马神话中的命运女神，
她们搓着线绳，用手指了指一扇门。
门后面有位总经理站了起来，

---

[1] 列希绵（Bolesław Leśmian，1878—1937），波兰现代派诗人，但他主张直观而反对气氛渲染和直接描写感情，其代表作有《牧场》《清凉饮料》等。
[2] 两个小孩指约瑟夫·康拉德·科热尼奥夫斯基和斯达尼斯瓦夫·维斯皮扬斯基，前者没有上过圣安娜中学。

他来报名就向他伸出一只手。
约瑟夫·康拉德就这样当上了
刚果河上一艘轮船的船长。
因为这是命中注定。对于那些听到
这个故事的人,是个警告:
有个文明人,被视为疯子的库兹,
藏身于这条刚果河上的丛林中。
他握有一根留有鲜血的象牙,
在他的论文明之光的报告里,
写有"丑恶"二字,而且走进了
二十世纪。
          就在这时,今天的今天,
在克拉科夫郊区的一个村子里
农民服装、飘带、婚礼的舞蹈直到天明,
伴和着双簧管和木偶剧院的乐声,
同样的事情发生了好几个世纪。
坚毅不屈的维斯皮扬斯基[1]
梦想着一座民族剧院,像在希腊那样。
但他却未能克服种种矛盾,
这些矛盾损害了他的语言和视野,
还会使我们成为历史的囚徒。

---

[1] 斯达尼斯瓦夫·维斯皮扬斯基(Stanisław Wyspiański, 1869—1907),波兰著名剧作家、画家,戏剧舞台的革新家,他一生写有十多部剧作品,其中以《婚礼》最有名,已成为波兰文学中的经典之作。

直到我们不是人物,只是一些痕迹,
只是烙刻着一个时代的风格的印章。
维斯皮扬斯基对我们并没有什么帮助。

我们并不把宏伟戏剧作为遗产,
它始于笑话,而不是为了任何的荣誉,
其语言只不过是一种郊区的歌唱,
是一种有利于教诲的抽象的思想。
真可惜他的滑稽,只有博伊[1]的《言语》才是。
这一天过去了。有人点起了蜡烛,
在奥伦德拉庄园[2],卡宾枪的枪栓
不再喀喀作响,平原是空荡荡的。
那些穿着步兵长靴的唯美主义者已经离去。
他们留在理发店地板上的头发已被扫掉。
这个地方弥漫着雾霾和烟味。

而她呢,她蒙着淡紫色的面纱,
她在烛光下把手指按放在琴键上。

---

1 博伊(即 Tadeusz eleński,博伊是他的笔名,1874—1941),波兰文学评论家,法国文学翻译家,讽刺诗人。他原是个医生,后从事文学创作和评论。他的讽刺诗歌很受读者欢迎。
2 奥伦德拉庄园,地处克拉科夫郊外,是 20 世纪初波兰青年进行军事训练的一个秘密基地。许多诗人和画家都参加了。1914年8月第一次世界大战爆发后,由尤瑟夫·皮乌苏茨基(1867—1935)领导的波兰军团便从奥伦德拉出发开赴战场,并于1918年取得了波兰的自由独立。嗣后皮乌苏茨基曾担任波兰军队统帅和政府总理。

当医生把酒杯斟满的时候,
她唱起了一首不知从何而来的歌曲:

咖啡馆里的笑声
回响在一个英雄的坟墓上。

克拉科夫 一九〇〇至一九一四

二 首 都

你,一座在沙土平原上的外国人的城市[1],
在东正教大教堂的圆形屋顶下,
你的音乐是团队的横笛,
骑兵近卫军是你的士兵中的士兵。
从一辆敞篷马车响起了放荡的高加索小调。
华沙,人们应当对你的悲伤、纵欲放荡
和痛苦,开始写一首颂歌。
一个马路小贩,双手冻得不听使唤,
正量称出一杯葵花籽。
一个海军少尉和一个铁路工人的女儿私奔了[2],
他将会使她成为以利沙堡的公主。
在切尔尼雅街、在上岭街和在沃拉,
黑曼卡在下等酒吧里大叫大喊,
她朝楼上走去,一直在挤眉弄眼。

---

[1] 这里指华沙。华沙是从玛佐夫舍平原上的一个小村庄发展起来的。1596 年波兰首都从克拉科夫迁至华沙,然而华沙多次被外国侵占。1656 年被瑞典占领,1794 年到 1918 年被俄国沙皇统治。第二次世界大战期间又被德国希特勒占领,并遭到严重破坏。因此米沃什才有这样的看法。
[2] 这是根据一个真实故事写成的。一个华沙铁路工人的女儿和一个俄国海军少尉私奔了,后来这位美貌的姑娘又嫁给了一个美国亿万富翁,这位富翁还给她在巴黎买了一座剧院供她开演唱会用,并取艺名甘娜·伏尔斯卡。

而你,则是由齐达德尔¹统治着,
哥萨克战马竖起了它们的耳朵,
听着"红旗在皇座上面飘扬"的回声。

你已经厌烦了省会这样的地位。
你是维斯瓦河畔的一座游乐公园。
你怎能配得上作一个国家的首都,
这里挤满了从乌克兰拥来的难民,
叫卖着来自奥得萨附近庄园的珠宝?

一把马刀,一支法国退役下来的步枪,
你只能靠它们去进行他们反对你的
这些战争,荒诞之极,爆发了罢工,
从伦敦码头到开化了的布拉格。

于是宣传办公室的志愿者们,
连夜赶写出了关于东方侵略的报道。
他们不知道有一天铜管乐器会奏起
《国际歌》,在他们的坟头。

然而你还活着,伴随着你黑色的犹太区,
伴随着你的失业者困倦的愤怒,
伴随着妇女们的眼泪和她们战前的手绢。

---

1 齐达德尔是华沙的一座监狱,位于华沙北边的维斯瓦河畔,是沙皇俄国为镇压波兰爱国志士而建立的。

多年来,皮乌苏茨基[1]在贝尔维德宫走来走去,
他从来就不愿相信事物的永恒性。
他一再嘟哝道:"他们会进攻我们。"
谁?他指指西方,又指指东方,
"我让历史的车轮停顿了片刻。"

牵牛花从干枯的血迹中生长开花;
在小麦倒伏的地方,出现了林荫大道。
新的一代会问:这是怎么回事?

啊,城市,直到你那里没有留下
任何一块石头,你也会消失。
火焰会吞没描画出来的历史。
你的记忆会变成一枚挖掘出来的钱币,
为了你的失败,你将得到报偿:
只有语言才是你的故国家园的标志,
你的防御城墙将由你的诗人们筑成。

一个诗人必须出身于名门,
在他的家族中应有一个虔诚的信徒。
你的父辈们应该读过拉萨尔[2],
相信进步和柏林的抒情歌曲,
而他们的文雅将缓慢地得到提升。

---

[1] 皮乌苏茨基(Józef Piłsudski, 1867—1935),波兰自由独立运动的领导者和新建波兰军队的指挥者,曾担任过波兰政府总理和波兰军队的总司令。
[2] 拉萨尔(Ferdinand Lassalle, 1825—1864),德国19世纪工人运动的思想家和活动家。

他们有些来自弱势群体、小贵族或者市民,
甚至是来自戴着毛织睡帽的德国人。

他们在皮卡多尔[1]喧闹时并没有想到
有时候桂冠会带有苦涩的味道。
杜维姆[2]在朗诵诗歌时鼻孔会张开,
他在格罗德诺、迪科钦高喊:"一切胜利!"
大厅里的当地青年受到强烈的震撼,
当他们听到这种声响时晚了一百多年。
直到他的这些崇拜者都活了下来,
他后来在秘密警察举办的舞会上见到了他们,
这就把这个狂热的圈子带到了终点。
而在议员街上的舞会将永远举行下去。
列洪-赫罗斯特拉泰斯[3]践踏着历史,
他想见到绿色的春天,而不是波兰。
然而,他却不得不一辈子都在思考,
斯乌斯基的腰带和地道的贵族,
或者思考着宗教,不是天主教,

---

1 皮卡多尔是华沙一家著名的咖啡店,波兰许多作家和诗人经常在此集会。
2 杜维姆(Julian Tuwim, 1894—1953),波兰著名诗人,出生于罗兹的一个犹太知识分子家庭,曾在华沙大学攻读法律和哲学。1920年组成文学团体斯卡曼德尔诗社,成为该社的五大诗人之一。代表作有《窥视上帝》《跳舞的苏格拉底》《第七个秋天》,长诗《歌剧中的舞会》《祖国的花朵》等。
3 列洪-赫罗斯特拉泰斯(即 Jan Lechoń, 1899—1956),斯卡曼德尔诗社的五大诗人之一,生于华沙,1940年从法国移居至美国,1956年在纽约自杀。他十四岁开始写诗,主要诗集有《在金色的田野上》《沿着不同的小路》《历史之歌》《大理石和玫瑰花》等。

而是波兰的宗教,民族的弥撒;
并且由奥尔-奥托[1]来做穿上法衣的神父。

至于悲伤的高尚的斯沃尼姆斯基[2]怎么样?
他认为理性时代即将来临,
并把自己贡献给未来,用威尔斯的方式,
或者其他的方式,来宣告它的到来。
当理性的天空变成血红的飘带,
他在衰老之年读遍埃斯库罗斯,
向子孙保证普罗米修斯
会从高加索山上走下来。

伊瓦什凯维奇[3]用五颜六色的宝石
建起了他的宅院,对公共事业漠不关心。
后来他成了一个宣讲者和公民,
因为受到无情的必要性的压力。

---

1 奥尔-奥托(真名为 Artur Oppman, 1867—1931),波兰诗人,曾任波兰军队少校,其作品有《老城》《市场和街道之歌》等。
2 斯沃尼姆斯基(Antoni Słonimski, 1895—1976),出生于华沙的犹太知识分子家庭。1913 年开始发表诗作。是斯卡曼德尔诗社五大诗人之一。1956—1959 年曾任波兰作家协会主席。主要诗集有《十四行诗》《通向东方的路》《没有格子的窗》《灰烬与风》《新诗集》等。
3 伊瓦什凯维奇(Jarosław Iwaszkiewicz, 1894—1980),出生于乌克兰的一个波兰知识分子家庭。早年曾学过音乐和戏剧,后在大学攻读法律。1920 年定居华沙,曾在波兰外交部工作十年,1952 年起任波兰国会议员,1959 年起任波兰作家协会主席。他是斯卡曼德尔诗社五大诗人之一,也是波兰著名的小说作家、剧作家和音乐评论家,其代表作有诗集《八行诗》《酒神赋》《1932 年的夏天》《奥林匹克颂》《阴暗的小道》,小说《月亮东升》《圣女约安娜》《老砖窑》《影子》《腾飞》和《名望与光荣》以及剧本《诺昂的夏天》等。

他认识到一切事物都是相对的，
只为一个简单的原因——它会消失，
后来他向人们赞美斯拉夫美德，
他让一支农民乐队为我们演奏。
这一切，不过是苦难的命运。

他不是更优秀，只不过是更高傲，
在美国的白色土地上他感到孤独。
雪中一只鸟的足迹，千百年来都是如此，
时间不再使人受到伤害，也不给人力量。
一只蓝松鸦与喀尔巴阡山的松鸦同种，
它会向韦辛斯基[1]的窗子里窥望。
啊，代价、代价，需要付出多少代价，
为了一个年轻人的欢乐，为了春天和酒！

从来没有过如此出色的七星诗社！
然而他们的言辞也闪现出某些瑕疵。
是和谐的瑕疵，和他们老师的一样。
改变了的合唱队，并不太像普通
事物的杂乱无序的那种合唱队。

正是在那里，一切事物长芽了发酵了，
要比一个完美的词所能达到的更深。

---

[1] 韦辛斯基（Kazimierz Wierzyński, 1894—1969），波兰斯卡曼德尔诗社五大诗人之一，生于乌克兰，1918 年来到华沙，二战期间流亡国外。1945 以后定居美国纽约。主要作品有诗集《春天和葡萄酒》《爱情日记》《苦味的丰收》《悲惨的自由》《十字架和宝剑》《噩梦》等。

杜维姆生活在恐慌中,沉默着,
绞着他的手指,脸上出现潮红的斑点,
人们会说,他愚弄了那些总督省长们,
正如他后来蒙骗了善良的共产党人一样,
这使他透不过气来,他内心却发出别样的尖叫:
人类社会是一团混乱,又是奇迹中的奇迹。
说我们行走,吃饭,说话,而同时,
永恒之光照耀着我们的灵魂。

就像有些人,看见个微笑的美丽的姑娘;
却想象出一具骷髅,骨节上戴着指环。
杜维姆就是这样的人,他一心想写长诗。
但他的思想很传统守旧,他使用思想
就像使用韵脚和半谐音一样,
好掩饰他的想象,他开始为它感到羞愧。

在这个世纪里,无论是谁,用他白嫩的手
在一页纸上写出一行行有规律的字母,
都会听到敲击声,那是可怜的幽灵的声音。
他们禁锢在一张桌、一堵墙、一只装着
花朵的花瓶中。他们试图提醒我们,
是他们的手从原料中创造出这些物品。
一小时又一小时的劳动、厌倦、无望,
活在这些事物中,而且不会消失。
这时候,那个握着笔的人感到害怕,
他觉得自己有一种模糊的丑恶感。
他力图获得一种童稚般的纯真,
但所有的规则和祈求都无济于事。

这就是为什么新的一代,
只是有节制地喜欢那些诗人。
称赞他们,却带有某种怒气。
他想结结巴巴地说出他的纲领,
因为结巴的人好歹能表达出它的内容。

布罗涅夫斯基[1]也没有得到他们的宠爱,
虽然他从地下取出了某种强有力的东西,
把它们组成了为无产阶级而作的诗节。
然而这是第二次的"人民之春",
最终成了音调优美的美声唱法。

他们很想得到的是新的惠特曼[2]。
他在马车夫和伐木工人中间,
会使日常生活像太阳般地发出光辉。
他能在钳子、铲子、刨子、凿子里看到
光彩夺目的人在宇宙间跑来跑去。

克拉科夫先锋派的一大群诗人中,

---

[1] 布罗涅夫斯基(Władysław Broniewski, 1897—1962),波兰著名革命诗人。早年曾在波兰军队中服役,后在华沙大学哲学系学习,并从事工人运动。二战爆发后他投笔从戎保家卫国,后参加在苏联组建的波兰军队,曾到近东作战。1946年回国后一直从事创作。他的代表作有《风车》《三声排炮》《关怀和歌》《刺刀插上枪》《绝望的树》《希望》及长诗《巴黎公社》《玛佐夫舍》等。

[2] 惠特曼(Walt Whitman, 1819—1892),美国著名诗人,代表作为《草叶集》。

只有普齐博希[1]值得我们为之惊异。
民族和国家倾覆了,化作尘土和灰烬,
但普齐博希依然还是那个普齐博希。
他的心里没有疯狂,他的心充满人性,
因而让人易于理解。他的秘密是什么?
英国的莎士比亚曾创造一种被称作
绮丽体的文体,那是全部采用隐喻的文体。
普齐博希的内心深处是个理性主义者,
他抒发感情,但这种抒发是和理性
社会的人所应该表现的相一致。
而忧郁和幽默对于他是完全陌生的,
他想让静止的图形活动起来。

而先锋派也犯下了通常会犯的错误。
他们恢复了一种古老的克拉科夫仪式,
强加给语言以过多的重要性,
那是它在不含讽刺意味下所无法承受的。
他们肯定知道,他们的声音,
从咬紧的牙关逼出来的就一定是古怪的假声。
而他们的关于人民力量的梦想,
只不过是受了惊吓的艺术所采用的伪装。

让我们更深入一步。这是个大分裂时代。

---

[1] 普齐博希(Julian Przyboś, 1901—1970),波兰先锋派诗人,二战后曾任波兰作家协会第一任主席。其重要诗集有《螺丝》《两只手》《在森林深处》《只要我们活着》《用最少的字》《不认识的花》等。

"上帝和祖国"不再有什么吸引力了,
一个诗人敌视一个骑兵的程度大大超过
一个豪放艺术家看不起一个银行家的程度。
他嘲笑国旗,他蔑视紫红色。
当一群狂呼乱叫的青年挥舞手杖追逐
一个犹太商人时,他会朝他们吐唾沫。

结局早已预备好了,共和国的灭亡,
并不是由于缺乏装甲部队和大炮。
而是因为在波兰,诗人就是温度计,
即便他们只在《阵线》和《四轮马车》上发表过作品。
一系列公共的美德价值标准被毁掉,
没有任何共同的信念把人们团结在一起。

那些有觉悟的人在讽刺中寻求庇护,
并且像生活在荒岛上一般地生活在人群之中,
其中有一个明白内情的人,便假装着
也崇拜这个民族所崇拜的神明。

加乌钦斯基[1]想要双膝跪倒在地,
他的故事包含着一个深刻的真理:

---

[1] 加乌钦斯基(Konstanty Ildefons Gałczyński, 1905—1953),波兰茨冈派诗人,生于华沙,曾在华沙大学攻读英语和古典文学。1939年参加反法西斯卫国战争,后被关入德国俘虏营达六年之久。战后曾流亡国外。1946年回国,后定居华沙。其主要诗集有《小巷来的风》《诗风作品》《莎洛美家的舞会》《尼俄柏》《奇迹之夜》,长诗《世界末日》和讽刺诗剧《绿色的鹅》等。

一个不属于人类共同社会的诗人,
就像是风吹十二月枯草所发出的声响,
由不得他对习俗产生任何的怀疑,
除非他想得到叛逆者的印记。
让我们在此明确地宣布:党
就是民族激进阵营[1]的直接继承者。
除了他们,便什么也没有发生,
除了那些让人瞧不起的叛逆者的反抗。
是谁挖出了生锈的波列斯瓦夫[2]的宝剑?
是谁想要在奥德河的河底打下支柱?
是谁把民族的激情
视为民族未来大厦的基石?

加乌钦斯基把这些因素都捆绑在了一起,
他嘲笑资产阶级,唱出了波兰的《霍斯特·瓦
舍尔之歌》。他骄傲,他是斯基台人[3],
他的名声在两个时代里流传。

捷霍维奇[4]具有完全不同的个性。

---

[1] 民族激进阵营(ONR)是波兰极右翼政党。
[2] 波列斯瓦夫(Bolesław Chrobry, 967?—1025),波兰国家建立后的第一位国王。
[3] 斯基台人指住在黑海北岸的古代游牧民族。
[4] 捷霍维奇(Józef Czechowicz, 1903—1939),生于卢布林,家境贫寒,师范学校毕业后当过中小学教师。1939 年 9 月被德国空袭飞机炸死。他是波兰"灾变派"的代表诗人,其主要诗集有《石头》《每天都一样》《闪电》《再也没有了》《人的音符》等。

茅草房,一畦地种着欧时萝和胡萝卜,
在维斯瓦河畔,像镜子般透明的早晨,
随着露珠传来库雅维舞曲的回声,
那是一些在河边洗床单的妇女在歌唱。
他喜欢一些小巧的东西,他创作了
没有政治和军事的国土的田园诗。
对他好些吧,小鸟们和树木们,
保护他在卢布林的墓地不受时间的摧残。

申瓦尔德[1]所想要的不是一个民族,
而是上百个民族,虽然他是个斯大林主义者。
他善于从马克思和希腊人那里获得益处。
于是他描绘的是小溪上的场景,
一次学校的郊游,遇见了一个赤脚的
孩子在偷盗树木用来作柴火,
要不就是去表现贫民窟里的男孩的故事。
对于他,一辆自行车就是奇迹,就是灵感。
诗歌和伦理道德毫无关系,
正像红军中尉申瓦尔德所证明的那样。
而此时在遥远北方的集中营里,
成百个国家的尸体泛出惨白色,
他却写了一首献给"西伯利亚母亲"的颂歌,

---

[1] 申瓦尔德(Lucjan Szenwald, 1909—1944),波兰革命诗人。他勤奋好学,自学成才,翻译过许多英美诗歌。二战期间他成为波兰步兵师的军官和文书。1944年在解放波兰的战斗中因车祸而牺牲。他的重要作品有《告别西伯利亚》,长诗《溪边的场景》和反法西斯抒情诗《从好客的土地到波兰》等。

那是波兰诗歌中最美的诗歌之一。

在一条坎坷不平的小街上,这时候
有个学生从图书馆回来,带回一本书,
这本书就是《在森林中飘浮》。
它被勤奋的印第安人的手指弄得很脏,
一道阳光洒在亚马孙河的藤蔓植物上,
树叶像一片片席子伸展在绿色水面上,
厚实得一个大男人都能从上面走过去。
他像个梦想者从这个河岸走到对面河岸。
那些灰色的猴子像是长了毛的坚果,
在他的头上用树木结成了一座座吊桥。

他是我们诗人们的未来读者,
他毫不顾及弯曲的围栏,乌鸦的叫声,
在乌云密布的天空下他生活在他的奇迹中。
而且,只要他能从毁灭中绝处逢生,
他就会对他的领路人保持一份激情。
伊瓦什凯维奇、列洪、斯沃尼姆斯基、
韦辛斯基、杜维姆将会永存不朽,
因为他们活在他那年轻而热诚的头脑里。
他不会询问:哪个更伟大,哪个比较差,
他能在他们每个人身上发现不同的色彩。
一只小舟把他送上了亚马孙的某条支流。

在那边,维特林[1]不停地把一勺勺汤水,
送进人类饥饿的长满胡须的嘴里。
巴林斯基[2]听见一队队马帮的铃声,
在伊斯法罕的橙红色的薄暮中响起。
提杜斯·齐热夫斯基[3]一再重复着
被笛声吹得昏昏欲睡的牧人的誓言。
瓦齐克[4]注视着一扇窗户里的轮船模型,
而在阿波里耐[5]的长诗里一个浪头泛着波光。

---

1 维特林(Józef Wittlin,1896—1976),波兰作家、诗人、翻译家,曾在维也纳大学攻读哲学和语言学。二次大战爆发后流亡国外,后定居于纽约。其主要作品有长篇小说《土地上的盐》《快速的步行者》和随感集《战争、和平和诗人的灵魂》、回忆录《我的利沃夫》等。
2 巴林斯基(Stanisław Baliński,1899—1984),波兰诗人,出身贵族家庭。曾在华沙大学攻读法律和波兰语言文学。1922年起,一直在波兰外交部工作。二战期间成为波兰流亡政府外交部的官员,战后一直定居在伦敦。其作品有诗集《东方的傍晚》《伟大的旅程》《夜晚的那个河岸》,小说《月亮的城市》等。
3 提杜斯·齐热夫斯基(Tytus Czyżewski,1880—1945),波兰画家、诗人、艺术评论家。毕业于克拉科夫美术学院。其绘画受立体派影响,诗歌代表着未来派。诗歌作品有《致我躯体的机器的赞歌》《绿色的眼睛》《云中的木马》《隐喻中的驴子和太阳》等。
4 瓦齐克(Adam Ważyk,1905—1982),波兰诗人、作家。曾在华沙大学攻读数学。后在多个报刊工作,二战爆发后从利沃夫转移至苏联内地,参加波兰第一军的成立和政工工作。战后曾先后担任波兰作家协会卢布林和罗兹分会的主席以及作协月刊《创作》的主编。其主要作品有诗集《眼睛和嘴》《车厢》《事件》《趣味问题》。1955年发表的《给成年人的长诗》开启了波兰文学的"解冻"。另外,他还写有多部小说和作家研究著作。
5 阿波里耐(Guillaume Apollinaire,1880—1918),法国诗人、剧作家,立体派和超现实主义的先驱。代表作品有诗歌《失恋之歌》《醇酒集》《美好的文字》和剧本《蒂蕾西亚的乳房》等。

在那边,响起来波兰萨福[1]的颤声之歌,
这在我们的语言里从未有过这样的声音,
四百年之后又复活了乌尔苏拉[2]的声音。
生命在迅速消逝,而转动的唱片
保存了马利亚·帕夫利科夫斯卡[3]的怨诉,
甚至比卡鲁索天鹅绒般的声音更长久。
从她死亡的岸上唱出了"为什么"。
因此,士兵的鲜血并没有白流,
在白桦树下凝结成深黑色的小星星。
皮乌苏茨基不应该承担起所有的罪责,
尽管他只关心一片牢固的边疆。
他给我们带来了二十年的和平。
他身上披上了伤害和罪行的斗篷。
他给美留了一点空间成长,尽管美,
常言道,是无足轻重的。

不,年轻的读者,你不会生活在玫瑰里:
这个国家拥有它的行星、它的河流,

---

[1] 萨福(Sappho-Safu),古希腊著名女诗人,当时有"男有荷马、女有萨福"的美赞。
[2] 乌尔苏拉,这里指波兰文艺复兴时期著名诗人科哈诺夫斯基的女儿乌尔苏拉。她也是个诗人,其才华因早年夭亡而未能得到发展,但在四百年后的帕夫利科夫斯基的诗中得到了传承。
[3] 马利亚·帕夫利科夫斯卡(Maria Pawlikowska-Jasnorzewska, 1894—1945),波兰著名的女抒情诗人。生于克拉科夫,父亲是波兰著名画家沃·科萨克。靠家族教育和自学成才。1922年开始发表诗歌。1939年9月离开波兰定居英国。主要诗集有《仙桃》《吻》《跳舞》《林中的寂静》《结晶》《玫瑰和燃烧的森林》等,还写有多部剧本,如《西伯利亚·托姆逊的情人》《蚁群》等。

但是它柔弱得像清晨的边缘。
那我们就每天把它重新创造出来,
我们应对真实的事物更加尊重,
而不是让它们冻结在名称和音响之间。
我们用武力把它们强行带到了世界,
如果得来太容易,它们就根本不会存在。
再见吧,逝去的事物,回声在召唤我们。
我们需要的是粗俗无礼的谈吐话语。

这个时代的最后一首长诗已经付印,
它的作者是瓦迪斯瓦夫·塞贝瓦[1],
他喜欢傍晚从柜子里取出他的小提琴,
把提琴盒子放在诺尔维德[2]的作品旁。
他从不系上他的蓝色制服的衣领。
(因为他在布拉格的铁路部门工作。)
在那首长诗里,就像是他的最后遗嘱:
他把祖国比喻作一位古代的四面神。
正倾听着,当鼓声和刺耳声越来越近,
在通向东方的平原上和西方的平原上,
这个国家在睡梦中听见蜜蜂的嗡嗡声,

---

[1] 瓦迪斯瓦夫·塞贝瓦(Władysław Sebyła, 1902—1939),波兰诗人、批评家。其作品有《祈祷》《捕鼠器之歌》《私人的音乐会》等。
[2] 诺尔维德(Cyprian Norwid, 1821—1883),波兰诗人、剧作家、画家、雕塑家、翻译家。其代表作品有《诗集》《纪念贝姆的哀歌》,长诗《普罗米修斯的孩子》等。他的诗构思奇特,用词怪僻难懂,生前发表的很少,却留下一大堆的诗文手稿和画作。直到20世纪初才被发现而声望大振,被尊为波兰现代诗歌的开山祖师。

它们在中午时分穿过黑斯裴里的树林，
他们是否因此从背后开枪打中他的脑袋，
并把他的尸体埋在斯摩棱斯克的森林中？

如此美丽的夜晚。巨大而明亮的月亮，
它的光芒只有在九月倾泻而下，
洒满了整个大地。黎明的时分，
华沙城上空的空气寂静无声，
被牵制的气球像成熟的果实，
悬挂在晨曦初露的银色天空中。

一个姑娘的鞋跟在达姆卡街上嗒嗒响起，
她悄声呼叫，他们一起走到一块
长满野草的空地上。一个值班的看守
躲在一片阴影中，竖起耳朵倾听着
他们在黑暗掩盖下发出的轻微笑声。
值班看守不知如何去承受这种怜悯。

他也不知要如何描述他们共同的苦难。
一个雏妓、一个来自达姆卡街的工人，
他们的面前是初升太阳的恐怖。
后来，我不止一次地问自己，
这两个人在以后的岁月中会是怎样。

华沙　一九一八至一九三九

三 历史的精神

当金色的油漆从雕像的手臂上脱落,
当字母从法律之书上掉落下来,
意识就像一只眼睛那样裸露着。

当书本的书页变成了燃烧的碎片,
落到扭曲的金属和压碎的树叶上,
这时善与恶之树被剥成了光裸。

当帆布制成的机翼在土豆地里熄灭,
当铁片和帆布被撕裂开来时,
什么也没有留下,除了草房子和牛粪。

在玛佐夫舍森林里,在松针覆盖的小径上,
在第三帝国和总督区[1]之间,
在沙土上留下了一个农妇的脚印。
她停下来,把背上的重担靠在了松树上,
并从她沾满尘土的脚掌上拔出一根刺,
一块湿布包着的一片黄油已被压成了
她那年迈的肩胛骨的形状。
人们在渡船上抢夺着座位。

母鸡在咯咯叫着,筐里的鹅伸出了脖颈,

---

[1] 希特勒德国自称为第三帝国,1939 年 9 月占领波兰后,把波兰改为总督区,直属希特勒政府统治。

在城里的石板路上,在一袋袋烟草旁,
一颗子弹刻画出了一道干燥的痕迹。
而在城市的郊区,整个晚上,一个
被扔进泥沟的老犹太人苟延残喘,
直到太阳升起时他的呻吟才静了下来。
灰色的维斯瓦河冲刷着柳树林,
在浅滩上冲刷出一道道扇形的沙砾。
一艘超载的轮船装满走私的货物,
它的推进器冒着白色泡沫突突地前行。
斯达希或者是亨利克用长杆丈量着水深,
"一米",咕咚,"一米",咕咚,"一米二十"。

当微风吹来焚尸炉的臭味时,
村里响起了"主的天使"的钟声。
历史的精灵正在外面行走,还吹着口哨,
他喜欢这些被洪水冲溃的国家。
直到现在依然溃不成形,它已准备停当。
曲折的栅栏和土布做的短裤让他感到愉快,
不论是在波兰、印度,还是阿拉伯。

他把他粗肥的手指伸向天空,
手掌下是一个骑自行车的人:
他是个安全网络的组织者,
驻伦敦军事党派[1]的一个代表。

---

[1] 波兰被法西斯德国占领后,流亡英国伦敦的一批原波兰政府官员和其他政要人士,在伦敦组成了波兰流亡政府,并常派遣人员回国组织和领导地下反抗运动,组成由他们领导的"国家军"。

一些白杨树小得像垄沟里的黑麦苗。
把目光从树林引向一座庄园的屋顶,
在那里的餐厅里,疲困的少年们
穿着军官的皮靴坐在餐桌的后面。
灌木丛中的尘土飘落在农民的胡子上。

诗人已经看见了他,并认出了他。
他是个下等的神明,把只有一天寿命的
王国的时间和命运全都交给了他。
他的脸孔有十个月亮那样大,
他的脖子上戴着一串未干枯的头颅。
不承认他的人就会受到责难,
开始喃喃自语、失去理智。
向他躬身行礼的人只配当他的仆人,
他将会受到新主人的刁难和蔑视。

竖琴和树丛,荣誉的花冠!
贵夫人们,戴着皇冠的王子们,你们都在哪里?
一句奉承恭维的话就会让你们心花怒放。
那是攫取一袋金子的美妙的一跳。
但他要求的更多,他要求的是血和肉体。

你是谁,有权有势的人?漫漫长夜。
难道我们所知道的你是个大地的精灵,
正在把苹果树上的毛毛虫摇晃下来,
好让鸫鸟更方便地啄食它们?
你收集甲虫的腿脚去酿造肥沃的土壤,
好让风信子能在它上面生长开花?

你和他,毁灭者,是同一个人吗?
他和我们是不可分离的忠实伙伴,
有多少次他指引我们用手去抚摸
一个姑娘的平滑的肩膀和脖颈。
当一对对情侣在七月的傍晚,漫步
在松林的芳香中,穿过湖畔的草地。
而这时,一把口琴吹起梦幻般的曲调,
是关于柠檬树花和一个情人的岛屿,
直至它消失了,至今想起使人痛苦不堪。
有多少次,他、美丽和荣光,
辉煌和松鸡交配时的啼叫声,
让我们的嘴边泛起讽刺的微笑,
他对着耳朵悄悄说:春天的色彩,
夜莺的歌声,我们的灵感,
全都不过是他的慷慨施舍的诱饵,
好让物种的法则得以实现。它会让
血液凝结,让我们变得衰老可怕。
让我们穿着褪色的紫色大氅而坠入
积累了百万年之久的尘土中,
在那里等待的是我们的祖先猿人们。
难道正是你,穿着和黑格尔一样的理性外衣,
你喜欢野蛮的被风吹动的地方,
仅仅给自己取了个新的名字?

在绿色袋子里装着秘密的简报,
一个诗人听见他在狂笑。
"作为惩罚,我夺走了他们的理智,

谁也没有起来反对我的意志。"

用什么语词去达到未来的目的,
用什么语词去保卫人类的幸福——
它带有新烤好的面包的芳香。
如果诗人的语言找不出
对后来的世代有用的标准呢?
没有人教给我们,我们全然不知道
怎样把自由和必要性结合成一体。

在梦境里,思维访问了两个尖削的堤岸,
那些非世俗的人,光彩夺目的人消失了。
在攻打天国的同时,他们遗忘了大地,
以及它的欢乐、温暖和野兽的活力。
那些理智的人,心事重重的人要倒霉了。
他们的谎言会熄灭晨星的光亮,
这件礼物,比大自然或者死亡更持久。

在绿色的袋子里装着秘密的简报。
宣传性的长诗裂成了碎片。
它发出虚假的响声,因为它的知识很少,
诗歌感觉到太多的东西,因此它沉默。
然而它会回答远方的呼唤,
但它没有做好承受新内容重担的准备。

那些年方二十岁的华沙诗人们,
并不想知道,在这个世界里某种事物

只屈服于思想,而不是带投石器的大卫们。
他们像一个住在医院病房里的人,
并不关心去和未来订立合同的事情。
而只想忠实于此时此刻,
只想占有儿童们的欢笑声,
鸟儿们在空中的嬉戏,哪怕至少有一次,
最后的一次,直到石头大门关闭之前。
那陈旧古老的街垒并没有装饰着
人类的曙光、游吟诗人们的承诺。
在黄色的田野上,在阵亡者的花圈上,
圣母马利亚站在那里,被利剑刺伤。

年轻人每个清晨都感到惊奇,触摸着
一张桌子或者一把椅子,仿佛他们
在大雨中找到了一枝完整的圆形蒲公英。
在他们看来,事物就像是彩虹模模糊糊,
展现在他们面前,就像他们未来的时光。
他们不得不以自己的祷告
去放弃声誉、平静和智慧的宣示。
他们的诗歌像是一篇乞求勇猛的祈祷。
当他们把我们驱逐出生命,像驱逐出城市那样。
噢,你,我们金色的家园,为我们取得
一张绿宝石的床,只睡一夜,那也是永恒的一夜。
没有一个古希腊的英雄参加了这场
被剥夺了希望的战斗。在他们的想象里,
有颗白头盖骨被陌生的路人用脚踢开。

哥白尼,是德国人还是波兰人的雕像?

向他献上鲜花,博雅尔斯基牺牲了,[1]
作为牺牲者,他是纯洁的、毫无理由的。
切宾斯基[2],这个波兰的新尼采,
在他死之前,嘴巴便被胶布封住了。
他最后看见的是一堵墙和低垂的云彩,
这是他的黑眼睛在最后一刻的所见。

巴钦斯基[3]把脑袋靠在他的步枪上。
起义惊起了一群群的鸽子。
加伊齐、斯特罗英斯基[4]被爆炸的盾牌
掀起到了红色的天空中。
正像从前一样,白天的亮光在椴树下,
在蘸了墨水的鹅毛笔上颤抖着。
书本仍然受到古老的规则的统治,
它来自一种信念:可以看得见的美,
是存在之美的一面小小的镜子。

---

1 哥白尼雕像基座上原有用波兰文写成的题辞"献给哥白尼——同胞们"。法西斯占领波兰后,把波兰文的题辞铲掉,却用德文刻上同样的题辞。哥白尼是波兰著名的科学家,生于波兰的托伦,曾在克拉科夫的雅盖隆大学学习,是《天体运行论》的作者。1943年5月1日有三位诗人不满德国侵略者的这种卑劣勾当,在向哥白尼雕像献花时,遭到德国警察的镇压,其中瓦兹瓦夫·博雅尔斯基遭受重伤而死。
2 切宾斯基(Andrzej Trzebiński,1922—1943),波兰一位有才华的年轻诗人和杂文家。后被盖世太保枪杀。
3 巴钦斯基(Krzystof Kamil Baczyński,1921—1944),波兰年轻诗人。1944年华沙起义时牺牲在战场上。
4 加伊齐(Tadeusz Gajcy,1922—1944),波兰才华卓著的年轻诗人。斯特罗英斯基(Zdzìsław Stroiński,1921—1944),波兰年轻诗人。1944年华沙起义时,他所据守的大楼因德军从下水道埋设的炸药爆炸而毁灭,他也随之英勇牺牲。

这时候,幸存者们奔跑着穿过田野,
逃开他们自己,他们知道,他们再过百年
也不会回来。在他们面前伸展开
那片流沙,在那里,一棵树瞬间化为乌有,
变成一棵否定之树。在那里,
没有把一个形状和另一个形状
划分开来的边界线,在那里,
伴随着雷鸣声,金房子,现在的"是"
瓦解了,而"正在形成"这个词登台了。

直到他们生命的最后一天,他们每个人
都带着他们怯懦行为的记忆,
因为他们并不想毫无理由地死去。
现在在他(即上帝)期待着,长久地期待着,
在他们头上升起了千百支香的烟雾。
他们沿着滑溜的小路爬向他的脚下。

"世纪之王,无法掌握住的运动,
用混乱的沉默填满了海洋里的洞穴。
你生活在被别的鲨鱼撕裂的鲨鱼的浓血里,
你生活在一只半鱼半鸟的叫声里,
你生活在汹涌奔腾的大海中,
你居住在岩石那铁一样的潺潺流水声中,
当群岛涌现出海面的时候。

"你的海浪翻腾起伏,翻动上来手镯、
珍珠,而不是眼珠,翻动上来骨头,
骨头上的盐已浸蚀了王冠和锦绣服装。

啊，没有开始，啊，你永远处在
一种形式和另一种形式之间，
啊，溪流，火星，那反命题
成熟了，发展成了正命题。
现在我们变成和神明平起平坐，
因为我们知道，我们并不存在于你的体内。

"在你身上，原因和结果结合成一体，
你把我们从深渊中拉上来，就像拉上一个浪头，
在变化的一瞬间，无边无沿。
你向我们展示了这个时代的痛苦，
好让我们能上升到那些高度。
在那里，你的手指拨动着乐器，
饶恕我们，不要惩罚。我们罪孽严重，
我们忘记了你的法律的威力。
把我们从无知中拯救出来，
现在请接受我们对你的虔诚信仰。"

他们就这样发着誓。但他们人人都
有一个隐秘的希望，就是时代的财富
已确定了一个限度，而他们有一天
终能看到一棵开花的樱桃树。
通过某个时刻看到另一个截然不同的时刻，
让海洋沉沉入睡，把沙漏紧紧关闭，
并且倾听时钟如何停止摆动。

当他们在我的颈脖上套上绞索，
当他们拉紧绞索，扼住我的呼吸，

我会转身一次,那时我会是什么人?
当他们给我注射一针酚剂时,
当我带着血管里的酚剂跨出半步时,
先知们会用什么样的智慧来启迪我?

当他们拆开我们唯一的拥抱,
当他们永久性地毁坏了我们的光明,
哪一个天堂会见到我们的重逢?

除了我的心,它已停止跳动,
除了我的话,它已停止书写,
我已不认识我的父亲、儿子和家了。

一位歌者诅咒犹太区上空的白云,
我经常把钱扔给那个盲诗人,
让他的歌声永远留在我的身边。

我在牢房的墙上用了一整夜
刻划下了爱的词语,好让它永存下来,
与牢狱一起围绕着太阳转动。

我在洋铁盒上敲出了歌曲的节拍,
我现在不是我,但我曾经有过我,
我们的道路在铁丝网后面转了个弯。

我的痕迹,一本藏在破墙里的日记,
也许有一天,它会被人们发现。
那是宽恕的一天,或者是救赎的一天。

毁灭的土地,仇恨的土地,
语言永远无法使它纯洁,
这样的诗人永远不会出生。

即使是有一个诗人被召唤前来,
他会和我们一道走到最后一座大门。
因为他只能处在犹太区的孩子们中间。

斯拉夫农民的笨拙的言辞,
长久以来忙于沙沙作响的韵文。
就是为了创作出一首无名的歌,
至今依然回荡在颤抖的空气中。
那里,在棕榈树下白色泡沫咝咝作响。
那里,在北冰洋的寒流中,一只鱼鹰
俯冲进海水里,一道闪亮的犁沟。
在缅因州的冷杉树下一首朴素的歌曲,
在一把中提琴上单纯地演奏出来,
一首适合于美丽季节里为夫人们演奏的曲子。
第一次发出声响,可以反过来演奏。
这就是一切。

冬天就要过去

正在行进中的犹太姑娘们,
表达出她们唯一的欢乐,复仇的欢乐。
是的,不久的晚上就会响起雁群的叫声。
干燥的雪,不再会使工人们的手冻僵。
是的,在溪流中一颗红得像嘴唇一样的

鹅卵石会被一只路过的脚踩进河床里。

春天来临

是的,郁金香花中会涌出绿色液汁,
一只鸣叫的甲虫在敲着窗上的玻璃,
是的,一个新郎会采下橡树的嫩叶,
为他的新娘编织成一只花环。

在我们的躯体上面

我们的躯体现在已成了一个整体,
骨骼、肌肉、神经都不是我的,而是我们的。
米里亚姆、索娜和拉舍尔的名字,
会在空气中渐渐消失,变得僵硬。

青草在生长

青草被一首歌曲的讽刺击败。
腌黄瓜在一只冒着水珠的罐子里。
一枝泡菜用的莳萝,黄瓜是永恒的。
清晨树枝在炉灶里噼啪作响。
一只陶盘里放着几把木汤匙和粥。
在墙边可以找到篮子和锄头,
在前厅,一只母鸡正在窝里翻来覆去。
还有绝对笔直的农庄道路和一望无际的田野。
空荡荡的,雾蒙蒙的,直达斯达涅维兹。
空荡荡的,雾蒙蒙的,一直伸到乌拉尔山脉。

嗨,先别休息,还有很长时间才到中午。

我们肩头终于能用南京丝绸来装饰,
我们坐在一圈出身高贵的青年中间,
我们用穿衣来打发早晨的时光,
或者用愉快的交谈来消遣娱乐。

在土豆地里和秋天的土地上,
有一片雪花似的闪光,一架飞机
转动着,其支架展开在高高的云端之上。

说吧,你们谁缺什么[1]
谁有需要?谁有祈求?

不需要更多的芥末籽的苦味。
诗歌得到温暖的瓷器的扶助。
得到可亲可爱的美惠三女神的陪伴,
从古希腊罗马的香草中提炼出精华。
就让诗人抽着烟斗,穿着南京丝绸
去重新追求他难以捉摸的梦想。
可以是一座木房子,但应是砖的墙基。

那里躺着的是弗顿和卡坦的生命,
或者每逢星期五,一家人可以点燃
光彩夺目的枝形吊灯上的蜡烛。

---

[1] 这两行诗引自波兰伟大诗人密茨凯维奇的诗剧《先人祭》的第二部。

从丹涅尔的韵律里,从伊萨雅斯的韵律里,
一个年轻人就能得到完全足够的教诲,
知道如何保持沉默,如何创作出诗歌。

一座城堡耸立在诺伏格罗德山上

需要的是有森林的山峦和明澈的水面,
这里的人从来不需要自己保卫自己,
因为这里目力所及都是辽阔空旷的地带。
他站在中心点,从来都不愿相信,
他唯一的顾问是他自己的移动的阴影。

谁若不是出生在这个肥沃的国土上,
那他注定要在海洋中航行,在陆地上漂泊。
来到威悉河岸上的苹果树下。
或者追逐他的祖国的倒影,
在缅因州的松树下和墨绿的河水中。
就像一个人在一群陌生人中寻找着
那个唯一的脸孔,他曾爱过的脸孔。
密茨凯维奇[1]对我们来说是太困难了,
我们并不需要贵族式的或犹太人的教导。
我们需要的是耕种的犁,是战斗的武器,
节日时我们听到的是另一种音乐。

---

[1] 密茨凯维奇(Adam Mickiewicz,1798—1855),波兰伟大的爱国诗人和民族解放运动的组织者之一。他的重要作品有《歌谣和传奇》《格拉齐娜》《康拉德·华伦洛德》《先人祭》和《塔杜施先生》等。

嚼拉，啊拉
绵羊咩咩叫，
牧羊人跑去瞧，
快到羊圈来，
你呀你快来。
就连结巴的杰克，
这个有钱的文书，
也在对圣母歌唱。
大肚子的低音提琴嗡嗡地轰鸣着：

胡杜——胡杜——胡
我们也在演奏，
我们对天主基督高唱，
不是为了奖赏。

用椴木制作的小提琴在低声呜咽：

提里，提里，提里
我们演奏出欢乐的颤音。
维里，维里，维里
从清晨到傍晚。

老格热拉一边吹一边按压着风笛：

梅——列——梅
我们为儿童演奏。

而单簧管也不甘落后：

姆拉——乌拉——乌——拉拉,
为圣母和圣婴演奏。

低音提琴在继续、在重复着:

为了上帝
为了基督
我们为天主演奏。

有多少事,多少事啊就这样过去了,
在这期间却没有一部作品能帮助我们,
提杜斯·齐热夫斯基带着他的圣诞颂歌回来了。
就像低音提琴在轰鸣那样在奏响。

我卷了一支纸烟,舔了舔烟纸,
然后在我的手掌形成的小屋里有根火柴,
为什么不是一个打火盒?不是打火石呢?
风在刮。中午,我坐在大路上,
想呀,想呀,我的身旁是土豆。

华沙 一九三九至一九四五

四 大自然

大自然的花园开放了,
门口的青草一片翠绿,
一棵扁桃树正在鲜花怒放。

愿阿提朗神对我非常亲切!
愿耶和华的三重性得到赞美!
愿火的、空气的、水的和大地的精灵庇护我,
欢迎!一个来到家里的客人说道。

阿里尔住在一棵苹果树的宫殿里,
但却不会出现,而是像只黄蜂的翅膀在颤动。
靡菲斯特,化装成一个
多明我会或者方济各会的修道士,
但却不会从一丛矮桑树上降落下来,
落到用手杖在黑土小道画出的五芒星[1]上。

然而有一朵杜鹃花在岩石间行走,
穿着树叶的皮靴,摇晃着粉色的铃铛。
一只蜂鸟、一个孩童的陀螺在空中,
在一个地方盘旋,是动作引起的激烈心跳。
一只蚂蚱被钉在荆棘的刺上,

---

1 五芒星,古为完美境地的象征,后为除魔的符号。

从它颤动的口里流出褐色的液体,
既不是有意的拷问,又不是法律所致。
它又怎么办呢,有人称呼它为
幽灵的头领,大大超出了魔法师,
蜗牛中的苏格拉底,是别人对它的称呼,
梨子中的音乐家,黄莺的仲裁者,男人?
我们的个性能在雕塑和画布上
留存下来,却在大自然中消失。
让他跟在护林人的棺材后面,
他被一个山间魔鬼推下了悬岩,
那是一只脑袋上长有弯角的公羊。
让他去探访那些捕鲸人的墓地,
他们用长矛刺进海里怪兽的肉体,
并且在肠道的脂油中寻找秘密。
跳动和拍打声随着海浪的起伏而停止。
就让他打开炼金术士们的笔记本。
他们几乎要找到密码了,也就是权杖,
然后便失去手、眼和长生不老药而死亡。

这里有太阳。不论是谁,在童年时,
都会相信他的这种举动和行为
能打破事物一再重复的这种格式。
这个被贬低的人在别人皮肤里腐败了,
他对于蝴蝶的缤纷色彩有一种难以
表述的惊叹,没有形状,对艺术抱有敌意。

为了不让船桨在扣环里发出吱呀声,
他用手绢捆住它们。黑暗从落基山脉、
内布拉斯加和内华达涌来,
并把这个大陆的森林覆盖。
天空里充满了从薄云中反映出的余烬。
成群飞翔的苍鹭,沼泽地上的树木,
水里干枯的树干泡胀了发黑了,
我的小船划开了蚂蚁们组成的乌托邦,
它们还重建了它们那发亮的宫殿。
一朵水莲冒着泡,嘶嘶地响着,
被压在了我的小船的船头下面。

现在已是黑夜了,水成了暗灰色。
演奏起来吧,音乐,但却不能听见,
像钟表的指针,我等待了一小时。
海狸的巢穴成了我的都城。
湖水突然掀起了阵阵波浪,
一只黑色月亮般的水兽把水搅成圆圈,
迅速从黑水深处,从冒着泡的沼泽中蹿出。
我并不是非物质的,而且将来也不是。
像这样无形体的视觉并不为我所有。
我散发出来的气味,我的动物气味,
像彩虹一样扩散,鸣响着,吓坏了水獭:
突然发出啪啪的回声。

但我留在了一个
高大而柔软的丝绒柜子里,
掌握着我的感官遇上的那些事物,
那四趾的脚掌是怎样活动的,
它的毛发是如何抖落污泥道里带来的水分。
它没有时间的观念,也不知道死亡,
它服从我,只因为我知道我会死去。

我记得所有事情。巴舍尔的这次婚礼,
被触动的中提琴的琴弦,还有银盘里
的水果。正像沙波迪亚的习惯那样,
六片嘴唇拥有一只翻倒过来的酒杯,
以及洒出来的葡萄酒。蜡烛的火光
被从莱茵河吹来的风吹得摇曳不停,弱不禁风。
她的手指,骨头透过皮肤显得透亮,
碰上了刺绣和丝绸衣服的扣子,
那件衣裙就像坚果壳一样张了开来。
从变得颗粒饱满的肚皮上掉落下来
一根系在颈上的项链没有时间地响着,
在深坑里,各种各样遗嘱的武器,
与春天的鸟类叫声和皇帝的红发混合在一起。

说来说去,也许这只是我自己的爱情,
在第七条河的那边。在那里主观的污垢,
着迷,永远阻碍了前行的道路。
直到一扇百叶窗,在寒冷花园里的狗群,
火车的鸣笛声,冷杉树上的一只猫头鹰,

被虚假扭曲变形了的记忆,
草在说:这是怎么回事,我不知道。

在美国的一个晚上,水獭的溅水声,
记忆变得比我的生命更重大。
一只锡盘子跌落在不规则的
红砖地面上,不断地叮当作响。
大脚贝林达,朱利亚,泰伊斯,
她们性感的头发束被丝带遮住。

柽柳树下面的公主们,安息吧。
沙漠里的风拍打着她们涂过色彩的眼皮。
在尸体被包裹在裹尸布里之前,
在麦子沉睡在坟墓中之前,
在石头沉默之前,那里只有怜悯。

昨天黄昏时刻,有条蛇穿过大路,
被车轮碾压,在柏油路上翻滚扭动,
我们既是那条蛇,又是那个车轮,
这是两种领域。这儿就是无法达到的
存在的真理。就在这里,在永恒的
又不是永恒的边缘,两条平行线交叉了,
而时间被时间提升到了时间之上。

他沉默,没有形状,在蝴蝶的色彩前,
他感到恐惧,他是无法达到的,
没有朱利亚、泰伊斯,蝴蝶又是什么?

在她的眼睛里、头发里、肚皮的平滑
肌肤里，没有蝴蝶绒毛的朱利亚会是什么？
是王国，你说。我们不属于它，
然而，在同一瞬间，我们又属于它。

要多长时间，我需要一个荒谬的波兰，
在那里，诗人们写出了他们的热情诗歌，
它们带有一种受限制的责任性？
我要的不是诗歌，而是一种新的语音。
因为只有它才能让我们表达出一种
新的柔情，并且能拯救我们，
从一条不是我们法则的法则中，
从一种不是我们所需要的必要性中，
虽然我们赋予它以我们的称号。

从破碎的盔甲中，从被时间的命令
所打击的眼睛，又被带回到霉菌
和发酵素的管辖内，从这里获得了
我们的希望。是的，要把水獭的
柔软皮毛和灯芯草的气味融为一体。
看到了握着大水罐的那只手上的皱纹，
葡萄酒正从罐里流出，为什么要喊叫，
说历史感毁灭了我们的本质，
如果它，正好给我们提供了我们的
白发父亲的缪斯，希罗多德，
作为我们的武器和乐器？虽然

要使用它,要加强它,并不容易。
它就像一个有着纯金为中心的铅锤,
它能够再次用来拯救人类。

带着这样的沉思,我划着一叶小舟,
在这个大陆的中心,穿过泥泞的根茎,
带着我脑海中两大海洋波浪的形象,
和一条警戒艇上缓慢摇晃的吊灯。
觉察到在此时此刻并不是只有我一人,
保存着没有名称的未来,如同在种子里那样。
然后一个有韵律的呼吁自己创造出来,
与那带着丝绸呼呼声的飞蛾完全不同:

啊,城市、社会,啊,首都,
你揭示了你冒着热气的内脏。
你不再会成为你过去的那样,
你的歌不再使我们感到满足。

钢铁、水泥、石灰、敕令和法律,
我们对你们的崇拜已经太久。

而你对于我们既是目标又是保护,
我们则是你的光荣和你的耻辱。

这个盟约是在哪里被撕破的?
是在战火中,是在流星的响声中?

是否有一次在暮色中,在轨道的荒野中,
当他们疾驰时又看见了尖塔?

在一扇窗子里,通过调动的火车头,
有个姑娘正对着镜子在审视她那
忧郁而狭长的脸孔,并且在她的
头发上系上一条闪亮的丝带,
她发上的卷发器透过丝带发出亮光。

你的那些墙壁是墙壁的影子。
而你的灯光也已永远地熄灭。
不再是世界的雕像,只是我们的作品,
屹立在太阳下面,在一个改变了的空间。

从墙体、镜子、玻璃和图画中,
扯开用银丝和棉线织成的窗帘。
一个男人出来,他赤裸着,是个凡人,
为真理,为言论,为翅膀做好了准备。

哭泣吧,共和国。高喊着:跪下!
你试着用扩音器去增强你的魅力,
你听!这是钟表在走的滴答声。
死神已向你伸出了他的一只手。

我肩上扛着一支桨,穿行在森林里,
一只豪猪在一棵树杈上朝着我嘶叫。
一只我所熟悉的雕鹗正停在那里,

没有被地点和时间所改变,朝下面望着,
这雕鹗正好是来自林奈[1]的作品。

对于我,美国有着一只浣熊的毛皮,
它的眼睛就像是戴着一副黑眼镜。
一只金花鼠在一堆干枯树皮中忽隐忽现。
在那儿的红土里,常春藤和葡萄藤
纠结成一条长廊,在鹅掌楸树的根茎下。
美国的翅膀是一位主教的红颜色,
它的鸟嘴半开着,一只反舌鸟用颤音唱着,
从浓密的树枝中间,像在水汽的浴室里,
它的线条就像美洲噬鱼蛇的摇摆的蛇身,
它正以青草摆动的样子穿过一条河流。
一条响尾蛇,像一堆破碎的斑斑点点,
正盘绕在一棵盛开的丝兰花下面。

对于我,美国就是一本绘图本的
童年故事,在纺车轮的转动声中,
讲述着在密林深处发生的故事。
以及一把小提琴哆哆嗦嗦拉起的方形舞曲[2],
就像是立陶宛的或弗兰德斯的小提琴在演奏。
我的舞伴名叫比鲁塔·斯文松,

---

1 林奈(Linnaeus,1707—1778),瑞典植物学家。
2 方形舞(曲),由四对舞伴组成的一种跳舞形式。

她生于科甫诺,嫁给了一个瑞典人。
这时候,恰好有一只飞蛾在夜里扑向了灯光,
它有两只手掌拼在一起那么硕大,
它的色彩宛如晶莹透明的绿宝石。

为什么不在大自然里,在灼热的彩虹里
给自己建立起一个永恒的家?
难道秋天、冬天和春天以及有毒的夏天
所带给我们的工作还少吗?
关于齐格蒙特·奥古斯特[1]的王宫,
特拉华河[2]什么也没有告诉我们。
并不需要《拒绝希腊使者》[3]。
希罗多德躺在那里,书页未被裁开。
只有玫瑰,作为性的象征,或是
爱的象征,超世俗的美的象征,
会打开一个深渊,比你知道的更深的深渊。
关于玫瑰,我们在梦中找到了一首歌:

在玫瑰的里面是金子的房屋,
黑色的等压线,冰冷的溪流,

---

1 齐格蒙特·奥古斯特(Zygmunt August),波兰国王,其在位时期为 1520—1572 年。他在位期间是波兰诗歌发展的黄金时期,拥有科哈诺夫斯基、莱伊等著名诗人。
2 特拉华河,美国东部的一条河流。
3 《拒绝希腊使者》是科哈诺夫斯基创作的一部诗剧,取材于荷马史诗,写特洛伊王子帕里斯劫持了希腊斯巴达王的妻子海伦,并把她带到特洛伊。希腊派出使者前来商谈,要求把海伦交还希腊,但遭到王子的拒绝,希腊使者便以战争相威胁。此剧曾在宫中演出过,并于 1578 年出版。

黎明伸出手指到阿尔卑斯山的边缘,
而傍晚的溪流从棕榈树中流入海湾。
如果有人在玫瑰内部死去,
披着褶皱的斗篷的长长游行队列
抬着他从山上走下紫红色的大路。
他们用火把照亮洞穴里的花瓣,
他们把他埋在色彩开始的地方,
在叹息的源头,在玫瑰的内部。

让月份的名称只意味着它们本身的意义,
让"极光"号的大炮不会在任何一个
月份响起,年轻士官们的晚上进军
也不会再发生。但愿至少可以保存
某种纪念品,就像箱子里的扇子。
为什么不能在一张乡村粗糙的桌子上,
为我们创作出一首老式的颂歌,
去赞颂臣民季节里的星星,
用我们钢笔的笔尖把甲虫赶出字母?

宾夕法尼亚　一九四八至一九四九

颂 歌

啊,十月,
你是我真正的欢乐。
你这蔓越莓和红枫叶的月份。
哈得孙海湾上,天鹅群在透明的空气中飞行,
是牵牛花凋谢和青草枯萎的月份。
啊,十月。

啊,十月,
在你这里有着铺满松针的大路的安静,
有着狗群追逐一只公鹿的悲吠声,
有着用猫头鹰翅膀做成的笛子的吹奏声,
和一只鸟在降落树丛之前的拍打声,
啊,十月。

啊,十月,
你在剑锋上发出白霜的光亮。
当西点军校和岩石上生长着常春藤,
一个波兰炮手[1]看见了五颜六色的密林,
和英国士兵们的枫叶红色的军装,

---

1 波兰炮手指波兰民族英雄塔杜施·科希秋什科(1746—1817),他曾参加美国的独立战争,被美国总统华盛顿授予将军称号。回到波兰后,他组织和领导了 1793—1794 年的民族起义斗争。

他们穿行于阿巴拉契亚山¹的小路上。
啊,十月。

啊,十月,
你那冰冷的晶亮的葡萄酒,
戴着山梨树项链的你的嘴唇有着苦辣的味道。
你那喘息的两侧蒙上了山鹿的淡棕色皮毛。
啊,十月。

啊,十月,
你用露珠覆盖了锈红的痕迹。
在起义者营地的上方响起了牛角的号声。
倾斜的山地小道上烧灼着赤裸的双脚,
当土豆的和大炮的烟雾飘拂过来。
啊,十月。

啊,十月,
你是诗歌的季节,全面大胆地在每时
每刻重新开始自己生命的季节。
你给了我一个魔戒,转动它时
就会从你那自由珠宝里洒下一线光亮。
啊,十月。

有许多理由来谴责我们,
我们本来能够,却抛弃了平静、

---

1 阿巴拉契亚山,位于北美洲东部的一座山脉。

沉默以及对世界结构的思考，
这是值得尊重的。这永恒的主题，
和方式的纯洁，都不像它应该的那样，
吸引着我们，而是相反，我们每天
都想像移动话语那样去行动，
掀起一股名字和事件的灰尘。
我们并不在乎它们会在千百道火花中
消失，而我们也会随之消失，
甚至会使自己声名狼藉。
对于我们的某些企图也不陌生。
虽然并非情愿，我们却付出了代价。

许多人会承认，如果他了解他自己，
就会像是一个人听到众多声音的合唱。
尽管他不知道这些声音的意义。
因此而来的是愤怒。一只脚伸入加速器，
仿佛速度会使我们从声音和幽灵中
逃出来。我们到处漂泊流浪，
身后总是拖着一根看不见的绳索，
时刻都能感到它在我们体内拖曳。

然而，那些抱怨责难的人错了，
他们为这个世界的丑恶洒下泪水，
而把我们视为陷入深渊的天使，
我们正向着上帝的行为挥舞着拳头。
毫无疑问，会有许多人声名扫地而死去。
因为，就像一个文盲发现了化学，
他们也突然发现了相对论和时间。

对于其他人，一块从河岸上拾到的
圆鼓鼓的石头，就是一种科学。
这样的一瞬间就足够了。
要么是一条河鲈的血淋淋的鱼鳃，
要么是月亮正从云堆里升起，
或者一只水獭正划过柔软而平静的水面。

因为沉思冥想毫无反抗地消失了，
为了它自身的好处，它应该被禁止。
我们要比那些从叔本华作品中吸吮
悲伤的人更加幸福快乐，
当他们从他们的阁楼里倾听着
楼下小酒馆里传来的喧闹的音乐声。
而哲学、诗歌、行动并不像对待他们
那样分离开，而是把我们联合成
一个意志？或者置于奴役之中？
这就是，有时觉得是一种可恨的奖赏。

如果我们的过失只是历史性的，
我们也不会获得永久声誉的桂冠，
说到底，那又怎样呢？有些人得到纪念碑
和陵墓。然而在一个五月的雨天里，
一个男孩和一个女孩合披着一件雨衣，
漠然地过去了，没有注意它们的完美性。
而我们的有些言辞会永远留存下来，
将成为他们半开半合的嘴里的回忆。
他们并没有来得及说出他们想说的话。

空气的精灵,火的精灵,水的精灵,
要紧挨着我们,但不能靠得太近。
轮船的螺旋桨让我们驶离了你们,
离开了海鸥和鲸鱼聚集的地区。
随后是希望:三个牙齿的海神会展现
他的胡须,一队仙女随从追随着他。
但这希望没有实现,什么也没有,
只有海洋在沸腾,一再重复地说:
徒劳无功,徒劳无功,虚无状态。
如此强而有力,我们想战胜它,
靠想着海盗们的骨骸,总督们柔软的眉毛。
那些都是螃蟹们的美餐。于是我们的手
把冰冷的铁栏杆抓得更紧。
在颜料、肥皂和油漆的气味中
寻求帮助。船身压得咯吱响,
承载了我们的愚蠢、迷茫和隐秘的信念,
主观性的尘土,和那些在战斗中牺牲的
人们,他们无家可归,脸色苍白,
要把他们送往极乐岛去?啊,不,
在你和我的心里,狂风骤雨
淹没了贺拉斯[1]的那个诗节。
那是用一把削铅笔刀刻在小学的凳子上:
它无法在这片盐渍的空地上追上我们。

布里—康特—罗贝尔　一九五六

---

[1] 贺拉斯(Horace,前65—前8),古罗马诗人,以颂歌著称。

波庇尔王及其他

一九六二

波庇尔王

这些罪行确实和我们的不同。
涉及用菩提树干凿成的独木舟,
以及海獭的毛皮。他统治着沼泽,
那儿麋鹿在严霜的月光下嘶叫,
山猫在春天走向干涸的河滩。

他的木栅栏、院落和塔楼,
它们是由众神的鳍建筑而成。
猎人藏身于水的后面,隔水眺望,
他不敢用他的弓把树枝撩开,
直到有个人把消息带来。风逐浪高,
把最大的空船摇晃着,推入空心草中。

群鼠吃掉了波庇尔。镶满钻石的王冠,
他后来才得到。留给一直消失了的他,
是存放在国库中的三枚哥特钱币
和青铜手杖。可是他却离开了,
带着妻子儿女,不知去向何方。
伽利略、牛顿和爱因斯坦
将陆地和海洋遗留给了他。
因而多少世纪以来,他可以
在他的王座上用刀磨亮他的标枪。

蒙格朗　一九五八

饶 舌

是自己又不是自己,我穿过橡树林,
令我惊讶的是我的缪斯,摩涅莫绪涅[1]。
她完全不理解我的惊讶。
饶舌者在大叫,我就说:饶舌。
什么是饶舌?就是到达饶舌者的心中
到达多毛的鼻孔,到达落下
又重新升起的飞行。
我从未达到过,因此我不理解它。
然而,如果这种饶舌不存在,
那么我的本性也不会存在。
谁又会想到,几个世纪之后
我会找到关于普遍性的争论。

蒙格朗 一九五八

---

1 摩涅莫绪涅,古希腊神话中的记忆女神,缪斯的母亲。

教 训

自从那一刻,在低矮的房子里,
小城来的医生剪断了脐带。
果园的酸根和花木茂密丛生,
满是白斑的梨子躺在草窝中。
我就在人们的手中,他们尽可以
扼死我第一次哭声,以巨大的手掌,
勒紧我毫无抵抗的能激起他们情感的喉咙。
从他们那里我接受了鸟禽和花果的名字。
我住在他们的国家,并不怎么荒蛮,
也未充分开垦耕种,有农田和牧场,
船底有水,它停泊于木棚后的丛林中。

他们的教育,的确在我的身上
遇到了阻碍,而我的意志顽固不驯,
很少听从我的或者他们的愿望。
别的人我不认识,或许只知道姓名。
他们在蹂躏我,而我,惊恐万状,
我好像听到了房间里的沙沙声。
但我并没有透过钥匙孔朝里窥看。
无论是卡其密什或者雷荷里,
还是艾米莉亚,或者马加菲特,
对我说来都毫无意义,一文不值。
但是我不能重犯他们的缺点、
他们的罪过,这有损我的人格。

于是我想大声疾呼：你们应负责任，
由于你们，我才成了现在的我，
而未能成为我理想中的那个人。

太阳已照射在描述原罪的书上。
当下午的草地沙沙作响，不止一次，
我想象出他们两个，由于我的过错，
践踏着一只蜜蜂，在伊甸园的苹果树下。

蒙格朗　一九五七

不再更多

等我有时间应该讲讲我是如何
改变我的诗歌观点,怎样使我
认为今天的我是日本帝国众多
商人和工匠中的一员,
正在拼凑着关于樱花盛开、
关于菊花和月圆的诗句。

若是我能描写威尼斯的妓女
怎样在庭院里用树枝去逗弄孔雀,
从丝织物、从珍珠的腰带上面
鼓出硕大沉重的乳房,束紧的衣服
在肚皮上留下的浅红色印迹,
像大帆船船长见到的那样清晰,
这天早晨他正运了一船金子到来。
要是我能同时为她们可怜的尸骨
——在被油污的海水舔着墓地的大门——
找到一个词,比她们临终用的梳子,
——它在墓石下腐烂,独自等着光——
更坚硬耐久。

那样我就不会怀疑了。从强硬的材料中
又能做什么?什么也不能,最多是美。
这时候,樱花对于我们应该是足够了,
还有菊花和圆月。

蒙格朗 一九五七

鸟 颂

啊,合成的,
啊,无意识的,
相互握住羽毛的手掌。
你倚靠在灰蝶螈的跳跃上,
在控制论的手套上,
凡能触摸的都应接受。

啊,不相称的,
啊,比铃兰的深渊,
草丛里金花虫的眼睛更大。
因紫绿色的太阳的运转而成了红色,

比走廊里的黑夜更巨大,
还有蚂蚁的探照灯——
和在它肉体中的天河,
实际上它可和其他事物相比。

除了意志,没有意志,
你摇曳在空气的湖泊上面的树枝上,
那里有沉没的宫殿,树叶的尖塔,
有提供在竖琴阴影之间降落的跑道。
你被召唤前来鞠躬,我在沉思片刻。
你因欣赏而放慢脚步,伸出手臂,
你站立的地方在摇晃,你在水晶的纹路里

举起你那颗温暖的跳动着的心。
什么也不相似。对于普特、普特朗、
福克斯和贝达的响声无动于衷。

除了名称,没有名称,
巨大琥珀的完美的动作。
以便我能接受翅膀的拍打,
它把我和事物分开,我每天都
给予它名称,并和我垂直的形体分开,
虽然我把自己伸展到极点。

然而你那半张开的嘴永远和我在一起,
它的内部是如此肉感和多情,
以致我一阵颤栗,寒毛竖起,
由于亲密的关系和你的狂喜。
这时候,我下午一直在前厅等候,
我看到了铜狮旁边的嘴唇,
我触摸到了一只光裸的手臂,
在泉水和大钟的气味里。

蒙格朗 一九五九

幸　福

多温暖的光！明亮的海湾，
帆樯林立，绳索在静静休憩，
在晨雾中。在溪水流入大海之处，
在小桥旁，一支长笛吹响。
远处，在古代遗址的拱顶下，
显现出几个走动的小小人影，
有人戴着红头巾。有树木，
城堡，和清晨的崇山峻岭。

华盛顿 D.C.　一九四八

曾经是伟大的

致亚历山大和奥拉·瓦特
曾经是伟大的,现在显得渺小,
王国衰败得如同蒙上白雪的青铜。
过去让人惊恐的,如今不再惊恐,
天体在转动,在发光。
伸展在河岸的一片草地上,
像很久以前,我把树皮做的船放入水里。

蒙格朗 一九五九

该,不该

一个人不应该爱月亮,
在他手中的斧子不该失去重量。
他的果园应该有烂苹果的气味,
而且要长满大量的荨麻。
一个人说话时不该用亲切的话语;
也不能劈开种子去看里面的东西。
他不该掉下面包屑,或向火里吐痰
(至少在立陶宛是这样教育我的)。
当他踏上大理石的台阶,
乡巴佬,要尽力用靴子去碾碎它们,
好向人们提醒:台阶不会永远存在。

伯克利 一九六一

这意味什么

不知它会发光,
不知它会飞翔,
不知它是这样而非别样。

他越来越经常地张着大嘴,
还叼着一根快熄灭的高乐烟。
喝着一杯红葡萄酒,
我在思考着非此即彼的含义。

就像从前,我在二十岁的时候,
那时我希望自己能成为一切,
甚至能成为一只蝴蝶或画眉,靠魔咒。
如今我看见满是尘土的乡镇道路,
和邮政局长每天喝醉的那个小镇,
他悲伤着他自己依然如故。

假如星星克制住我,
假如一切事情都在照常发生,
即所谓的世界和所谓的肉体,
那我就想成为不矛盾的人。但不是。

蒙格朗　一九六〇

赫拉克利特

他怜悯他们,他本身就值得怜悯。
这是任何语言都无法表述的事情。
甚至他的句法都晦涩——人们指责——
这样组合的词句具有三重的意义,
但却毫无内容。在凉鞋里的脚趾,
阿尔忒弥斯手下少女的弱小乳房,
从船上来的人脸上满是汗水、油脂,
参与大众事业却又各自存在。
在梦里我们自己只为自己人卖命,
他们喜爱着腐烂尸体的气味,
喜爱着阴毛下面中心的热情,
下巴底下的膝盖,我们知道这一切,
而枉然地想念。我们自己就是动物,
个别的存在夺取了我们的光亮
(这个句子可以反过来倒念)。
"没有人像他那样骄傲和刚愎自用",
因为他折磨自己而不能宽恕原谅,
瞬间的意识永远无法改变我们。

怜悯变成愤懑。于是他从以弗所逃走,
他再也不想看到别人的脸,隐居山中。
他以草和树叶为食,像拉尔修所说,
大海在亚洲的陡峭岩壁下掩波息浪
(从高处看不见波浪,只能看见大海)。
那儿有没有传来圣盒上铃响的回声,
或者漂浮着疯狂奥兰多的金色衣服,
或是小鱼的嘴在一口口吞食着潜艇上
无线电小姐唇上流下来的唇膏?

        蒙格朗 一九六〇

希腊肖像

我的胡子浓密,眼皮遮住了
眼睛,就像那些了解事物
价值的人一样。我沉默着,
有如一个男人,他知道人的心
比话语能容纳更多的东西。
我抛下了故国、家庭和公职,
并不是为了追求利润和冒险。
我不是轮船上的外国人。
我的脸很平常,是张征税人、
商人和士兵的脸,是人群中的一员。
也不是我拒绝对当地的神灵表示
应有的敬意,我和别人一样吃喝,
关于我本人说了这些话已足够了。

        华盛顿 D.C. 一九四八

大　师

他们说我的音乐像天使般美妙,
当那位亲王听着它时,
他那蒙着的脸便变得温和。
甚至愿意和乞丐分享权力。
宫廷侍女的扇子停止了摇动。
丝绸的触摸不会引起甜蜜的非分联想。
裙褶下的双腿像在深渊中变得麻木。

人人都能在教堂听到我的庄严弥撒,
我把圣塞西莉亚唱诗班女孩们的喉咙
变成了一种乐器,它能把我们提升到
我们之上。我能让男人和妇女们
切断他们对漫长一生的记忆,
直至他们站立在主殿的烟雾中,
重新回到童年的早晨。那时候
一滴露珠和山上的一声叫喊
都曾是这个世界的真理。

日落黄昏我好似一个园丁,
倚靠在一根拐杖上,
浇灌着一棵大树。

我没有浪费带有微小希望的青春年华，
我在估算已完成的一切。那边一只燕子
消失在山中，然后以斜飞的姿态返回。
脚步声在井边响起，但这是别人的。
犁在耕种森林。只有长笛和小提琴
才会经常演奏，听从我的指令。

谁也不知道我付出多少。他们可笑地
认为可以免费得到。一道光线把我们刺穿。
他们想要光线，因为这有助于他们的欣赏，
或者相信民间的神话：从赤杨的阴影中
一个魔鬼出现在我们面前，黑得像污泥，
他用蚊子的叮咬挤出了两滴血，
他把紫晶指环印在了蜡上。

那些天体和星辰在无休止地鸣响，
但记忆中的瞬间却是不可战胜。
它在午夜时回来。是谁在举着火把，
让久已逝去的东西出现在光亮中？

悲伤已徒劳无益，在漫长生命中
的每时每刻。什么样的美好事业
能够挽回一个活人的心跳，
而永远持续的忏悔行为，
对于一个人来说是否够了？

当老了，白发在有花边的披巾下面，
当手指浸泡在木盆的水中，

我以为她会成为他们中的一员。
同样的冷杉在沙沙作响,伴和着湖中的微浪。

但是,我爱我的命运。
如果我能让时间倒退,我无法猜测
我是否会选择美德。命运之线也不知道
上帝是否真想要我们失去灵魂,
因为只有这样才能获得完美的礼物?

天使的语言!当你想到恩赐之前,
你要小心,不能欺骗自己和别人。
唯有我邪恶的一切才是真实可信。

蒙格朗 一九五九

轻率的谈话

——我的过去像只蠢蝴蝶在海上飞行,
我的未来像座花园,厨子在那里宰杀公鸡。
我有什么呢? 只有我全部的痛苦和反抗?

——要抓住瞬间,当它优美的外壳
像两只交叉的手掌敞开的那一刻。
你看到了什么?
　　　　　　　　　——一颗珍珠,一秒钟。

——在一秒钟里,在珍珠里,玫瑰色的光亮
在一秒钟里,在珍珠里,你看见金匠吗?
是不是大火的反光映进了你的双眼?
这是记忆吗?
　　　　　　　　　——不,这是星,是一眨眼。

——在一眨眼间,在这颗从时间里救出的星中,
你看到了什么,当变化莫测的风停止?
——大地、天空和海洋,满载货物的船。

洒满露水的潮湿春天和海外的国家。
当奇迹出现在平静的光线中,
我望着,但不渴求,因为我幸福。

　　　　　　　　　　　　戈西策　一九四四

在米兰

一

我的和不属于我的那些年代已很久远。
当有个人在意大利写了一首诗
讲述着锡耶纳郊区的傍晚,
或是西西里岛废墟上的蝉。

夜里我们久久徜徉在教堂广场上,
他:我太过于政治化了。
而我却做了这样的回答:

——若是我们的鞋里有根钉子,你会怎样?
你会喜欢这钉子吗?而我也是一样。
我喜欢葡萄园里的月亮,
那时就能看见阿尔卑斯山高处的积雪。
我喜欢黎明时分的柏树,
和山谷中的浅蓝色空气。
我甚至今天就能写出一首歌,
有关桃子的味道和欧洲的九月。

谁也不会责怪我生活中缺少快乐,
或者指责我不留意身边经过的少女。
我不否认我吞下了所有的花,
吃掉了所有的颜色。四十年来
我徒费心力地毁坏着这个世界,
也许需要一千年才能做到。
是的,我想做一个五种感官的诗人,
这就是我不想成为单一诗人的原因。
是的,思想比柠檬这个词的分量要轻,
这就是我为何在词句中不去碰水果,
我以自己的语言来解释:"谁不触及大地
一次……"早就有人这样写过。
但不是人人都能理解这其中的意义。

二

参观工厂就像是参观监狱,
导游因处罚温和而自豪。
奥利维蒂工厂的铅和玻璃、
牲口槽、住房、阿尔卑斯山背景。
和我同游的有一个印度人、

一个脸上刺有花纹的黑人,
还有一个在本子上记事的美国姑娘。

神父们像燕子似的在金子上面飞翔。
在波娜·斯弗查公主成长的城堡,
——她嫁给了一位野蛮国家的君王,
破坏的大理石上有人手造成的痕迹。
你们并不是我所需要的旅伴,
那是你们自己加入进来的,
我不能深入到这些事物的本质中,
低垂的头紧贴着餐厅的玻璃。
市场上提着篮子的手
一直在活动,交换着物品。

在这座机器大厅里我看见他们的眼睛,
机器大厅经历了一个又一个的世纪。
这就是地球上完成得最好的产品,
精心打造的包装像太阳一样发光。

并不去关注每天有多少里拉的进益,
也不涉及面包、肉和葡萄酒的价格,
也不过问孩子们是否去了夏令营,
我也不是个社会民主主义者。

搅乱锡耶纳灰色色彩的手指,
能猜测出别人思想的眼睛。
人类至尊的君王被关八个小时。
还有出现接吻和手枪子弹的电影。

然后是梦见列奥纳德的满是胡子的脸孔,
他来自米兰的技术博物馆。

三

我们漫步在喷泉哗哗作响的地方。
水底里的彩色石板在闪闪发亮。
当我看到像镜子一样的水中
映现出我那亲切的形象,
我便感到非常的幸福。

布里—康特—罗贝尔　一九五五

选自《波尔尼克小城的编年史》

蓝胡子城堡

城堡屹立在带有海浪咸味的岩石上,
它建于十世纪。一支弓上的箭
可以射到涨潮时驶入港口的
每只船上的桅杆。
退潮时露出细条状的岩石,
然而莱斯的男爵吉尔·德·拉瓦尔
我认为他是个流氓、不良少年或痞子,
他的父亲死于一四一五年的一次狩猎,
因为猎刀没有刺中野猪的硬心脏。
而吉尔或许是受到过分的娇惯纵容,
尽管他们教过他拉丁文的写作和阅读,
以及如何去欣赏一般的艺术。
在福斯塔夫的这伙谄媚的同伴中,
这个坏小子成了当地的恐怖。
娶凯瑟琳·德·图阿尔时他才十六岁。
他是最早援助圣女贞德的人之一。
他无所畏惧,是贞德的左右手,
是他救了当时在杜尔纳尔战役中受伤的贞德。
后来这位二十六岁的法国元帅
感到厌倦了,便养起了诗人和演员们,
并"践踏所有神的和人类的法律",据当地编年史所说。
在这座波尔尼克城堡里充满着淫逸放荡,

于是他被南特的世俗和教会的法庭判刑。
刽子手绞死了他,但尸体未被扔进火里,
因为六个戴面纱的女人替他收尸,要把他
安葬在神圣的土地上。
她们说:大主教、公爵和他的亲属
之所以杀死他,是贪图他的财产。

加利波

我经过港口附近的加利波的小街。
加利波主教并不是一位爱国者,
他拒绝在宪法上宣誓。
于是他藏身于洞中,在杂草丛生
的屋里做弥撒,由武装农民
组成的卫队听从猫头鹰的召唤,
受到围困的他只好躲藏在布里-舍朗特
侯爵的城堡塔里,直到救出布列塔尼公爵们
的"翠鸟号"三桅船驶进了这片水域。
他假扮成水手绝望地凝视着海岸,
当张开了全部风帆的船驶出海峡,
越过诺莫蒂埃岛,朝南方开去。
加利波死于流放,在圣塞巴斯蒂安。
在这里显示出了个体与集体的矛盾,
因为连那些跳流行小调舞的人都热爱他。

主 人

布里-舍朗特侯爵夫人和女儿安妮
因窝藏加利波主教而被捕,
当她们被押上马车时并没有垂下眼睛,
因为她们尽到了自己的义务。
在去南特的路上,确切地说,在穆迪
喝醉的男人们因她们骄傲而惩罚她们,
一个革命的法庭宣布了判决,
她们在死牢里没有哭泣。
她们被押到了绞死的地方,
一群大胡子壮汉打倒了那些卫兵,
他们都是"翠鸟号"船上的水手。
这艘船停靠在卢瓦河的出口处。
回想起这世界的残酷凶狠,
它夺去了我们的记忆和肉体的童贞。
安妮便在母亲死后进了一所修道院,
侯爵因参加密谋活动而在巴黎被砍头,
他谋划从断头台上把国王救走。
城堡空寂无人,直到一个名叫"穷人"
的铁匠住进这里,他是最穷的市民。
一位富人蒙塞尔·列布雷顿给了他
二百法郎,让他搬出了城堡,
又用一千二百法郎买下了原来主人
的五万债务。这座城堡后来
被一个服装厂主杰伯特所继承。

旺代人

啊,不理智的旺代人,你们被称作土匪,
占领波尔尼克后就想去报仇,这能理解。
你们枪杀了裁缝维阿,公证人包纳米,
铁匠里宝,商人马丁和塔提弗,护林人
波森,两个修船工,甚至连八十岁的老人
也不放过。当你们晚上用酒来庆祝
胜利时,却像乡下佬那样喝得烂醉。
竟连一个岗哨都没有设置?
由爱国者牧师率领的军队,
在黑暗中向你们步步逼近,
你们将被斩首或被投入监狱。
黎明时沙滩上已挖好了许多坑
(这表明是在退潮时发生的)。
当你们中的二百五十人被带到绞架时,
另外二百五十人正站在坑边,挣扎着,
从他们的嘴里流出了恐惧的唾液。
直到现在,一个很老的女人的证词
在这里一再被重复着。那时候,她是个
岁数不大的小姑娘,正挎着篮子在奔跑,
沿着城堡岩石上面的一条小路。
军人们命令她离得远远的,因为在他们
枪杀俘虏时,不能有证人在场。

奥查勒尼亚女士

曾经的严酷冬天,毁坏了葡萄园。
狼群在黑暗的街道上游窜。
黄昏时刻女人们穿上最漂亮的衣裙,
徒劳地聚集在岩石上对鸟儿施予魔咒。
鸟儿朝下看到的是漆黑的、漆黑的大海。
浅红色的船帆在起伏的波浪中穿行,
看上去像海藻、淹死者的脸孔,
对他说来,这不是丈夫或情人的脸孔。
但一个世纪接一个世纪我们的奥查勒尼亚
女士在花岗岩的小教堂里伸开了双手。
的确,海洋让我们显示出自己的真面目;
不过是些暂时冒充有着船长智慧的孩子们。
而此时的人类就是个可爱的家庭,
可以把一千年看作是一天。
圣母啊,救救我,我的生命充满罪恶,
请让我回到美丽的大地,再给我时间。
圣母啊,我不值得拥有但我会重新开始。
你住得不远,因为你就在我近旁。
你戴着湿头巾,赤着脚,低垂着头,
在思索着:为什么要拯救我?
他们在她的祭坛上献上了许愿的蜡烛。
随后他们狂饮,暴躁,他们的女人怀孕。
她的微笑意味着一切都遵照她的意愿。

波尔尼克—蒙格朗 一九六〇

梦幻集

五月十日

难道是我认错了房子或街道,
或是楼梯,尽管我曾每天都在那儿。
我通过锁孔窥看,那厨房又像又不像。
我带来了缠绕在线轴上的塑胶带,
那带子却像鞋带一样粗细,
那是我长年以来所写下的一切。
我按铃,摸不准我是否听见那名字。
她站在我面前,身穿藏红的衣裙,
她依然如故,以微笑来欢迎我,
不带时间的一滴眼泪。
清晨,那群山雀在云松树上歌唱。

六月十七日

这白雪将永远留存下来,
未被开垦,未向任何人诉述
他们在上面的足迹傍晚时凝结,
在一小时、一年、一国、一景里。

这脸孔已永远留在了这里,
多少年来受到雨滴的鞭打。

一滴从眼睑流到了嘴里,
在空寂的广场,在无名的城市。

八月十四日

他们命令我们收拾东西,因为房子将被烧毁。
我刚好把信写完,信就在我的身上。
我们放下行包,靠墙坐下,
他们望着我们放在行包上的大提琴。
我的儿子们没有哭,只是严肃而好奇。
一个士兵提着一桶汽油,其他人在扯下窗帘。

十一月十八日

他给我们指出通往下面的道路,
我们不会迷路的,他说:因有很多灯光。
穿过被遗弃的果园、葡萄园和长满
荆棘的堤岸,我们走的是近路。
那灯光,也许是大萤火虫的灯笼,
或者是在低空飞行的小行星。
然而当我们有一次想转身向上走时,
一切都熄灭了,在万籁俱寂的黑夜中,
我才明白,我们是在朝谷底走去,
因为到那时才会有灯光来指引我们。
我拉着她的手,肉体的记忆把我们
联结在一起,那是在情人床上的和谐行动。
这意味着有一次是在麦堆上或在密林中。

下面急流吼鸣,一堆崩落的冻岩,
可怕的、月亮颜色的硫磺。

十一月二十三日

长长的火车停在车站上,月台空无一人。
冬天、夜晚、严寒的天空一片红光,
只能听见女人的哀哭声。她徒劳地
在哀求什么,向一个穿深褐色外套的军官。

十二月一日

可怕车站的大厅,透风、寒冷。
啪啪的敲门声,门自动打开了,
门口出现我那死去的父亲。
但他年轻、英俊,很得人爱。
他向我伸出手,我立即跑开,
走下螺旋形楼梯,走向无限无穷。

十二月三日

宽阔的白胡子,天鹅绒的衣服,
惠特曼在小庄园里领头跳舞。
庄园的主人是艾曼维尔·斯威登堡,
我也在那儿,喝着蜂蜜酒和葡萄酒。
最初我们手拉着手,转着圆圈,
我们仿佛是长满青苔的岩石,
不停地转动。随后,那看不见的

管弦乐队在加速演奏,疯狂的舞步
带动着我们,让我们兴奋陶醉。
而那种和谐、融洽的舞蹈,
是幸福欢快的哈希德派舞。

十二月十四日

在梦中,主观与客观的区别在消失,
我们既是主体又是客体。
这意味着我们是在观看躺着的自己。
我鼓动有力的翅膀,我下面是移动的
绿茵般的草场、杨柳和蜿蜒的河流,
这是座带壕沟的城堡,附近是花园,
我爱恋的人常在花园中散步。
但是,当我回去时,必须谨慎小心,
以免丢失那本插在我腰带上的
魔书。我永远也无法飞得更高,
这里有高山耸立。
我艰难地登上了长满森林的山峰。
那森林因栗树和橡树的叶子变成锈红。
在那儿,有一群呆立在树枝上的小鸟,
一只看不见的手在扔着树枝,
用魔术的手法把我招引过去。
我跌倒了,我被握在她的手套上,
此时有一只羽毛染满血迹的老鹰,
"荒原上的巫婆"。她在城堡里
发现了印在我书上的咒语。

三月十六日

未被召唤的脸,无人知道他是怎样死的,
我一再重复我的问题直到他恢复原形。
而他,这个拳击手打了守卫的下颌,
他们便用靴踢他。我望着带狗眼的
守卫,我便有了一种渴望,
完成一切命令以博得他对我的称赞。
甚至有一次他把我派到一个城市,
一个有拱廊过道和大理石广场的城市
(也许就是威尼斯),脚踏着石板,
身穿可笑的长衫,赤脚,头戴一顶大帽。
我一心想的是如何完成他给我的任务,
我拿出通行证,而且还替他带回了
一个日本玩偶(商人不知道它的价值)。

三月二十四日

这地方位于卢德尼克荒原的边缘,
比如说,在雅苏纳锯木厂旁边,
在克列依瓦森林和切尔尼察村,
马里安波尔村、哈林村之间。
那儿也许有条叶雷斯河缓缓流过,
穿过低洼草地上的白头翁花丛、
播种的松树林、小桥和蕨类。
大地在剧烈震动!不是为了炸裂,
而是以其表壳的运动在预告
它能使树木碰撞折断、连根拔起。

它为此而兴高采烈,就像人们从未
知道的那样。高兴吧!高兴吧!
在小路上、在木屋里、在突出的岩石上,
还有水!凡是你射中什么都会沉入水中,
约瑟夫满身是低劣的烟草味,站在岸上。
我射中了一头熊,但它掉进了河里,
——什么时候?
今天下午,笨蛋。你看那边的木桶,
你的熊在漂流。这哪儿是熊?羞耻啊。
那不过是一只受伤的小熊在喘息呻吟。

三月二十五日

夜晚穿过田野草地,
穿过文明的绿野田地,
我们边跑边叫、边唱,用的不是我们自己的语言,
而是让人惊恐不安的语言。
他们在我们面前跑走了。而我们
则跨着二米、三米的大步。
我们具有无限的力量、无限的欢乐。
灯熄灭了,汽车停下了:不同的车,
从那边来的车。我们听见了声音,
在附近说话,以我们嬉玩时才用的语言。
这时我们假装着被恐惧攫住。
恐惧如此之大,竟使我们跳过了十四米的
栅栏和围墙,奔向森林的深处。
我们的背后是追赶和叫嚷声,
用的是塞西亚和伦巴第人的口音。

四月三日

我们的远征正进入干熔岩的地方。
也许在我们下面有盔甲和皇冠。
可是在这里,既见不到一棵树,
甚至也没有长在岩石上的青苔。
空中也没有鸟,只有飘动的薄云,
太阳从黑色云幕中间落下。

这时候缓缓地,在万籁俱寂的夜晚,
连蜥蜴的瑟瑟声都不能听见,
只有碎石在车轮下发出的嘎吱声。
突然间,我们看见了竖立在山丘上,
一件粉红色胸衣,带有飘动的丝带,
远处还有第二件、第三件。于是
我们露出了头,朝它们走去,
走向废墟中的神殿。

蒙格朗　一九五五

边 陲

慢慢地,我的羔羊,慢慢地前行,
经过黑暗时分的多处海湾。
海狮手持权杖端坐在岩石的宝座上。
远远地,远远地把一把梳子扔向身后,
于是长出了树林。
往身后扔一面镜子,就会生成一片海洋。

美好的声望终于被推翻,
没有岁月,没有时钟,没有我们跪着
挖淘金子的记忆。
马鞍在吱嘎作响,雕像在野牛草里倒下。
直到只有该有的一切,只有大地和海洋。
盐、黄色的山岭、低矮的橡树和泡沫,
它们是在向信天翁低声说出自己的功绩?
我们知道得更清楚,这并不能证明什么。
慢慢地,我的羔羊,慢慢地前行。

伯克利 一九六二

沿着我们的国土

一

每当我经过一个人口密集的城市
(像惠特曼说的,据托姆的波兰文译本),
每当我经过一个人口密集的城市,
例如在旧金山港附近 z,数着海鸥,
我就想到在男人、女人和儿童中间
有着什么,既不是幸福也不是不幸。

二

中午,山上坟场的白色碎石,
一座水泥的闪闪发亮的城市,
用硬翼的昆虫的黏汁胶合在一起,
以道路为轴心,与天空一起旋转。

三

假如要我说出世界对于我意味着什么,
我就会拿起一只仓鼠,或刺猬或鼹鼠,
在某个晚上把它放在剧院的座椅上,
然后我把耳朵贴近它那潮湿的口鼻,

听听它会说些什么,关于探照灯,
音乐的声响,以及舞蹈的动作。

四

我是否突破了声音的阻碍?
然后是云彩和大教堂,
铁门外是令人狂喜的绿色
和寂静,出乎意外,与我熟悉的不同。
我到达之处,一个老妇的手上裹着念珠,
手杖敲打在斑斑树影间的大石板上。
这是不是一种羞耻,
我的命运就是如此。

五

黎明前醒来,我看见了灰色的湖,
和每天一样,两个男人在突突响的汽艇上垂钓。
然后我被直射到眼睛上的阳光惊起,
这太阳伫立在内华达一侧的山口上。

在刹那与刹那之间,我在睡梦中度过许多光阴,
那么清晰,我感到了时光的飞逝,
但过去的依然存在,它并没有过去。
我希望,这会被看成是某种辩护。

悲痛和曾想表现一个生命的巨大渴望：
不是为了我的荣誉，而是为不同的荣光。
后来微风把闪亮的湖水吹起阵阵涟漪，
我忘记了一切。白雪在山上熠熠发亮。

六

那个从黑暗中显现出来的词是：梨，
我腾跳着，围绕着它转动，或展翅飞翔。
但每当我喝着它的甜汁，它就缩退。
于是我来到甜菜地，那时它在园中一角，
木制窗棂上的白漆已是斑驳脱落，
山茱萸树丛和过往人们的沙沙声。
于是我来到梨树园，那里过去便是田地，
在这道而不是别道栅栏后面是溪河、乡村。
我于是转向野梨、贝尔梨和贝尔加莫梨，
毫无结果。在我和梨树中间是装备，是国家。
我像着了魔似的，我不得不活着。

七

姑娘们高扬着下巴，从网球场回来。
水丝的彩虹高悬在草地的斜坡上，
一只知更鸟急步奔来，伫立不动。

桉树的树干在阳光下闪闪发亮,
橡树的五月枝叶把阴影装点得美轮美奂,
只有这个,只有这个值得赞美:白天。

但它的下面自然之力正在翻滚不停,
恶魔们在嘲笑那些相信他们的天真的人,
他们用抛掷带血的肉块来嬉玩取乐,
用口哨吹起关于物质无始无终的乐曲,
关于我们断气的那一刻。
这时候,狡诈的自爱的诡计
会把我们所爱的一切公之于世。

八

若是帕斯卡未被拯救又该如何,
还有那双捧着十字架的纤纤小手,
如果这就是他,完完整整,像只死去的燕子,
在尘土中,在有毒的绿头蝇的嗡嗡声中?

若是他们所有人跪在地上,双掌合拢,
他们成亿成兆,聚集在他们幻想结束的地方?
我从不表赞同,我要给他们王冠。
人类的心灵高尚美好,嘴很有力,
而召唤如此伟大,定能打开天堂。

九

他们这样坚毅不屈,给他们一些石头
和食用的根茎,他们就能建造世界。

十

他们在他的坟上演奏莫扎特,
既然他们无法使自己不同于
黄泥土、云和枯萎的大丽花,
在辽阔的天空下他们觉得过于沉寂。

如同在一位公主举行的茶会上
蜡的钟乳石滴出了量具。
烛芯在吱吱响,穿大礼服的肩膀,
在一列金丝镶边的高领上发亮。

响起了莫扎特,从包里打开的假发,
整个夏末他都久久地戴着。
在头上消失。在辽阔的空虚中
一架喷气机飞过,留下一条细白带。

然而他,竟无一个同时代的人,
黝黑得有如冬日树洞中的毛虫。
他已在工作,招来锈和霉菌,
以便在他们得到凋谢的花冠前消失。

十一

帕乌利娜,她的房间位于仆人住处的
后面,一扇窗户面向果园,
我曾在那儿的猪圈附近采到最好的苹果,
用我的大脚趾紧踩着那暖和的粪堆。
另一扇窗户面朝水井(我喜欢垂下吊桶,
去吓唬井里的居民:青蛙)。
帕乌利娜,一棵天竺葵,寒冷的地面,
一张带有三个枕头的硬板床。
一个铁十字架和一些圣徒像,
装饰着棕榈叶和玫瑰花。
帕乌利娜早已死去,但依然存在,
而且我还确信,她不仅仅是在我的意识中。
在她那立陶宛农妇的粗糙的脸上,
飞翔着一大串蜂鸟,她扁平多茧的脚掌
被洒上了澄蓝的水,而在那水里
海豚的背时隐时现,
嬉玩着。

十二

无论你在何处,天空的颜色包围着你。
就像这里,尖锐的柑橘和紫罗兰,
你手指捏碎的一片叶子的气味伴随你,
即使在你的梦中。那些鸟取了名字,

是用当地的语言。一只"托贝"鸟飞进厨房，
面包撒在草地上，一群草雀飞奔而来。
无论你在哪里，你都能摸着树皮，
试试它那不同而又熟悉的粗糙。
对于升起和西沉的太阳你会感激不尽，
无论你在何处，你都成不了外国人。

当尤尼裴洛神父骑着骡子来到此地，
游历过南方大沙漠，难道他是外国人？
他找到了红皮肤的兄弟，他们的理智
和记忆都是模糊不清，他们曾长途跋涉，
从幼发拉底河、帕米尔和中国高原，
缓慢地、每一代人都在尽其所能地，
来达到自己的目标：良好的猎场。
在那儿，后来陆地陷入了寒冷的
浅海之处，他们生活了千百年，
直到他们几乎完全忘记了伊甸园，
但依然没有学会去计算时间。
生于地中海的尤尼裴洛神父
给他们带去了有关他们父母
和关于征兆、许诺和期待的消息。
他告诉这些流放者，在他们的祖国
他们的罪已被洗去，正像他们额上
的尘土已被洒上的清水洗刷干净。
这样的事情正如他们早就听说过的一样，
但是，这些可怜的人，却已失去聚精会神的能力。
牧师不得不把一条烤鹿腿挂在脖子上，
才能吸引他们那贪婪的目光，

但是他们流着口水大喊大叫,使他无法说话。

然而,是他们取代了我成为那些岩石
的控制者,在岩石上面只有无声的龙
从海里爬出,打一开始便晒起了太阳。
他们用啄木鸟、蜂鸟和雀鸟的羽毛织成披风,
一只褐色的手将长袍向后一甩,指着:就是这。
从此那片土地被征服,亲眼所见。

十三

兔子的胡须和黑黄色小鸭的
茸毛脖子,绿野上一只狐狸
的流动的火,打动了主人和
奴隶的心。从树林的绿荫中
传来了音乐声:响鼓、长笛,
也许是手风琴,或者是留声机,
发出一种喧嚣刺耳的爵士乐声。
一个秋千便飞荡到云中,使下面仰望的
人,因裙子底下的黑暗而屏住呼吸,
有谁没有梦见过萨德侯爵的城堡?
当一个人啊,啊,啊,搓着双手,
准备去工作,用踢马刺去挑弄
那些排成行赛跑的年轻姑娘们。
或叫穿长丝袜的裸体修女们,
用鞭子抽打我们,当我们咬着床单。

十四

卡贝查,要是有谁了解全部文明的,那就是你。
来自卡斯提尔的簿记员,你怎会想到
要到四处去流浪,那里没有任何观念,
没有数字,没有蘸墨水笔写的字句。
只有被海浪冲上沙滩的一条小船,
在站立不动的印第安人的目光下,
光着身子匍匐爬行。
突然,他们的哭声响彻空旷的天空和海洋,
他们的悲恸,甚至连神灵也深感不幸。
七年来,你曾是他们所预言的神。
你满脸胡须,皮肤白皙,你会受到鞭打,
如果你不能显示出奇迹。
七年的跋涉,从墨西哥湾到加利福尼亚,
土著部落的呼、呼、呼,大陆的热荆棘。
可是后来呢?我是谁,袖口上的花饰,
不是我的,雕有狮子的桌子也不是我的,
克拉娜的扇子,她长裙下的拖鞋,
啊,那也不是。
四肢爬行!四肢爬行!
用迷彩涂料涂着我们的大腿。
舔着大地。哗哗,呼呼。

伯克利 一九六一

着魔的古乔

一九六五

这是冬天

冬天像往常一样来到这山谷,
经历了八个月的干旱下雨了,
稻草色的山岭短时间变了绿。
在峡谷里的灰色月桂树,
把坚硬如石般的根移植在花岗石上。
溪水必定注满了干涸的河床,
海风把桉树林搅动得左右晃动。
被透明的建筑物撕裂的云层下面,
刺眼的光正在船坞上闪亮。

这不是那个地方,那里是大理石广场,
你坐在咖啡棚下面,望着人群。
也不是你在一条狭窄街巷的窗口吹着笛子,
孩子们的凉鞋在拱形的前厅里啪哒响着的地方。

他们听说有一片广阔而荒凉的土地,
被群山环绕着,于是他们去到了那里,
留下了多刺的木十字架和篝火的残迹。
他们在山脊上的雪中过冬,
在一起抓阄,煮同伴们的骨头。
于是后来这座能生长槐蓝的炎热山谷,
让他们觉得很美。再过去,一片云雾
从岸边的港湾升起,海洋在忙碌着。

睡吧,海角和岩石将躺在你体内,
荒原中不动的动物在举行军事会议。
爬虫的会堂,泡沫四溢的白色,
睡在风衣上,你的马在啃草,
一只老鹰在测量悬岩的广度。

醒来时,你将得到世界的四个部分:
西方,是一只装有水和空气的空海螺,
东方,永远在你身后,是对被雪覆盖的枞树的不真实的记忆。
只要把你伸开的手臂再伸展出去,
便是古铜色的草,北方和南方。

我们是穷人,久经磨难,
我们曾在不同的星星下面露营。
你用杯子从混沌的河里舀水,
用旅行折刀去切面包。
这就是那个地方,可接受而不是选来的,
我们记得我们来的地方有街道和房屋,
因此这里也该有房子,一块马具的招牌,
有阳台和椅子。但这儿却是个沉寂的地区。
雷声从地球起皱的皮肤下面掠过,
拍击的波浪,一队鹈鹕让我们徒劳无益。
这是从另一片海岸上带回来的花瓶,
就像是从泥土中挖掘出来的矛头,
那是吃蜥蜴和橡子面的失落部落的矛头。

而我正在这里行走,要走遍永恒的大地。
身体瘦小,倚靠着一根手杖,
我走过一座火山公园,躺在泉水边,
不知如何表达随时随地见到的一切:
紧贴在我的胸膛和腹部下面的大地,
它的每一块卵石都让我感激涕零。
我紧贴着它,我不知道我所听见的
究竟是我的还是大地的脉搏。
当无形的绸衣边缘擦过我时,
无论在哪儿的手都能触摸到我的肩膀。
或者很久以前有一次喝酒时发出的轻笑声,
在木兰花上点起灯笼,因为我的住房宽敞。

        伯克利　一九六四

着魔的古乔

本质与空虚的距离是无边无际的。
　　　　　　　　　　（《快乐与有益的娱乐报》）

一

倾斜的田地和喇叭。

傍晚和低飞的鸟,还有闪亮的水。

在海峡那边的早霞中张开船帆。

我经过织锦的桥梁走进百合的内部。

被给予的生活却无法企及。

从童年到老年都会为太阳升起而极度兴奋。

二

对于一个生命来说,这些早晨太多了。
闭起眼睛我既伟大又渺小,
我穿戴着羽毛、丝绸、高衣领和武器,

女人的衣裙，我舔吃了玫瑰花。
我从一开始便高踞于每朵花之上，
我敲打关着海狸和鼹鼠的房门。
在牙膏锡管和生锈的刮脸刀之间，
竟有如此多的未录下的声音。
而在维尔诺、华沙、布里、蒙格朗、加利福尼亚的桌子上。
不可能的，我还没有得到就让我死去。

三

从河岸上稠李果的美味和芳香中，
一种意识走在月桂树、木槿的密林里，
收集着一绿筐的大地样本。
最上面是长生树的红树皮，
还有松鸦，与白令海峡那边的不同，
它张开了靛蓝颜色的翅膀。
意识独自一个，没有朋友和敌人，
它围绕着森林的斜坡，鹰巢
它为黄色纹蛇所不了解，
而它也不了解蛇和树木的原则。

四

菲利蒙星，巴乌希斯星，
在由橡树根茎包围的房屋上空。

漫游的上帝睡在由皮条织成的吊床上，
头枕在一只拳头上。
移动的象鼻虫碰到了他的香本拖鞋，
朝由脚掌踩得光滑的高原走去。

我也听见了钢琴的声音。
我悄悄走近绣线菊丛下的潮湿黑花，
那里放着荷兰伏特加酒的瓷瓶。
有一个头发遮住耳朵的少女出现，
而当我四脚爬行的时候长出了胡子，
我的印第安弓箭已被雨雪腐朽毁坏。
她在演奏，年纪很小，坐在夜壶上。
她在秋千上荡来荡去，掀起了她的裙子，
和我或者和表兄做了一些不体面的事情。
于是她很快便头发灰白，走在坑洼不平的郊区，
她急急忙忙地赶到所有少女聚集的地方。

这是座小岛，从海里升起的小岛，
它那粉红的岩石有一段是紫罗兰色。
种子发芽了，山丘上有栗树、雪松，
在港口附近，泉口的蕨草在晃摇。

在平坦的岩石上，在海湾的冷杉色的水面上，
翻转着一些像带氧气瓶的潜水员的精灵。
女巫唯一的女儿米兰达，
骑着毛驴朝岩穴方向走去，

沿着一条枝叶沙沙响的小路,
她看见三脚架和呼吸管以及一束枯枝。
消失吧,小岛!或者更强大:小岛,消失吧!

五

我喜欢他,是因为他不找理想的对象。
当他听到有人说"没有唯一最美的对象,
但有完美的和纯洁的",他脸红了,把脸转了过去。

每个口袋里,他都装有铅笔和写生本,
小面包屑,生活的各种附属品。

年复一年,他围着一棵大树转来转去,
他用手掌蒙着一只眼,惊奇地眨巴着。

他羡慕大树长得像根直线!
但比喻又让他觉得不太恰当。

而象征则留下了骄傲,只关注事物本身,
看起来他想消除掉事物本身的名称。

当他年老了,他就去拔因烟草而变黄的胡须。
"我宁愿失败,也不愿像他们那样的胜利。"

正如彼得·布伦乌黑尔父亲的突然回来,
他试图从叉开的双脚下面朝后望去。

这棵树继续在长高,无法达到,
啊,它是真实的,真实到根茎。有过。

六

人们指责他和这个女人结婚,却和别的女人同居,
哪里有时间,他说,去干蠢事、离婚和别的事情,
一个人刚起床,摆弄了几下画笔,就已经是傍晚了。

七

古乔是个调皮的孩子,变成了苍蝇,
按照仪式,苍蝇在糖岩下面沐浴净身。
它笔直朝奶酪的洞穴奔去,
它通过窗口飞往发光的公园,
那里有不受约束的树叶的渡船。
从极度的彩虹中取来了一滴浓缩的水,
带有亮光片的苔藓公园正在树皮山上生成,
散发出苦辣的尘埃,从朱红色鲜花的韧性蕊柱中。

虽然持续的时间不长,从下午茶到晚饭,
但总是在最后,当他已熨好了裤子修整好胡子,

手持白酒杯的他总认为自己在欺骗他们,
因为苍蝇不应去谈论国事和生产的产量。

面对他的女人是火山的山峰,
那里有岩谷、火山口和岩浆洼地,
大地的运动使松树的树杆向下弯曲。

八

在我和她之间有张桌子,桌上有只杯子,
手肘上龟裂的皮肤碰到了发亮的桌面,
桌面上现出了她腋下阴影的轮廓,
有一滴汗珠掉落在她波状的嘴唇上,
而我和她分隔的空间是无边无际。
埃利亚派的羽箭在呼呼鸣叫,
无论是一年还是百年的旅程它都会嫌少。
如果我掀翻桌子,那是我们要完成的事情,
这种行动,不是行动,永远都是可能的,
就像要进入树木、水和矿石的愿望那样,
但是她望着我有如望着土星的光环。
她知道,我也知道,这是谁也无法企及。
人性和温柔多情就是这样安排好的。

伯克利 一九六二

江河变小了

江河变小了,城市变小了。优美的花园
展现出我们从未见过的残枝败叶和尘土。
当我第一次游过这湖时,觉得它很大,
如果我今天去到那儿,它就会像个洗脸盆,
在后冰川期的岩石和桧树之间。
哈林诺村边的森林我曾认为很原始,
散发出最近被杀的最后一只熊的臭味。
然而在松树中间有耕地在闪闪发亮,
过去是单个的如今成为整体的式样。
即使在梦中意识也在变换着自己的原色,
我脸上的特征在熔化,如同火中的蜡像。
谁会赞同在镜子里看到的只是一张人脸?

伯克利 一九六三

他们要在那儿安装电视屏幕

他们要在那儿安装电视屏幕,
我们的生活将自始至终得到表现,
就连我们尽管想永远忘记的一切,
以及这个时代令人发笑和可怜的服饰,
我们一直穿着它,是因为不知别的式样。
男女大混战,喊叫无用:我爱他们,
在我看来人人都是贪心的孩子,需要抚爱。
我喜欢海滩、游泳池和诊疗所,
因为在那儿,他们是我的骨中骨肉中肉。
我可怜他们和我自己,但这不能保护我。
语言和思想的终结,玻璃杯的移动,
转过去的脑袋,解开衣扣的手指,丑闻,
欺骗的手势,凝神俯视的云,
为了舒适而谋杀,仅此而已。
那又怎么样?如果他们离开时,脚上的铃铛
丁当作响,如果他们慢步走向大火,
大火会吞噬他们和我吗?咬咬你的手指,(假如你有,)
然后再看一遍过去的一切,从头到尾。

伯克利 一九六四

彼　岸

　　有些地狱具有被大火烧毁的房屋和城市的景象,而炼狱的鬼魂居住在那儿,隐藏着。在不那么残酷的地狱里,可以看到贫民的茅屋,有的地方这些茅屋排列成行,成了有大街小巷的小镇模样。

　　　　　　伊曼纽尔·斯威登堡(瑞典哲学家)

跌落时,我抓住了窗帘,
手中的丝绒是我在这世上最后能摸到的东西,
当我掉落时,我一边大叫:啊!啊!啊!

到最后我也不相信我自己,像别人一样。

后来,我沿着车辙前行,
在坎坷不平的石路上。小木屋,
或者是荒野上的残缺的石屋,
用铁丝网圈起的栽种土豆的田地。
他们好像在玩牌,还有类似洋白菜气味,
和类似的白酒,类似的垃圾和时间。
我说过,这不过是……但他们耸耸肩,

或者掉转眼睛。此地不知惊讶为何事,
也不知花卉。锡罐中的干天竺葵,
绿茵的表面蒙上一层薄薄的灰土,
他们不知未来。留声机在转动,
一再重复着从未发生过的事情,
谈话一再重复着从未发生过的内容。
为的是不让人猜出他在何处,或为什么。
我看见一群瘦狗,伸出鼻子在嗅来嗅去,
而且从家犬变成了猎犬,又变成矮脚狗,
以显示它们并不是真正的狗,
一群乌鸦冻僵在半空中,惊散在云层下。

          伯克利　一九六四

这城市灿烂辉煌

这城市灿烂辉煌,数年后我回到该城,
罗特勃夫或者维朗的性命已终结,
但他们的儿孙已出生,正跳着他们的舞,
妇女们照着用新金属制成的镜子,
要是我不能说话,这一切又有何用,
她站在我上面,沉重,像地球在它的轴心上。
我的骨灰存放在小酒罐柜台下的陶罐里。

这城市灿烂辉煌,数年后我回到该城,
回到我的家,在花岗岩博物馆的陈列框中,
在染睫毛油、乳白色玻璃瓶旁,
和埃及公主的月经带陈列在一起。
那里只有金盘铸造而成的太阳,
和缓慢走在发黑地板上的脚步声。

这城市灿烂辉煌,数年后我回到该城,
我用外衣蒙住脸,虽然那些人还记得
我欠他们的债未还过,但均已不在人世。
羞耻不会永驻,丑行会得到宽恕,
这城市灿烂辉煌,数年后我回到了城中。

巴黎 一九六一

这些走廊

我在火把的照亮下走进这些走廊,
听见水滴在破地板上。
在深山里面。壁龛里是我朋友们的胸像,
他们的眼睛是大理石的,只有光和影,
在他们脸上投下了一丝生命的苦笑。
再朝前走,是一条通向黑暗深处的曲径,
那里没有精灵,只有我脚步的回声,
直到那火把在无人知晓的转弯处熄灭。
我注定要在那里变成一块石头。
入口处被一次滑坡堵住,定会被人遗忘。
在一条从冰河泻下的溪水旁的枞树林里,
一只母鹿将生下它的斑点小鹿,空气会
对着别人的眼睛,就像从前对着我的一样,
展现出它那美丽的由叶子组成的螺旋体。

清晨的每一种欢乐都将被重新发现,
还有从大果园里摘下的苹果的每一口品尝。
因此我为我爱过的一切而生活得很平静,
地球给我们提供了水槽、酒罐和黄铜枝形吊灯。
有那么一天,当一群追赶熊的猎犬
掉进了石缝中,久远的后代的人们
破解了我们留在壁上的凸凹不平的字母时,
便会因发现我们知道他们那么多的欢乐
而惊异万分。尽管我们那些无用的宫殿
已经变得么么一文不值。

俄勒冈—伯克利　一九六四

三论文明

一

满脸的愠色,
无礼的回答,
对外国人的厌恶,
支撑着国家。

射门时的狂叫,
港口的贫民窟,
给穷人的烈酒,
支撑着国家。

赫尔曼兹雅,如果我转动戒指,
那些地区就会消失,我的随从匆匆
穿过,以便不见那目光呆滞的眼睛。

假如人们不受日常生活的强制,而是
这么说吧,进行适于身体轻松的娱乐,
非常整洁,假装他们毫无臭气。

人们在剧院里啃吃着巧克力,
被阿敏塔斯的牧人的爱情所感动,
白天读着幸亏是晦涩难懂的《神学大全》

如果谁都不愿进军营,国家将衰亡。

二

是的,风景确实是有些改变。
从前是树木葱茏的地方,如今工厂林立,
走近河口的大桥就得捂住鼻子。
河水中漂浮着油污、氯和甲醇化合物,
更不用提那些来自"抽象经"里的副产品:
粪、尿和死去的精液。
大量人造颜料的废液毒死海里的鱼。
原先港湾堤埂上芦苇丛生、杂草萋萋,
如今堆放着废弃的机器、灰烬和红砖。
我们从前读到古代诗人有关大地的
芬芳和蚱蜢,如今我们得绕开田野,
尽快地驶过农民的化学区域。
昆虫和鸟濒临绝种。慵懒的人驾着拖拉机,
掀起了阵阵灰土,伞遮住了太阳。
为什么悲伤?我问。老虎?狮子?鲸鱼?
我们创造出第二"自然",与第一自然相似
以便不让我们相信是活在天堂之中。
这是有可能的,当亚当在果园中醒来,
群兽觍着嘴脸、友好地打着呵欠,
它们的尖牙和甩打着肩背的尾巴,
均为象征性的,还有尖嘴鸟和小鸭,
后来,过了相当久后被称为红背伯劳,
并没有把毛虫插入黑刺李的尖刺上。
不过,除了那一刻,我们所知道的自然
并不能为它的利益说话。我们的也不坏。
因此我请求你,用不着那么忧伤。

三

假如我只知道一件事，只有这一件事：
悔过和受伤害的自尊心的区别何在？

敞开嵌镶木板的走廊，
缎面的拖鞋啪哒在暖和的斜坡上，
可爱的颈脖，你的芬芳缭绕不绝。
刽子手已匆匆跑来，带着犯罪的证据：
留在郊区的血迹和一把遗忘的尖刀。

而当他们在楼梯上追捕我，直到天亮，
我绊倒了，抓住窗帘。我不明白，
我的绝望是否是一种纯粹的悲哀，
还是一种耻辱——毫无尊严地死去。
后来我在镜里凝视我那肿起的眼睑。

于是我想起了我便写信给亚历山大，
向他提出建议，要他去压制青年团体，
（赫尔曼兹雅，你会发现信的日期是 1820 年。）
我无法忍受愚蠢的让-雅克的那些门徒，
但我羡慕他们对自身品德的深信无疑。

我是反对写注释的,不过遗憾的是,这里不得不加以说明。赫尔曼兹雅的名字是杜撰的,并不代表任何历史人物。但是在第三部分他在讲述自己的梦时,是作为神圣同盟秩序的悲观的辩护者,这里指的是梅特涅,正是他一八二〇年写信给沙皇亚历山大一世的,对浪漫主义的政治后果做了恰中要害的分析(尽管他没有使用浪漫主义这个定义),于是我想到,我这首诗的内容会让人想起斯沃瓦茨基诗剧中沙皇亚历山大和康斯坦丁亲王的有关安吉尔卡自缢的谈话。

伯克利 一九六三

格　言

手的训练到底是怎么回事?
我要说的就是手的训练的基本原理。
有人指责排列的符号出了错,
但手是按它学过的来排列。
然后它被送到污渍和涂鸦的学校,
直到忘记了优美,因为就连蝴蝶的符号
也是一口底部布满毒气的井。

也许应该以不同于鸽子的形态
去描述它。像火,很具体,但不属于我们,
甚至当它在火炉中消耗着木柴时,
我们用眼睛和手去找寻它,就让它成为绿色
全是菖蒲的叶子,奔跑着越过草地
的独木桥,伴随着脚步的哒哒声,
或者在空中吹响白桦树做的喇叭。
在下面,在它的响声中一群小职员跌倒了,
他们敞开了制服,女人们的梳子
飞了起来,像被斧头砍出的木片。

这依然是重大的职责,吸引着那些灵魂
从他们活着的地方,并伴随着蜂鸟、椅子和星星的观念。
把他们关进二者必居其一中:雄性、雌性。
以便让他们在分娩的血里哭叫着醒来。

        伯克利 一九六三至一九六五

我睡得太多……

我睡得太多,正读着圣托马斯·阿奎那,
或《上帝之死》(是本新教的书)。
右边是海湾,像是熔化的锡,
海湾过去是城市,城市过去是海洋。
海洋过去是海洋,直至日本。
左边是干燥的山丘,长着白草,
山后是灌溉的田野,种着水稻。
再过去是山脉和黄松林,
山脉后面是荒原和绵羊。
当我离了酒不行,我就去买酒。
离了烟和咖啡不行,我就去买烟和咖啡。
我过去很勇敢、勤劳,几乎是道德的楷模,
但这毫无用处。

医生先生,我身上很痛,
不是这,不,不是这,我自己也不知道。
也许是因为太多的岛屿和陆地,
太多的没有说出的话、集市和木笛。
或者对着镜子喝酒,没有美女。
尽管有这么一个当过天使长,
或者是一个在圣乔治街上的圣乔治。

巫医先生,我身上很痛,
我总是相信符咒和巫术。
的确,女人们只有一个天主教的灵魂,
我们则有两个。当你翩翩起舞时,
你在睡梦中访问边远的印第安人村庄,
甚至是从未见过的土地。

我求你,把你那羽毛做的符咒戴上,
现在该拯救你自己了。
我读过许多书,但我不信它们。
痛苦时,我们回到了某些河岸上。
我记得那边有刻着太阳和月亮的十字架,
和在伤寒流行时忙得不可开交的男巫们。
把你的另一个灵魂送到山和时间的后面,
把你看到的东西告诉我,我会等着。

伯克利　一九六二

酒神赞歌

我们在地球上看到过如此之多的事物,而孔雀石的山岭在日落时像以往一样受到歌声和鞠躬致敬的欢迎。

这同样的春之舞在召唤,在玄武岩悬岩的怪石下,成群的小鸟在海湾的碧澄澄的海水中扑腾嬉玩。

一只海獭的鳍状之手在闪闪发亮,它正在洛波斯海峡的波浪中划水。

这时在雾里,杜鹃花在水汽弥漫的沟底里发出红光。

什么也没有增加,什么也没有取走。不可动摇,完美无缺,不可侵犯的世界。

没有留下对任何事物的记忆,而那些事物本该是我们的。

一把口琴在远处吹奏出一支曲调,来自无法确定的年代,或者来自一条小路,我们在这条小路上用一吻来团结在一起。

纺车轮上亚麻在沉睡，谷物和苹果在谷仓里，棕色圆点在安托尔卡表妹的胸脯上。

机关枪嗒嗒地响了起来，在一块布满反坦克战壕的平原上，在一片像撕破的幕帘那样的多云的晨曦下。

谁能肯定，谁能说出，这徒劳无益的、毫无用处的、难以唤回的梦是"我的"。

我们的已死去的女人们，穿着文艺复兴时期的衣裙，窸窣响地走了过去，四下观看着，并把手指放在她们的嘴唇上。

身着盔甲的伙伴们坐在棋盘的旁边，把他们带有面罩的头盔放在身旁。

而爱的威力、血泊中一片鲜明的金色，将永远废弃我们的空虚的名字。

伯克利　一九六五

没有名字的城
一九六九

岁　月

我环顾未知的岁月，知道从远处来的人寥寥无几，阳光温暖着我，犹如水滋润着植物。

那是个狐色的久远的年代，如同被锯断的树干，或者像长在山丘上的十一月的葡萄藤叶。

在他的林中住地和房间里，响起了强烈音乐的节奏，条条溪流从黑暗的山上奔泻而下，纠结在一起。

穿着衣边上带有小铃铛的一代青年，敲着刚果鼓在欢迎我的到来。

我重复着他们那用喉音唱起的令人心醉神迷的绝望歌声，踯躅在海边，海浪掀起了冲浪板上的少年，也冲刷掉我的足迹。

就在这令人难忘的时间分界线上，人们在学习用双脚走路，学习朗读那些通常印在儿童读物上的字句。

如果记忆所及,那我会回答我所知道的一切,借以赞美人类的事情。

啊,太阳,啊,星星,我说,神圣的,神圣的,神圣的,是我们在天空下的生存、日子和永恒的亲密相处。

伯克利 一九六二

没有名字的城

一

谁会去尊敬这座没有名字的城,
那时候,有些人死了,有些人去淘金,
或者在遥远的地方倒卖军火。

那把缠着白桦树皮带子的号角,
在波纳里吹响了对失踪者的铭记:
流浪汉,探险者和废弃棚屋里的弟兄们。

这个春天,在沙漠里,在营地旗杆后面,
在一片伸向黄色和红色的山岩的沉默中
我听见在灰灌木丛中有野蜂的嗡嗡声。

急流带走了回声和木筏,
一个戴鸭舌帽的男人和一个戴头巾的女人,
用他们的四只手紧紧握住了舵桨。

在图书馆里,在画有十二宫标记的塔下,
库特里姆嗅了嗅他的鼻烟盒,微笑着,
因为尽管出了梅特涅,但一切均未失去。

犹太人的马车行驶在里德的小街上,
街中是弯曲的车辙。一只松鸡站立在
大军丢弃的一顶胸甲兵头盔上啼叫。

二

在死谷里我思考着各种各样的发型,
和一只在学生舞会上移动聚光灯的手,
在那座任何声音都不能达到的城市里。
矿石没有吹响最后的号角。
一颗爆裂的熔岩在吱吱作响。

在死谷里,干涸河床中的盐在闪闪发亮。
保护自己,保护自己,血的滴答声在说。
坚硬的岩石根本产生不出任何的智慧。

在死谷里没有隼鹰在空中飞翔。
一个吉卜赛女人的预言应验了。
在一个有拱廊的小巷里,我正读着一首诗,
是写住在隔壁的人的,题名为《沉思的时刻》。

我久久望着后视镜,看见一个步行三百
里的人,一个在山下骑自行车的印第安人。

三

吹着笛子，举着火把，
还有一面鼓在咚咚响，
啊，在前排，那个死在伊斯坦布尔的人
正挽着情人的手来到这里，
燕子在他们的头上飞来飞去。

他们拿着用从绿湖采来的叶子
和花束装饰起来的桨。
他们走在城堡大街上，越来越近，
突然间什么也没有了，只有一片云
飘荡在波兰语文学会的
文学创作分会的上空。

四

我们登录了整个图书馆的图书，
我们也走过了难以数计的地方，
我们经历了许多战争，尝过许多败仗，
直到我们和我们的马利亚都不在人世。

五

怜悯和理解,
我们最珍惜。
还有其他吗?

身强体壮和名望
吻和赞赏。
谁会需要呢?

医生和律师,
英俊的军官,
在黑色的坑里。

皮毛、睫毛和指环,
弥撒后在阳光中鞠躬
长眠休息。

晚安,成双成对的乳房
睡在永恒的梦中,
没有蜘蛛。

六

太阳落在热情的立陶宛人的小屋上,
还给由大自然绘成的肖像点燃了火

那里,维利亚河流经松林,热米
安那拿来了黑色蜂蜜,
密雷赞卡和浆果一起睡在热加林附近。
仆人们拿来了特班出产的烛台,
他们把窗户上的一道道窗帘拉上,
当我脱下手套,我以为我是第一个进的门,
却看见所有的眼睛都盯在我的身上。

七

当我摆脱了悲伤
和我追逐的名望,
我从不和它们相干。

怪物和恶龙把我带往
家国、港湾和山峦之上,
由于偶然或者命中注定。

啊,是的,我要成为我自己。
我边哭边对着镜子喝酒,
这样我才认识到我的愚蠢。

用指甲、黏膜、
肠、肺和脾,
会建起谁的房屋?

我自己和许多人中的一个,
我不是我自己的朋友,
时间把我切成了两半。

盖满了雪的纪念碑,
请接受我的礼物,
我到处游荡,不知去向何方。

八

犹豫、燃烧、辛辣、苦涩、味咸,
这就是不合体统的宴席。
在任何地方的云团下面。
在港湾,在平原,在干涸的河沟里。
没有密度,没有石头的坚硬。
甚至连《神学大全》都淡化成稻草和烟。
天使合唱队乘一粒石榴籽飞驰而过,
他们懒散和缓慢吹起的喇叭不是为了我们。

九

万能的光,但却变化不定,
因为我也爱光,也许只爱光。
但它太高太亮不为我所有,
因此当云彩成玫瑰色时我想的是低层的光,

在长着桦树和松树和地衣的国土上，
晚秋时节，在白霜下面，当最后的草菌
腐败在枞树林中，猎犬追逐自己的回声，
寒鸦翱翔在一座巴齐尔教堂的尖塔之上。

十

没有表白，没有诉说，
但为什么？
人生短暂，
岁月迅速流逝。
不记得是在这个秋天还是那个秋天，
穿着麻绒衣裙的扈从
站在栏杆上窃笑，甩在一边的辫子，
蹲坐在楼上的便器上，
正当雪橇在门廊圆柱下面丁当作响，
穿着狼皮长着满脸胡子的人进门时。
女性的人类。
纠结的头发，张开的双脚，
孩子们的鼻涕，溢出的牛奶，
臭气冲天，一堆冻结的粪土。
而这些世纪
可以闻闻半夜里青鱼的气味，
而不是去下什么棋类，
或者去跳一跳优雅的芭蕾舞。
还有木栅栏，

怀孕的山羊,
还有猪,食量大的和食量小的,
以及用魔咒医好的母牛。

十一

不是最后的审判而是河边的集市,
小口哨,小公鸡,糖浇成的心。
于是我们走在融化的雪地里,
买到了斯莫尔冈尼亚的面包圈。

算命人在叫喊:"幸福的命运,生命的星宿。"
一个玩具魔鬼在红色盐水中上下游动。
另一个在空中吱吱叫着,喘着气,
就在有关奥托王和麦露辛的故事中。

十二

　　为什么只委派我去关照那个不设防的、纯洁得像一个被遗忘部落的结婚项链一样的城市呢?

　　像七百年前在杜齐古特的古铜色沙漠中串连起来的蓝色和红色的种子。

在石头上磨成赭石的地方，仍然期待着粉饰人的脸颊和额头，可是那里早就没有什么人了。

我身上有什么邪恶、有什么怜悯，值得享受这份奉献呢？

它站在我面前，准备好了，既不缺烟囱里的烟，也不缺任何回声，当我穿过那些把我们隔开的河流。

也许安娜和多尔齐娜·德鲁齐诺从三百英里外的亚利桑那州呼唤过我，因为除了我，再没有人知道她们曾经活过。

她们在我前面慢跑在河岸大道上，两只鹦鹉——两个兹姆日的贵族女人，为了我在夜里解开她们老处女的灰发髻。

这里既没有早，也没有晚，一年四季，年年月月，每日每时都是同时到来。

粪车在黎明时排着长队驶出城外，市府官员在城门口用皮袋子收取过路费。

"信使号"和"迅捷号"的机轮轰鸣，逆流驶向威尔基。一名划手被英国小快艇撞飞了，他的双桨使他展翅飞翔。

在圣彼得和圣保罗的教堂里,天使们垂下了厚厚的眼睑,对一个想入非非的修女微笑。

长着须毛、戴着假发,索拉·克沃克太太坐在收款台前,教导她的十二个女售货员。

整条德国大街的人从柜台抛出散开的棉布商品,准备去死,去夺取耶路撒冷。

暗黑而庄严的地下河敲击着大教堂的地下室,那是在小卡其密什的陵墓下面,在把橡木烧得半焦的壁炉下面。

带着祈祷书和仆人用的篮子,穿着丧服的巴尔巴拉,从圣尼古拉教堂的立陶宛弥撒回到巴克什塔街的罗默尔夫妇家里。

啊,多么灿烂辉煌!这是三十字山和贝克索瓦山的白雪,不会被那些短暂停留的人们的呼吸所融化。

当我转到军火库街,再一次睁开眼睛望着世界无用的另一端时,我又知道什么呢?

我跑着,绸衣响动,跑过了一个、二个甚至十个房间都没有停步,因为我相信能找到最后一座门。

但是，嘴唇的形状，和一只苹果，和一朵佩戴在衣裙上的鲜花，就是一个人所能了解和允许拿走的一切。

既不好，也不坏，既不美也不凶，大地坚持着，天真地面对着欲望和痛苦。

这份馈赠一文不值，如果随后在远方旅店的大火中，引起的痛苦不是更少而是更多。

如果我不能这样来耗尽我的和他们的生命，把过去的哭泣最终变成为一种和谐。

像在斯特拉森旧书店的一本《贵族杨·邓博鲁格》，我被置于自己的两个名字之间而长眠在那里。

叶繁枝茂的古墓上的城堡塔楼变小了，却有一种几乎听不清的，也许是莫扎特的安魂曲的音乐。

在一动不动的光亮里，我动了动嘴唇，高兴得把我想说的话都没有说出来。

伯克利　一九六八

当月亮

当月亮升起时,穿花衣裙的女人们出来散步。
她们的眼睛、眉毛和世界的整个安排令我惊叹,
在我看来,从这样一种强烈的相互吸引中,
终将会引发出终极的真理。

伯克利 一九六六

快来吧,圣灵

Veni Creatora[1],
让草消失(或者不消失),
让火舌出现(或者不)在我们的头顶上面,
当刈草季节或者耕种期间拖拉机
出现在核桃林的平原上,或者当雪
掩盖了内华达山中折断的枞树时。
我只是一个人,我需要看得见的标记,
我建造抽象观念的楼梯,容易厌烦。
你自己清楚,我曾多次请求教堂里的雕像
为我抬起它的手,只一次,仅仅一次。
但是我能理解,标记必须是人类的,
因此需要在世界的任何地方去唤醒一个人
(但不是我,我毕竟还知道点礼节),
让我在望着他的时候对你表示惊叹。

伯克利 一九六一

---

1 拉丁文,快来吧,圣灵。

窗 子

黎明时我朝窗外望去,只见一棵小苹果树在晨光中显得晶莹剔透。

当我再次在黎明时朝窗外望去,看到一棵结满果实的大苹果树站立在那里。

多少岁月过去了,但我一点也记不得梦中发生的事情。

伯克利 一九六五

管弦齐奏

一

无名称的礼物:我们活着,头上是炽热的创造之光。

石峰上的城堡,河谷中的野草,条条江河注入梣树下面的港湾。

以往所有的肉体战争、所有的爱情,凯尔特人的贝壳,巉岩边的诺曼底人的小船。

一呼一吸,啊,极乐世界,我们跪拜,热吻着大地。

一个裸体的姑娘,穿过长满青苔的城市,蜜蜂沉重地回来,从傍晚的采蜜中。

在我们的床头,是一座物种的迷宫,一直伸展到含磷的石灰岩洞口的密林深处。

夏天的倾盆大雨,淋灭了黑暗村庄广场上的灯笼。一对对夫妇气喘吁吁地走过。

黎明时分,卡里普索岛下的水烟雾升腾,那儿,一只黄鹂在老树的顶端上面飞翔。

我望着停靠在对岸的渔船。岁月悠悠,采摘葡萄的季节又已开始。

二

我的意识,我给你说,当一个闷热的晚上,电闪雷鸣,飞机正降落在贝菲或卡拉马佐。

空乘小姐走来走去,脚步轻盈,以免惊醒熟睡的旅客,我的下面是鳞次栉比的城市,清晰可见。

我曾以为我能理解,但为时已晚,我除了笑和哭之外,却一无所知。

肥沃三角洲的萋萋芳草夺去了我的时间,而把一切变成了无始无终的现在。

我消失在建筑物的螺旋梯中,在水晶体的线条中,在森林里弹奏的乐器声中。

我再次回到了巨大的果园里,只有回声在那山上百年榛树之下的房子里寻找我。

你怎能追上我,你庄严,你执掌着功过,当我现在都不记得我此时是谁,过去又是谁的时候。

我同时躺在许多海滩上,脸颊贴着细沙,我听见海洋敲着狂喜的鼓声奔腾而来。

三

整个下午蝉都在喋喋不休地唠叨。他们在山坡上用旅行用的杯子喝着红酒。

手指撕着肉,肉汁沾满了灰白的胡须,也许是戒指,要么是脖子上的金项链在闪闪发亮。

一个美人从天篷下、从极地的摇篮中走来，让母亲的手给她梳洗打扮，于是我们解开她的头发，拿走玳瑁梳子。

散发着油脂芬芳的皮肤，都城广场上的弯眉毛，她的乳房适合于我们的掌心，在底格里斯河和幼发拉底河的花园里。

于是他们弹起了琴弦，并在高地上喊叫，下面是河流的转变处，野营的橙色帐篷已渐渐为暮色所笼罩。

海滩上的湿砾石，行星发亮的光圈，在猎犬的追逐中，孩子们朝黑夜走去。

四

除了笑和哭，一无所有。可怕而又手无寸铁，他们抓住我的手，把我拽进了尸骨成堆的坑道里。

再过片刻，我将和他们一起，加入村长们、荡妇们和国王们的舞蹈行列，正像从前在节庆欢宴的桌布上所画的那样。

披着大氅拖裙的大赫瓦尔和有着翅膀的命运女神，不是给我而是给罪人带来甜蜜的时代。

三个戴面具的魔鬼杜利班、科斯杜鲁班和门德里尔尖声喊叫、放着臭屁，端来了热气腾腾的菜盘子。

手指握着手指，舌头舔着舌头，但这不是我的触觉，也不是我的知觉。

穿过七座石山,我在寻找我的老师,直至我在这里,站在尸骨累累的坑前的并不是我。

我站在战场上,最后的事物不属于我,死神——魔鬼有黑色的肋骨,我真不敢相信。

五

割下的三叶草的气味拯救了消亡的军队,而汽车的灯光,使草地永远发亮。

七月的夜多么空旷,它以雨的滋味润湿我的嘴,而在普伊布伦附近的桥边,我又恢复了童年。

温暖营地的蟋蟀在低矮的云下面鸣叫,犹如木轮车行驶在我们失去的故土上发出的嘎嘎响。

不可理解的力量把我带动,一个世纪过去了,我听见在黑暗中跳动的死人和活人的心。

六

凡是分散的均已消失。但我的叫喊"不,不"还在继续,尽管这声音已在风里烧毁。

唯有那分散的没有消失,其余的一切都已不复存在。

我想描写的是这个而不是那个菜篮子,上面摆放着一个红发的葱头娃娃。

椅子扶手上的长筒丝袜,一件压皱的是这样而非那样的衣裙。

我想描述的是她而不是别人,她趴着睡,得到他的腿的温暖。

我还要描写的是一只在世界唯一的高塔上的猫,它在创作伟大作品时不停地咪咪叫。

不是所有的船,而是那只帆角上印有蓝条的船。

不是所有的街,而是那条挂有"普克鞋店"的街。

我徒劳地试验过,因为留下的是多次出现的菜篮子。

不是她,(她的皮肤或许正好是我所爱的,)而是一种语法的形式。

谁也不关心,这只猫确实是《忒勒马科斯历险记》的作者。

这条街永远是众多无名街道中的一条。

七

这只死狐从没有受洗的儿童和动物的灵魂深渊中走出,为反对语言而作证。

在松叶的蚁形般的亮光中,它站在孩子面前一会儿,他们把孩子召来,就是为了预卜它四十年后的命运。

不是一般的,而是狐狸思想的全权代表,披着印有宇宙图形的斗篷。

但是他来自热加里村附近的针叶树林。

我将他置身于高等法院去为自己辩护,因为从爱的欲望中获得的只有怀疑和无穷的苦恼。

他四处奔走,从一个海岛到另一个海岛,希冀找到一处能永远拥有的地方。

直至赫洛伊丝或者安纳列娜的房间里的烛光熄灭,天使们在雕刻的床阶上吹起了喇叭。

灰暗的曙光从棕榈大道后面升起,由汹涌波涛的轰鸣声所宣告。

任何东西只要一进入五官的密室,就会融进时髦的织锦中。

法官大人,你不了解案件的特殊性。

八

黎明在大地上升起,高高的地平线的白色伸展到塔马帕斯山的山脊。

支离破碎,在雾气的毛绒中,一群岛屿和海岬显露在水漫的牧场上。

暮光中的刀的蓝色,玫瑰色彩的锡,流体的铜,碧玉,绿宝石。

屋脊被阳光照射的建筑物:奥克兰市、旧金山。当在低地移动的云母点亮之前:伯克利、厄尔·塞里托。

在海洋风中,桉树的果荚相互碰撞和裂开。

高度、长度和宽度在睡梦中将一只身体蜷曲的毛虫拿在手里。

而且将它带到冰冻的山地荒原那边、直到大陆的最遥远的地方。

圣诞树上金属饰片在转动,海湾中的城市被三座桥的绳索拉紧。

黑夜将尽的时刻,令人惊异的是,这时刻、这地方,是为唤醒一个个肉体之躯而确定的。

九

我问过今天是何日,那是圣安德烈节的前夕。

安托尼的破镜子躺在杂草和白雪中,合众国和旗帜也在那里腐烂。

远离轴心的偏僻乡村、除了我之外别人都不知道它们是吉耐提、雅斯沃伊勒、奥庇托托基。

在纺车停止不动的寂静中,因两支蜡烛的光亮、老鼠的吱吱声、幽灵的婚礼而胆战心惊。

在电子音乐中,我听见美人鱼的悲哭声,人们奔跑时的呼叫被分解成振动和沙沙声。

我坐在镜前,但没有一只手从黑暗中伸出来触摸我的肩膀。

那边,在我的身后是一闪一闪的亮光,一群又一群的鸟儿从春天冰冻的河岸上掠起。

挥动着四个翅膀,鹳鸟在自己的巢里进行庄严的交配。

我不诚实的记忆才保留着无名氏诞生的胜利。

如果有一种声音,能让我在这种声音中分辨出宽恕的话语。

十

在一个人们共有的梦中,居住着一群长毛的动物。

这是座巨大而安全的森林,谁若是想进去,必须四肢爬行,直到天亮才能到达密林的中心。

金属物体无法进入的原始森林,却像一条温暖的深河拥抱着一切。

在丝绒般的隧道里,触摸就能分辨出苹果及其颜色,完全与光天化日之下的颜色不同。

全都是四肢动物,他们的大腿碰到了獾熊的柔软,他们的玫瑰色的舌头相互舐着对方的皮毛。

"我"以心跳让他惊异地感觉到,然而它是如此广大,整个大地及其春夏两季都无法把它容纳进去。

甚至连保护着它的皮肤也无边无际。

后来在自然光中才分出你和我,他们赤脚试图行走在卵石铺成的地面上。

一群双脚的人,有的向左,有的向右,他们系着皮带和袜带,穿着裤子和拖鞋。

他们踩着高跷走动,想念着林中的小屋、低矮的隧道,憧憬着确定他们回到那里的时间。

十一

腹腔很大的食花动物,具有玫瑰色的扭动的肌肉。

从烈火中、从坠落的躯体,用性的黑针串连成双双对对。

在银河系的中心呼吸,把一颗颗的星都吸引过来。

而我,是它存在的瞬间,处于穿越群山斜坡的多道公路上。

荒凉的山峦,生长着一种年岁久远的野草,世世代代以来都是在日落时绽放和枯萎。

在大转弯的地方,是油罐车的存放地,或者是透明的高塔,抑或是飞弹的发射架。

沿着海岸的水迹,锈色的岩石和屠宰场,在那儿,要把砍成四块的鲸鱼碾成粉。

我想成为法官,可是我称之为"他们"的那些人,却变成了我。

我尽力摒弃我的信念,以便使我并不比那些满足于自己无知的男女更优秀。

而我在地球的故乡的道路上,和天庭的音乐一起旋转。

我想我所能做的一切,以后一定会做得更好。

伯克利 一九六五

怎么回事

追踪一只小鹿,我远远地追到了山上,从那里我看见了它。

也许是由于别的原因,我飞升在落日之上。

在黑树林斜坡和一片海洋上面,薄暮时分冰川的洋红程度。

我看见不存在、反现实的强大力量,对一个永不能实现的许诺的惩罚。

如果在胶合板的帐篷内,被单的碎片和讨厌的白铁,这片土地的原住民还在摇动着响铃,但这是徒劳的。

任何鹰之创造者都不会在空中飞行,它光荣的雷电会把它击碎。

保护的精灵隐藏在咕嘟作响的矿产的地下矿床中,有时会出现在地面上,甚至会使公路主干道的材料崩裂。

上帝——主没有到来,察看雪松的新芽,人们再也听不到他的呼吸了。

他的儿子不了解为子之道。他掉转眼睛躲开了十字的霓虹,平滑得就像放送脱衣舞的屏幕。

这一次确实是《新约》和《旧约》的结尾。

他们不会恳求,每个人挑选了一大块玛瑙和闪长石,以便悄悄地告诉她:我不能活很久了。

长满胡子的信使戴着祈祷的念珠,成立了秘密的团体,在帝国的城市和海外的港口。

但是他们中没有一个人宣示孩童救世主的诞生。

惩处国民的讨伐士兵化了装,戴着面具,朝禁忌的仪式走去,并不是为了再看到希望。

他们吸入缓解一切记忆的烟雾,并朝两侧摇来晃去的,相互交换无名字的联盟的话语。

用黑木雕塑的永恒转轮屹立在流浪教团的帐篷前。

但他们怀念王国,就像我在山中避难了,成了被丑化的神话的继承者。

伯克利　一九六八

在 路 上

召唤什么东西？召唤什么人？全能的上帝，你盲目地穿过羊毛似的地平线。

在滨海省的堡垒上面是古铜色鳞甲的海市蜃楼。

穿过在河床上燃烧的葡萄藤烟雾，或者通过败落教堂的蓝色没药树。

走向永远为话语所掩饰的难于达到的山谷，在那里，不真实的泉水把赤裸跪着的人冲洗干净。

没有智慧之果，在循环的路上，从地面到天空，又从天空到陶瓷工的陶泥的干血。

剥夺了预言的继承权，中午在一棵比任何希望都更坚强的高大松树下面吃着自己的面包。

圣保罗 一九六七

白 色

白,白,白,白的城市,女人们给它送去了面包和蔬菜,她们都是在回归的黄道十二宫下出生的女人。

绿色阳光下的喷嘴喷出一股股水流,犹如在订婚之后的很久日子里,在凛冽的清晨中,从这一端漫步到另一端。

在这稠密地区的某处,有学童腰带上的纽扣,用黑莓绳索绑着的地牢和石棺。

任何记忆、任何知识都不会接受起始的碰撞的启示。

我是个蹒跚的过客,在失去说话能力之后,走过街上的集市。

征服者帐篷里的蜡烛流下了蜡油,愤怒也离我而去,只有冬季苹果的酸味留在我的舌头上。

两个吉卜赛女人从骨灰中站了起来,她们敲着小鼓,为不死的人们跳起了舞。

在有人或无人居住的(对此谁也不关心)天空中,只有鸽子和回声。

我大声哭泣,因为我相信,绝望会继续下去,爱也会继续存在。

白色的城市中,既无要求,也不知道,更无名称,但它存在于过去,必将存在于未来。

巴黎 一九六六

论证与回答

——爱上帝就是爱自己。
星星和大海是以最可爱的我所充满,
甜蜜如枕头和被吸吮的大拇指。

——对于信神的人那是太不尊敬的事情,
假如蚱蜢在暖热的草丛中叫鸣,
能以被称作"存在"的属性,
去泛指所有,而不指它本身。

伯克利 一九六二

忠　告

假如我处在年轻诗人们的地位
（地位很高，不管同时代人的意见如何），
我宁愿不说，地球是一个疯子的梦，
一个充满喧嚣和愤怒的无聊的神话。

的确，我无法看到正义的胜利。
无辜者的嘴里没有说出任何事情。
有谁知道，那戴着皇冠的小丑，
手里拿着酒杯高喊，上帝对他特别宠爱，
因为他毒死、杀害和蒙蔽了许多人，
即使他那么温和，也不能感动观众。

上帝并不会给好人增添羊群和骆驼，
也不会因屠杀和伪证拿走任何东西。
他隐藏得那么久，以致人们都忘记了
他是如何现身在燃烧的树丛里，
和一个年轻犹太人的胸怀中。
准备为过去和未来的人们去受苦受难。

不能确定，阿南克是否定好了时间，
以让人们偿还傲慢和奢侈所欠下的一切。

人们被给予了这样的理解，
他们只能靠掌权者的恩惠生存，

因此就让他们忙着喝咖啡、捉蝴蝶去吧,
谁热爱共和国,谁的手会被砍断。

然而,这世界只需要一点点爱,
倒不是因为我对自然的安慰,以及
巴洛克的饰品、月亮、厚云过于认真,
(虽然维里亚河畔的稠李盛开,这个季节真美)
啊,不,我甚至会建议远远离开自然,
离开无限的空间和无限时间的
持续不断的景象,离开花园小路上
被毒死的蜗牛,就像是我们的军队。

死亡太多了。这正是为什么会钟情于
那些发辫、在风中的颜色亮丽的衣裙
以及不比我们更耐久的那些纸船……

蒙格朗　一九五九

咒　语

人的理性美丽而不可战胜。
没有栅栏和铁丝网，没有把书化成纸浆，
流放的判决对它毫无作用。
它用语言建立了普遍的思想，
引导我们的手，于是我们用大写字母来
写正义和真理，用小写字母去写谎言和压迫。
它把一切该置于上面的事物都放在上面，
它是绝望的敌人，希望的朋友。
它不分犹太人和希腊人，也不分奴隶和主人，
而把世界的公共财产交由我们去管理。
它把简朴和明了的语句
从折磨的词语的粗俗嗓音中解救出来。
它告诉我们，万物在太阳下面都是新的，
它打开了过去被冻结的拳头。
美丽而又年轻的是菲罗-索菲亚[1]
和她结盟的诗歌共同为善服务。
大自然昨天才迟迟祝贺她们的诞生，
是独角兽和回声把这消息带到了山中。
她们的友谊名扬天下，她们的时间无穷无尽。
她们的敌人把自己交给了毁灭。

伯克利　一九六八

---

[1] "哲学"一词的希腊语音译。

诗歌的艺术[1]？

我一直渴望发现一种包罗万象的形式，
它既不大像诗，也不完全像散文，
它不刺激别人，又能使人们相互理解，
也不会给作者和读者带来过分的悲痛。

诗歌本身就包含着庸俗猥亵的内容，
产生于我们身上的连自己都不知道的东西，
像是从我们身上跳出的猛虎，眨动着眼睛，
站在光天化日之中，尾巴在左右摆动。

有人说，写诗受魔鬼驱使，这话不假，
尽管魔鬼硬把自己说成是真正的天使。
尽管诗人们常常为自己的软弱感到羞愧，
他们又为何如此傲慢，真让人无法理解。

有理性的人想成为一个魔鬼的王国，
魔鬼们控制着他，用多种语言演说，
他们掌控着他的嘴和手还嫌不够，
还要把他塑造成可供他们摆布的人。

---

1 原文为拉丁文，*Ars Poetica*。

如今病态的一切居然受到人们的器重，
有人认为我是在开玩笑，乱说一通，
或者认为我又找到了一种新的方法，
拿冷嘲热讽作为对艺术的赞美和歌颂。

从前，人们读了那些充满智慧的书籍，
能帮助他们减轻痛苦，承受不幸。
现在却完全不同，人们醉心于阅读
成千上万部描写精神病院的作品。

然而如今的世界却与我们想象的不同，
我们也有别于我们过去的胡言乱语。
只要人们还保存着沉默的正直和善良，
就能得到家人和亲友们的喜爱和尊敬。

诗歌的作用使我们觉得
一个人要始终如一，确是难上加难。
因为我们敞开大门，门上没有钥匙，
不认识的客人随意进出，毫无阻拦。

我说的话似乎超出了诗歌的范围，
但是，诗歌的写作并不自由也不情愿，
而是受着可恶的压力，只是希望支配
我们的是善良的精灵而不是恶煞凶神。

伯克利　一九六八

在二〇六八年全球国家理事会上的发言中关于纪律性的更具说服力的论据

我们呼吁加强纪律,并不期待赞扬,
因为我们并不需要他们的欢呼。
忠诚的公民们可以得到我们的保护,
我们不要求任何的回报,除了服从。
然而大量的证据促使我们
表示希望:人们会正确地评估
我们所采取的路线的正确性,
从而有别于他们的不合理的想象和欲望。
我们可以大胆地说,只有我们,而不是任何
别人,才能从相互矛盾的意见的不毛之地中
把他们拯救出来。在那片地中,
真实的事物并不具有充分的重要性,
因为虚假的事物也具有同样的重要性。
我们把他们从那片荒原中带出离开。
在那里,他们每个人,在他们各自的无知中
思考着这个世界的意义和荒谬性。
自由,对于他们,就意味着女人的赤裸,
他们觉得面包无味,因为面包房里全满了。
他们以艺术的名义玩赏着无聊的滑稽剧,
以及对每天每日飞驰时光的恐惧。
是我们,而不是别人,发明了灯火管制法,
由于我们知道,一个被放任自由的头脑,
会去追求和它自身规模不相适应的终极目标。
是我们,而不是别人,发明了目标递减法,

因为贫穷和痛苦是幸福的必需条件。
而在今天,这些疯子一边痛骂法律禁令,
一边已经在害怕我们会取消禁令,
禁令使他们把自己想象得更伟大,
是巨人,也许是天使,在他们的飞行中被强迫停了下来。
他们的真理,他们知道,只有在和我们的对立时才是真理,
或者是在和我们的谎言相对立时才是真的,
而我们对于那些谎言,只不过带着幽默感去对待。
想象中的安乐乡引诱他们,又排斥他们,
他们在那里只会找到一片虚无,也就是他们自己。
让我们明白无误地、清清楚楚地宣布:
我们的统治虽然强硬,但并不是没有他们的同意。
根据统计资料,他们中大多数在梦中低语:
愿审查制度和贫穷将会受到祝福。

伯克利　一九六八

海　岛

　　你可以随心所欲地想象这个海岛，海洋白茫茫一片，长满葡萄藤的洞穴，紫罗兰下面是泉水。

　　我被吓坏了，因为我几乎快忘了我曾在那里住过，很远地，在地中海文明之一的地方，要到达那里，必须航行很久，还需穿过阴暗的沙沙作响的冰山群。

　　这儿，一只手指指着一排排田地、梨树、缆绳、牛轭，它们都被封闭在水晶玻璃里，直到这时，我才相信，我曾在那里生活过，学会了那里的风俗习惯。

　　我用风衣蒙住了头，倾听着上涨的潮水，摇着头，为我过去的愚蠢行为而恸哭。即使我曾经很聪明，那我也无法去改变我的命运。

　　那么，就让我去悲哭我的愚蠢吧，无论是当时，还是后来抑或是现在，我都非常想得到对我的愚蠢行为的宽恕。

伯克利　一九六八

我的忠实的母语

我的忠实的母语啊,
我一直在为你服务。
每天晚上我都要把各种颜色的碟子摆在你的面前,
你就有了你的白桦、蟋蟀和金丝雀,
它们都保存在我的记忆中。

这样持续了很多年。
你就是我的祖国,我再没有别的故国。
我认为你就是一位信使,
在我和那些好人之间,
即使他们只有二十个,十个,
或者他们还没有出生。

现在我承认我的疑虑。
有时我觉得我在浪费我的一生。
因为你是卑贱者的语言、
无理智者和仇恨者的语言,
他们憎恨自己甚至超过憎恨别的民族。
你是告密者的语言,
是一群糊涂人的语言,
是那些害上了自以为是的病人的语言。

但是,没有你,我又是什么人呢?
不过是在遥远国家的一位教书匠,
一个功成名就,没有恐惧和屈辱的人。
啊,是的,没有你,我又是什么人呢?
不过是个哲学家,和别的其他人一样。

我知道,这是指我的教育:
个性的荣耀被剥夺了。
面对着一个道德的罪人,
命运女神铺开了一块红地毯。
与此同时,一盏魔灯在夏布的背景上
投下了人类和众神受苦受难的图像。

我的忠实的母语啊,
也许是我应该去拯救你。
因此我要继续在你面前摆上各种颜色的碟子,
尽可能使它们明亮和净洁,
因为在不幸中需要这样的秩序和美。

         伯克利　一九六八

散　诗

一九五四至一九六九

存 在

我瞧着这张吓呆了的面孔。一座座地铁站的灯光飞驰而过,我没有注意它们。该怎么办呢?如果我的视力缺乏那种神速地吞下一个对象的绝对能力,而只能在身后留下一个外形完美的空间,一个像是根据一张动物或鸟类图画,用简单的象形文字描绘出来的符号?一个有些扁的鼻子,高高的额头,往后梳的光滑的头发,下巴的线条——但是,为什么视觉的力量不是绝对的呢?而在一片渗着粉红的白色中两个雕刻出来的洞,其中包含着一片黑色的光彩夺目的熔岩。专注于这张脸孔,但同时又把它放置在一切春天的枝条、墙壁、波浪的背景之上,在它的哭泣中、笑声中,把它倒回去十五年,或者向前推三十年,这才会有了,但这并不是一种渴求。像一只蝴蝶、一条鱼、一株植物的根茎,要的是更加神秘的事物。因此这事便发生在我的身上,那就是在多次企图说出世界的名称时,我却只能一再重复,只能翻来覆去作出最高的唯一的声明。除此之外便没有任何力量能完成了,这就是:我是——她是。大喊大叫、吹起喇叭,举行千百次的游行,跳跃,撕破自己的衣服,只要重复这一个:是!为什么要记下这些书页、声调、派别的教研室?如果我在嘀咕,好像我是第一个从海岸上出现的人?那么,太阳的文明,毁灭城市的红尘,在荒原尘埃中的武器和机器,那又有什么用呢,如果它不能增强这个声音:是?

她在拉斯帕尔下了车,我留在车上,和大量存在的事物在一起。一块海绵,它因自身不能吸足水而深感痛苦。一条河,因其映出的云和树不是真正的云和树而痛苦。

布里—康提—罗伯特　一九五四

一个错误

我认为这一切都是在准备,
以便学会最终怎样死去。
早晨和傍晚,在一棵枫树下的草地上,
没有穿内裤的劳拉,睡在覆盆子的枕上,
而快活的费朗,却在溪河中洗澡。
多少清晨和岁月。每一杯葡萄酒。
劳拉和大海,陆地和岛屿,
都在使我们,我相信,接近一个目标,
应该想着这个目标而加以利用。

但是,在我们街道上有个截瘫患者,
人们把他和轮椅一道推着前行。
从阴影里进到阳光下,又从阳光下走到阴影里,
他望着一只猫、一片树叶和汽车上的铬钢,
喃喃自言自语道:美好的时光,美好的时光。

毫无疑问,我们拥有美好的时光,
只要时光依然是时光的话。

蒙格朗 一九五七

多么丑陋

多么丑陋啊,这些老家伙,
胸口和肚皮的凹坑里长着毛,
因坏牙引起的忧愁,烟草的臭气,
还有胖脸上老于世故的微笑。

他们洗着牌,吹着他们年轻时
流行的探戈曲调,回忆着
球赛、阳台和灌木丛中的冒险。

人们很可能会可怜那些
和他们交往的女人,
她们无疑是出于某种紧迫的需要。

不过,对于他们也应给予怜悯,
是因为他们和这些女人交往,
这些美丽的发臭的百合花,
如果摇动她们一下,她们便会咯咯大笑,
满肚子充满了放荡的心计,
事后她们会在镜子前久久梳理自己的头发。

        蒙格朗 一九五九

致罗宾逊·杰弗斯

如果你没有读过斯拉夫诗人的诗,
那反而更好。你在他们那里找不到什么,
值得苏格兰—爱尔兰流浪者去寻求。
他们生活在世代延续的童年中,
对于他们,太阳只是农民的红润的脸,
月亮从云后窥视,银河像一条白桦树成行的
公路使他们高兴。他们渴望天国,
而天国如此接近,总是近在身边。
然后,在苹果树下穿着布衣的天使们
会拨开树枝前来,而在集体农庄的
白色桌布上举行热情而慈爱的盛宴
(有时会摔倒在地上)。

而你来自惊涛拍岸的礁岛,来自石南丛生的地方。
那儿在埋葬一个战士时,要弄断他的骨头,
那样他就不能来扰乱活人。来自海的黑夜,
你的祖先默默地把它拉来掩盖自己。
你的头上,没有太阳的也没有月亮的脸孔,
只有银河星系的跳动,那是永远不变的
新的开始和新的毁灭的暴力。

你一辈子都在倾听海洋。黑色的恐龙，
在水中跋涉，那里有一大片发着磷光的
海草在波浪中起伏，像在梦中一样。
而阿伽门农在沸腾的大洋中航行，直到那宫殿的石阶。
他的鲜血喷射在大理石上，直到人类消亡，
而纯洁的多石的大地继续受到海洋的拍击。

小嘴、蓝眼，没有恩宠或希望。
在可怕的上帝，在世界躯体的面前。
祷告没有被听见。玄武岩和花岗岩。
在它们上面是只猛禽。这是唯一的美。

我和你又有什么关系？来自果园的小路。
来自未经训练的合唱队和发光的圣体盒。
来自芸香的花坛，河畔的山丘，一些书，
在书中，热情的立陶宛人宣称了兄弟情谊，我来了。
啊，这是凡人的安慰，徒劳无用的信念。

不过，我所知道的你却不知道。大地
所教的比赤裸的自然元素要多得多，
没有人给予自己神明的眼睛而不受惩罚。
你是如此勇敢，在一无所有的空间里，
给恶魔们献上祭品：这是奥丁和雷神。
厄里尼厄斯在空中的尖叫声，狗群的惊恐，
当赫卡忒和她的死人侍从队伍来到时。

还不如在十字架的交叉处雕刻出太阳和月亮,
我家乡的人就是这样做的。给白桦和枞树
冠以阴性的名字。恳求保护,
以抗击无声的和奸诈的强权,
胜过你宣布的一件非人性的事件。

伯克利　一九六三

信(致拉贾·罗奥)

下面这封信是我和印度哲学家、作家拉贾·罗奥(Raja Rao)几个小时谈话的继续,信是用英文写成的。

拉贾,我希望我知道
那种病的原因。

多少年来,我都不满意
我过去待过的那个地方。
我一直认为,我应该
待在别的什么地方。

城市、树木、人声
都缺少现实的特色。
我生活在继续前行的希望中。

别的地方有一座真正存在的城市。
有真的树和人声,有友谊和爱情。

如果你愿意,可将我处在
精神分裂症边缘的境地
和我的文明的救世希望,
联结在一起。

对专制感到痛苦,对共和制感到痛苦,
对前者我想拯救自由,对后者我渴望腐败能终止。
我所希望的是建立永久存在的城市。
从此毫无意义的忙碌将永远消失。

我终于学会了说:这是我的家。
这里,在海上落日的炭火般燃烧的光芒下,
在面对你们亚洲海岸的斜坡海岸上,
在一个伟大的只有适度腐败的共和国里。

拉贾,这并不能医好
我的羞耻感、负罪感。
一种我没有成为我应该
成为的那种人的羞耻感。

我自己的形象
在墙上变得巨大无比,
而在它的背景上
我的影子多么可怜。

于是,我就这样
相信了"原罪"。
而它并不是别的,
只不过是自我的初次胜利。

受到自我本身的惊吓,

追求它的海市蜃楼。
如你知道的,我会
给你一个现成的论据。

现在,我听到你在说,
解放是可能的,
而苏格拉底的智慧,
和你宗教导师的智慧
都是完全相同的。

不,拉贾,我得从我是什么开始,
我是那些出现在我梦中的怪物,
它们向我揭示了我的隐秘的本性。

如果我有病,这仍旧不能证明,
人类还是一个健康的生物,
希腊注定要失败,她那纯洁的意识,
只能使我们的痛苦更加厉害。

我们需要上帝在我们软弱时爱我们,
而不是在我们的光荣完美中爱我们。
这没什么,拉贾,我的命运就是痛苦、
挣扎、屈服、自艾自怜和仇恨自己,
为天国的来临祈祷,
和阅读帕斯卡的作品。

伯克利　一九六九

太阳从何处升起何处降落

一九七四

使 命

在恐惧和颤栗中,我想我能实现我的生命,
只要我能向公众做一次至诚的忏悔,
以揭露我自己和我们时代的欺诈行为。
过去我们只准用侏儒和魔鬼的口舌尖叫,
而纯洁和崇高的言论却遭到禁止,
在如此严酷的处罚下谁还敢说出一句话,
那他就要把自己视为一个失踪的人。

伯克利 一九七〇

钟 点

灼热的阳光照在叶子上,
野蜂发出急促的嗡嗡声,
来自远路、来自河那边梦呓般的响声,
和锤子缓慢的敲打声,不止使我一个人感到欢欣,
当五种感官尚未打开,他们比起始更早
就作好了准备,等待着自称为凡人的人们。
他们就能像我一样去赞美生活,即幸福。

伯克利 一九七二

一个故事

我来讲讲米德尔的故事,并加入道德含义。
他遭到了一头灰熊的攻击,又凶又狠,
常从小屋的屋檐下撕抢鹿肉吃。
不仅如此,它不怕人,也不怕火。
一天晚上,它开始撞起门来,
还用爪子打破窗子。于是他们缩成一团,
把猎枪放在身旁,等待黎明的到来。
第二天傍晚它又来了,米德尔从近处
射中了它的左肩骨下面,它又跳又跑,
跑得像风暴一样快。据米德尔说,
灰熊即使被打中了心脏,也会奔跑不止,
直至倒下。后来米德尔循着血迹
找到了它。这时他才明白,
这头熊为何有这种古怪的行为:
是脓肿和龋齿让熊的口腔腐烂了一半。
成年累月的牙痛,一种难以承受的痛苦,
常常逼得我们去干毫无意义的事情。
使我们产生盲目的勇气,无所顾忌。
我们走出了森林,也不常抱有希望:
天上会掉下一个牙医来治好我们的牙痛。

伯克利 一九六九

阅　读

你问我用希腊文读福音书有何益处，
我回答这很有益，当我们的手指移动
在比刻在石头上的铭文更持久的字母上，
继而把每个音节都慢慢地读了出来，
我们就能认识语言的真正高雅，
被迫注意到那个新的时代
并不比昨天更远，尽管今天的硬币上
恺撒的头像不同，但时代没什么两样。
恐惧和渴望相同，橄榄油和葡萄酒
以及面包的意义相同。而变化不定的
平民大众像过去一样渴望着奇迹。
甚至风俗习惯、婚礼喜宴、药品和
对死者的悲哭，也只是表面上的不同。
另外，例如有许多人把自己作品称作
Daimonizomenoi，也就是着魔，
或称被迷惑的（因为"附体"是我们
语言的词典中的一个古怪用词）。
惊悚、口吐白沫、牙齿紧咬，
当时并不被看作是天才的迹象，
着魔者也没有得到文字记载和拍摄，
很少应用到艺术和文学中，
但他们却在福音故事中得到有力的保存：
统治他们的幽灵会进入猪群，
被两种本性（自己的和魔鬼的）的

突然冲撞而火冒三丈,
他们跳进水中溺死,这种情况屡屡发生。
因此,坚定的读者会在每一页中
看到,在终有一天会结束的世界里,
二十个世纪就像是二十天。

           伯克利 一九六九

神的摄理[1]

我没想过我会生活在这特殊的时刻。
当高山峻岭和雷霆之神,
万军之主,克里奥斯·萨贝奥斯,
使人们受到最深刻的顺从,
允许他们想做什么便做什么,
把结论留给他们,什么话也不说。
这与世代相传的王室悲剧
确实是有所不同的景观。
水泥柱子的道路,玻璃和铸铁的城市,
比一个部落领土还要大的飞机场,
突然失去原则而崩溃瓦解。
不是在梦中而是现实,因为失去了自我,
他们只能像不该继续下去的那样继续下去。
从树中、从田里的石头,甚至桌上的柠檬中
物质逃失,而它们的幻影显示出
是个真空,是薄膜上的烟雾。
物体被剥夺,空间在膨胀,
到处是非处,而非处是到处。

---

[1] 原文为拉丁文,*Oeconomia Divina*。

书中的文字变成银白色,摆动而后消失,
手不能描绘棕榈的标志,河的标志,朱鹭的标志。
用多种语言的喧嚣宣布语言的致命性。
抱怨被禁止,因为是自己抱怨自己。
人们受到莫名其妙的痛苦的折磨,
他们便把衣服扔在广场上,以使他们的裸体招来审判。
但是,他们徒劳地渴望着恐怖、怜悯和
愤怒,工作和休息,
没有正当的理由。
还有脸孔、头发和屁股
都没有存在的理由。

            伯克利 一九七三

消　息

关于地球文明,我们该说些什么?

它是一个由熏黑玻璃组成的彩球体系,
里面由一条发光液体的细线所缠绕和展开。

或者说是个阳光突现的宫殿的集合体,
高耸在像城堡大门的拱顶之上,
它的后面跟着一个没有脸孔的怪物。

每天都在抽签,无论谁被抽中,
都要作为祭品送到那里:老人、孩子、小伙子和姑娘。

也可以换种说法:我们住在金羊毛里,
住在彩虹的网中,住在云的茧里,
悬挂在银河树的树干上。
我们的网是用符号织成,
是眼睛和耳朵的象形文字,是爱的指环,
一个声音在中心回荡,塑造我们的时代,
我们的语言在闪耀、振动和鸣响。

因为用这些我们才能在内与外，
光明与黑暗之间划定界线。
如果不从我们本身、我们温暖的呼吸
还有唇膏、薄纱和棉布，
从已沉寂的心跳，难道世界就要死去？

也许，我们对地球文明已无话可说，
因为没有一个人知道它到底是什么。

伯克利　一九七三

历史的加速推进[1]

人类枉费心机。
卡桑德拉一个接一个沉默不语。

不是在火光中,不是在墙体的崩裂声中,
它是踩着猫的脚爪前来。

注解:
悲观主义者!难道又是宇宙毁灭?
不,至少不是,我担心"为人民而斗争的手,
人民自己会把它们切断"。

伯克利 一九七一

---

[1] 原文为法文,*L'ACCÉLÉRATION DE L'HISTOIRE*。

给 N.N. 的哀歌

请告诉我,这对你是否太遥远,
你可越过波罗的海的轻微波浪,
穿过丹麦的田野,穿过山毛榉树林,
你可转向海洋,那里离拉布拉多不远,
在那儿,在一年的这个季节一片白色。
如果你,一直在梦想着一座孤岛,
害怕城市和公路上的灯光闪烁,
你有一条道路直通寂静山林的中央。
越过融化的深蓝河水,有着
鹿和北美驯鹿的足迹,
直至雪山和废弃的金矿井。
萨克拉门托河会引导你前行,
在长满带刺的小橡树的山丘中,
然后穿过一片桉树林,你就能见到我。

这是真的,当北美的熊果树鲜花绽放,
海湾在春天的晨间显得格外的湛蓝,
我情不自禁地想起两湖之间的那所房子,
想起在立陶宛天空下展开的大网。
你在那个放置衣裙的浴室,
永远变成了一块抽象的水晶。
靠近走廊有甜蜜的黑暗,
还有可笑的小猫头鹰和皮革的气味。

那个时候怎么能生活下去,我自己也不知道。
时尚和衣服在颤动,模糊
而不自信,朝向于最终的结局。

我们想念事物的本身,这有什么?
逝去时代的知识燎伤了铁匠铺前的马
和小城市场上的小圆柱,
以及楼梯和弗立吉尔托妈妈的假发。

我们学到了很多,你自己很清楚。
那些不能带走的都被渐渐地
带走了,人们,周围的村镇。
但心没有死,虽然有人认为它该死。
我们笑着,桌子上有茶和面包。
只有良心受到责备,我们没有去爱
萨克森豪森集中营里的可怜的骨灰,
要以超越人类限度的绝对的爱。

你习惯了那些新的潮湿的冬天,
到一所房里去,德国主人的血
已从墙上擦洗干净,他不会再回来。
我也接受了力所能及的一切:城市和乡村。
人不会两次走进同一个湖,
在腐烂的桤木树叶的湖底,
把一条狭窄的太阳光带切断。

你的和我的过错?不是大的过错。
是你的和我的秘密?是不大的秘密。
当时他们用头巾围住下颔,把十字架放在手指间,
附近有只狗在叫,有一颗星在闪亮。

不,这不是因为路途太远,
那一天或夜晚你没有来看我。
年复一年,它在我们中间成长,直至贯穿全身,
我像你一样理解它:冷漠。

伯克利　一九六三

呼 吁

这首诗写于一九五四年的一月或二月,本不打算发表,过了将近二十年,我在故纸堆中找到了它。

你们,我的朋友,无论你们身在何处,
也无论你们是忧心忡忡,还是满怀欣喜,
我向你们举起这杯苦涩的黑葡萄酒,
就像在法兰西国土上经常做的那样。
从起重机到运河,
铁轨和冬雾交织在一起的风景中,
在酒和黑色烟草的烟雾中,
我去到你们那里,并问你们一个问题。
请回答我,现在你们就破例一次,
抛开顾虑、恐惧和斟字酌句,
告诉我,照你们看来,在午夜时分,
当我们面对的只是夜晚、手表的滴答声
和快速列车的汽笛响时,请告诉我,
你们是不是真的认为这个世界
就是你们的家。你们体内转动的行星
是否是被你们的热血推动,
在不停顿地运行。而这颗行星是否
和你们周围的一切相处得和谐?
不,也许你们知道,这痛苦的抗议,
每一天每个小时发出撕人肺腑的喊叫,

被抑制住的微笑,理解一个囚犯的感觉,
当他触摸着墙,知道墙后是延伸的山谷。
夏天阳光中屹立的橡树,一只飞鸟
和一只把一条河变成绮丽风光的翠鸟,
你们和我一样,心里隐藏着一种自信,
很快你们将会以强大的力量,
进入充足光线中的现实,
你们将获得自由,从羁绊中得到解脱,
它超越破碎石板的霉层,
超越记忆和你们的变化,
就像蹄下冰块的碎裂声
惊起鸟群一样——超越一切时,
它将作为圣火交给你们去跑,
黎明时用你们的火焰点燃船帆,
而当船上的烟袅袅升起,
群岛醒来,从头发中抖落铜币。

不,我在这里,不是从冬天的灰烬中,
而是用最简朴的语言对你们说话。
以免扩大疑虑,或唤起悲伤,
可以举例,以姐妹命运的名义,
以及诸如此类。心依然在跳动。
什么也没有失去。如果有一天
我们的话语能和森林中的树皮
和柠檬的花结合成一体,这意味着,
我们就是在守护着一个巨大的希望。

我该怎样守护它?给事物冠名,
这不是易事。当我在说"晨曦"时,
语言本身就会加上"玫瑰色手指",
就像希腊的童年时期,太阳和月亮
都具有众神的脸孔,我不能确定
那个波塞冬会否从海底突然出现(戴着耳环)
乘着马达破浪而行,率领着仙女扈从。
当我漫步在阿尔卑斯山的山林和草地时,
每一条岩石的裂缝都像是一座座门,
穿过它就能进入地狱,我在等待向导。

而空间又是什么样?是机动的,
牛顿式的,还是像座冰冷的监狱?
或者是爱因斯坦式的空幻的空间,
运动和运动之间的联系?不需要伪装。
我知道,假如我不知道,或者知道,
那么我就有上千年的想象力。

你们穿着衣服跳入水中,像铅一样沉重,
就和从前我们梦中的重量相同。
我们穿着古老时期的绸缎,或
伪造的紫袍,用天鹅绒的面具
把我们的脸遮住。古典的,
再一次弹奏起我们过去弹过的。
但是我敢断定,这是个奇妙的世界,
它给予我们的礼物是永恒的青春。

在这里,我向你们举杯,在这舞台上,
我,一个声音,不会更多,在巨形剧院。
面对着紧闭的眼睛、苦涩的嘴,
面对着受到奴役的沉默。

布里—康提—罗伯特　一九五四

号召遵守秩序

你可以大声喊叫,
因为人类的疯狂。
但别人可以,你却不该这样。

从细小的沙、
烂泥和黏土,
用坚硬的木条,
你筑起城堡,抗拒大海的考验,
现在它却被海浪摧毁。

多么的混乱,
达到从未有过的限度,
怎样的深渊,
却又视而不见、不闻不问。
怎样的恐惧,
在面对着你。

它展现自己
却又不是它。
它有名有姓,
却未留下姓名。

它已经完成了,
却没有开始。

你的城堡正在倒塌。
葡萄酒颜色的
悲伤的大海,
它会消除你的骄傲。

但你知道
该如何对待虚无,
这与智慧无关,
也与美德无关。

因此你怎能去责备
别人的愚蠢行为。

伯克利 一九六九

不是这样

对不起。我是阴谋家,像许多这类人一样,晚上会突然出现在人类建筑物周围。

我能估摸出那里有岗哨,当我大胆穿越被禁止的边境之前。

我知道的要多得多,但我装着只要很少就够了。我不像那些提供证据的那样。

冷对射击、密林中的追缉和嘲讽。

让智者和圣人,我想,给整个大地带来礼物,而不是语言。

我珍爱好的名字,因为语言是我的准则。

田园式的天真的语言,它把崇高变成了温情脉脉。

合唱队领导的颂歌或圣歌消失了,留下的是宗教歌曲。

我的声音永远不完整,我想表示不同的感激之情。

宽宏大量，没有讥讽，讥讽不过是奴隶的荣耀。

在七条边界之后，在启明星之下。

在水与火，以及自然元素的语言中。

伯克利　一九七二

那么少

我说得那么少。
短促的白天。

短促的白天。
短促的夜晚。

短促的岁月。
我说得那么少。

来不及说出。
我的心已疲惫不堪,

由于激动、
失望、
热情、
希望。

一只怪兽张开大口
正把我活活吞噬。

我赤身裸体，
躺在荒岛的岸边。

世界的白鲸鱼，
把我拖入深渊。

如今我不知道，
什么才是真实。

伯克利　一九六九

关于天使

你们被夺走了白衣衫、
翅膀,甚至生存。
但我依然相信你们,
使者们。

那里,在世界被里外倒翻的地方,
一块厚重的织物上绣有星星和走兽,
你们漫步着,察看着那些精细的线缝。

你们在这儿逗留的时间很短:
或许就在黎明,如果天空晴朗,
就在鸟儿重复的优美曲调中,
或是在苹果傍晚发出的芬芳中,
当光亮把果园照得奇丽诱人。

他们说,有人创造了你们,
但这种说法不能让我信服,
因为人类也创造了自己。

这声音——无疑是有力的证明,
因为它属于真实明亮的实体,
轻盈而长着翅膀(为什么会不呢?),
还系着闪电的腰带。

我常常在睡着时听到这声音,
奇怪的是,我多少能听懂,
这神秘语言所发出的召唤或命令:

白天快来了,
另一个日子,
做你能做的。

伯克利　一九六九

一年四季

透明的树上站满了候鸟,在蓝色的早晨,
天气很冷,因为山上还有积雪。

伯克利 一九七一

礼　物

多么幸福的一天。
晨雾早已散去,我在花园里劳动。
蜂鸟落在忍冬花上。
这世上的事物我再也无所企求。
我知道没有什么人值得我去羡慕,
我遭到的种种不幸,也早已忘记,
想到我一直是这样的人,并不感到羞愧。
我的身体也没有任何的病痛,
我挺起腰,看见了蓝色的大海和船帆。

伯克利　一九七一

太阳从何处升起何处降落

一 听从

不论我手里拿的是什么:铁笔、芦苇、鹅毛笔或是圆珠笔。

不论我在什么地方,在古罗马建筑物前厅的地板上,在修道院的密室里,在一座大厅里面对着国王的画像。

我在处理省里委派给我的任务。

于是我开始了,虽然不能解释为什么和怎样开始。

正如我现在这样,在蓝黑色的云下,有一匹红马在闪烁。

仆人们忙碌着,我知道,在地下的房间里,

羊皮纸在簌簌响,预备好彩色墨水和密封用的蜡。

这一次我吓坏了,令人生厌的押韵的说话,

它自己修饰自己,自己主动地说了下去。

即使我想让它停住,但我发着烧,身体虚弱,

由于我患了像上次那样带来悲痛启示的流行性感冒。

那时我正注视着我热情年代的徒劳无功,

我听见太平洋的狂风巨浪在拍打窗户。

但是不,拉紧腰带,装出要一拼到底的勇气来,

仅仅是为了白天和那匹红马的嘶叫声。

啊，一马平川。雾蒙蒙的火车在闪闪发亮。

孩子们走过一片灰色空地，在爱沙尼亚人村子的后面。

罗伊查，死去的骑兵上尉。莫夫章。狂暴的大风。

不信教的诅咒是非常痛楚的刺伤。

我再也不会在河边的小小国土上下跪，

只有那样，我内心里的石头才会融化，

只有那样，我什么也不会留下，除了我的泪水，泪水。

> 合唱：
> 老人们的希望
> 永不会满足。
> 他们等待着他们
> 掌握权力和光荣的一天，
> 能够理解的一天。
> 他们有许多事情要完成，
> 需要一个月，需要一年，
> 直到一切结束。

它接踵而出，天空一般，在岛上的阳光里，在咸味的微风中。

它消失了，没有消失，新的，是同样的。

装饰着雕刻的小船，一百支桨，在船尾有个舞者。

棍棒打在棍棒上，摇晃着他的双膝。

发出钟声的宝塔，珍珠织成网里的野兽，

公主们隐蔽的楼梯,水闸,开着百合花的花园。
它接踵而出,它消失了,我们的讲话。

合唱:
谁活得短暂,他的罪孽就轻,
谁活得长久,他的罪孽就重。
何时能筑起这条海堤,从那里我们
将看到发生的事情和为什么发生?

阴暗地、阴暗地,城市回来了。
一个二十岁的人的道路上堆满了枫叶,
在一个辛辣味的早上,他走在路上,
从围栏外窥视着花园,
或者院子,那里有只狗,有个人在劈柴。

现在他在桥上听河水的流淌声,钟声响起,
在长满松树的沙质峭壁下有回声、白霜和浓雾。

我怎么会知道烟的气味,晚秋大丽花的气味,
在一个木结构小镇的倾斜街道上。
如果这是许久以前,在梦中见到的千年纪念日,
十分遥远,从那里流动着闪耀的亮光。

我是否到过那里,像种子里的胚芽被紧紧包住。
还没到时辰就已经被呼唤,一个接一个,会触摸我?
我们工作到傍晚,但成果竟会如此之少,

以至我们一无所获,除了我们实现的命运。

在一片蓝黑色的云下,有一匹马在闪烁。
我依稀认出了过去所发生的一切。
我的名字的外衣掉落下来,
广阔的水面上,星星变得越来越小。
那个没有名字的人又代我说话了,
并打开了逐渐消失的梦一般的房子,
好让我在这空寂的房里写作,
在大地和海洋的那一边。

二 一个自然主义者的回忆录

我很想留在田园牧歌和童话里,但这不可能,也不是因为我重视内华达山中的兀鹰数目在减少和灰熊社会地位的降低,或是关于牲畜饲养和山狮也就是美洲豹保护之间的争论,其结果是萨克拉门托州政府在一九七一年决定在四年内禁捕美洲豹。

> 黎明时穿过草地寻找四叶苜蓿,
> 在树林深处寻找重瓣的榛子,
> 那里给我们承诺有一个伟大的生命,
> 它在等待,可我们还没有出生。
>
> 我们的父亲——橡树,树干是他的肩膀,
> 白桦树姐妹用低声细语来引导我们,
> 我们走过越来越远的路程去寻找
> 能够获得一切力量的活水。
>
> 直到初夏的漫长的一天,
> 走进了一片寂静的黑森林。
> 黄昏时我们才到达明净的水边,
> 海狸王在那里统治着所有的渡口。

别了,大自然。
别了,大自然。

我们飞过一片积雪的石山,
为兀鹰的灵魂掷起了骰子,
——我们准许赦免兀鹰?
——我们不准赦免兀鹰。
它没有吃到智慧树上的果实,必须灭亡。

在河边公园里,一头熊挡住了我们的路,
它伸出爪子乞求我们的帮助,
——是它让迷路的旅行者受到了惊吓?
——我们给它一瓶啤酒,让它高兴。
从前它在自己的领地里有满窝的蜜。

他轻巧地跑过柏油高速公路,
我们重又在光亮中得到了雨雾朦胧的树林。
——看上去像只美洲豹,
——可以赞同。
如果是,它们确实在这里,数据表明。

别了,大自然,
别了,大自然。

我要说明我童年的梦想怎样被否定:

这就是：我站在长凳上（现在不是），我潜入教室墙上的一幅画里——《北美群兽图》。

和浣熊亲近，抚摸着鹿，在驯鹿经过的路上追赶野天鹅。

荒原保护着我，那里的一只灰松鼠能在树梢上窜跑几个星期。

但我会被叫到黑板前，有谁能猜到这是在何年何月。

粉笔在手指间碎了，我转过身来，听到了我的、很可能是我的声音：

"像沙漠中马的头骨一样白，像夜间行星的轨迹一样黑。

赤裸着，没有别的，一部没有着色的电影。

这是厄洛斯，在给我们编织由鲜花和水果组成的花环。

他把罐子里的整块金子灌入了日出和日落。
就是他把我们带入了甜美的风景里，
带入了溪边和山丘上的低垂树枝的优美风景里。

回声引诱着我们不断前进,一只杜鹃许诺一个地方,那里没有思念,隐没在灌林深处。

我们的眼睛受到触动。取代腐烂的是绿色。
红百合的朱红,龙胆草的蓝色忧郁。

在淡淡黑暗中树皮的绒毛,山上的一只貂鼠一窜而过。

是的,只有欣喜。厄洛斯,因此我们是否应该相信血的炼金术,永远和幼稚的幻想世界相结合?

难道应承受没有颜色和没有语言的赤裸的光吗?

它什么也不想要,也不在任何地方呼唤我们?"

我双手蒙着脸,他们坐在凳子上沉默着。

我不认识他们,因为我的时代已过去,
我的这一代人已消失。

我来说说我的机灵,当我预感到许多事情时,便会冒出一个想法,它确实不算新颖,但受到那些比我优秀的人的高度评价,我对这些人一无所知。

我的一代已经过去,还有城市、国家,
但这是稍后的事。此时,在那扇窗子里,

一只燕子正在表演瞬间的仪式。那个男孩
是否在抱怨：美总是在别处，总是在骗人？
现在他看见了自己的家乡，正当刈草时节。
山下道路盘旋。再往下是森林湖泊。
阴沉的天空现出一条斜照的光线。
到处是拿长镰刀的人，他们穿着粗布衬衫
和按照常规染色的深蓝色裤子。
他看到的正是我现今看到的。但他很机灵，
他凝视着，仿佛事物会被记忆立即改变。
他乘马车往后看，因为他想保住更多的东西。
他知道其中的意义对最终时刻是必要的，
当他从碎片中构建成一个完美的世界。

如果我们的语言为同一事物去寻找不同时间和地点的
不同名称而不使我们受骗，那么一切都会很完美。

阿尔卑斯流星花：Alpine Shootingstar
生长在横跨罗格河的山林中，
这条河位于南俄勒冈，
由于它的悬岩峭壁，难于登上河岸，
这是条渔夫和猎人的河。黑熊和美洲狮
至今还频繁出现在那里的山坡上。
这植物因其紫红色花朵而得名，
倒挂的顶端指向花瓣下面的地面。
这一切都让人想起十九世纪插图中
的星星，垂落时会拖着一条细线。

这条河是法国捕猎者给取的名字，
当时他们中的一个落入印第安人的埋伏，
从此他们便叫它维里维尔·德·考昆因，
胡尔塔伊河，或被译作罗格河。

我坐在喧嚣而又飞沫四溅的激流旁，
扔着石子，思考着花的名字。
这种花在印第安语中将不为人知。
就像他们家乡对这条河流的称呼一样。
然而每个事物中都应包含有语词，
但它不是。我的职责能做什么呢？

加入毫无意义的章节，关于阿努西亚和扎利亚·鲁特尔，或译作绿芸香，似乎它常常被看作是生命和幸福的象征。

为什么阿努西亚要种芸香，
在她处女花园中常青的芸香？
为什么傍晚时她歌唱扎利亚·鲁特尔，
以致回声在水面上、露水上延伸？
她戴着芸香的花环去了哪里，
是否从衣箱里带走了她的衣裙？
在印第安人地区，有谁认识她，
那时她叫阿努西亚，谁也不认识吗？

我对我从前喜爱的《我们的森林及其居民》一书的变化做了简略的评述。

一只被残杀的野兔的悲鸣充满森林，
它充满森林却未引起森林的任何变化，
因为个性生命的死亡是它自己的私事。

每一个都应尽其所能去对待它。
《我们的森林及其居民》。我们的，我们村里的。
用铁丝网围住。吸吮、咀嚼、消化、
生长和毁灭。一个冷漠无情的母亲。
如果耳朵里的蜡熔化，松针上一只飞蛾、一只
被鸟吃掉的甲虫、一只受伤的蜥蜴，
全都处于它们那颤动的痛苦会聚的
圆心。这刺耳的响声，
将淹没种子和幼芽的爆裂声，
以及我们提着采摘野草莓篮子的孩子们，
他们听不见画眉那依旧动听的颤音。

我向斯特方·巴金斯基致敬，他教过我使用显微镜和准备幻灯片，我也无法忘记我的悲观主义的主要撰稿人——甚至引用了一部有关他科学活动的著作，该书出版于一八九〇年的华沙，供青年人使用。艾拉兹姆·马耶夫斯基教授的《莫霍瓦普斯基博士：昆虫世界的奇异历险》。

向我们的青春时代的导师致敬，
穿着花格布短裤的巴金斯基，
向你，我们的自然老师希列金尼克先生，
纤毛虫和变形虫的主宰者，
无论你一簇簇鬈发的头颅长眠

在何处,被纷乱的自然力所摇动。
不论怎样的命运会落在
你的金丝边的眼镜上,
我都要向你献上这些诗句。

也向你致敬,莫霍瓦普斯基博士,
你从毁灭中获得自由,是在
昆虫王国中经历重大探险的英雄。
你总是住在华沙的苗多瓦大街,
当你的仆人格热戈兹早上打扫地毯时,
你就开始了你这个老单身汉的散步,
在那条林荫道上,你超越了所有遭受
毁灭和变化而获得胜利的地方。

这件事发生在一八七九年的夏天。

"我们的自然主义者和他的未婚妻走上祭坛的那一天,天气晴朗,阳光普照,没有风。这肯定是一个出外采集标本的好天气。这时莫霍瓦普斯基博士却穿上了礼服,并没有去想那些双翼的生物。他只是被好天气和习惯所引导,决定到皇家瓦金基公园度过他自由的最后三个小时。他边走边在想他们未来共同生活的幸福。突然有一只双翼生物多次在他眼前闪过,他看着它,呆呆地站住了。出现在他面前的是只食虫虻,而且是只他从未见过的食虫虻!他的心在剧烈地跳动。他屏住呼吸,轻手轻脚地走近那片叶子,想更清楚地观察这只罕见的动物。然而这只警惕性很高的昆虫,只给了他确定它是只不同寻常的品种的时间,便飞向了另一根树枝。我们的自然主义者紧盯着它不放,想把手伸近它。但这只食虫虻非常机灵,及时地飞开了,这样的情形重复好几次。逗人的食虫虻把他带到了花床的另一边。这位自然科学家不断失去它重又找到它,好像在玩藏猫游戏似的。时间过得很快,举行婚礼的时间到了。而此时的食虫虻却停在了很高很高的地方。为了不失去这个目标,他必须爬到树上去。现在是没有时间去想了。"

啊,命运的捉弄!当他爬到了树上,
它才被捕获,恰好是他该戴上礼帽时,
新娘听到这个消息,便昏厥了过去。

她是个不谙事理的女人,
她选择了薄纱和丝网的世界,
化妆室里易碎镜子的世界,
一只耳朵给铲子划了痕迹的彩陶便壶的
世界,产妇和哭丧妇的世界。
《在嘴唇和杯沿之间》的轻声悄语,
或是在嘴唇和一块在荒原中被遗腹子们
吃掉的拿破仑蛋糕的中间。
说到底,对多数人说来这是个珍贵的世界,
也许对她说来是个轻易的世界,但它并不轻。

你得承认,杨·莫霍瓦普斯基,
如果不是那天,你的激情就会在
灯影之中变得温顺。
一种激情,纯洁而又高尚,
不会继续引导你走向你的命运,
直至黎明到达塔特拉山上的平地,
到达白水和鲁文卡的山谷中。
望着冉冉升起的红色太阳。
按照规则的要求,你喝着药水,
然后踏进没有罪行和怨恨的地方。

孩子,我和你游历在深不可测的国度上,
在粗得像雪松一样的草茎下,
在飞行器机器的轰鸣喧嚣中,
我站在那些带刺的叶子中间,
越过半明半暗的沼泽深渊,
是蜘蛛的网线让我渡过那里。

你记录着:"可怕的情况。"
在树汁、软泥、胶水、上亿只
缠绕在一起的腿、翅膀和腹部
挣扎着,变得衰弱,永远僵硬了。
那只飞蛾幼虫的肥硕身体,
被贪婪的苍蝇的凶残后代所撕咬,
那滚圆的躯体挣扎着,最终被吃掉。
来自议会时期的博爱主义者,

你是怎样的科学家,为何要同情我们?
是不是你突然感到怒气冲冲,
在一片黑烟滚滚的平原上,
你来到一座燃烧城市的城门,
在有僵死蚂蚁的大厅充当证人和法官?

你以对计算器的怜悯感染着我,
穿着角质的外衣,在透明的胄甲里
和在我童年的幻想中。
这是你一直的标记,痛苦的哲人。
但我不认为那是坏事,海登堡和
耶拿的荣誉博士。我很高兴,
你手杖上的白象牙仍在闪闪发亮。
仿佛它的光辉从不会被火焰盖住。
有人依然坐着马车行驶在林荫道上。

我试着简要描述当我选择自然主义旅行家的职业而改变了我的生活目标时的感受。

这一定是我继续旅行的原因,
至于去往何处,人们自会猜到,
例如,参观莱塞济斯附近的洞穴,
或许会在萨拉停留休息
(而我的可怜的阿里克称之为普里瓦尔),
从那里再踏上前往苏亚克的旅程,
在罗马式建筑物的正门上有座浮雕,

诉说着西奥菲勒斯修士从阿达纳
到奇里乞亚的冒险。而先知以赛亚
八个世纪以来保持着一种激烈的姿态,
就像在拨动着一把无形的竖琴的琴弦,
继续前行,进入曲折的山谷,直到
它高高地出现,高高地,这旅行者的宝石,
就像我们童年时,在罗卡马杜尔
非常渴望得到枞树顶上的鸟巢。
但我并不强求。一条通往孔波斯特拉,
或者通往光明山的大道会很好指引你。

到达并通过。这里是长满苔藓的岩石,
在延伸。在每个转弯处显得更加清晰,
随后消失在远处。那里,有一条河
在树林和弓形桥后面闪亮。但必须记住
风景和翠鸟都不能阻止我们,
用飞行的明亮的线把两岸缝合在一起。
塔里的少女也不能,虽然她用微笑
在引诱我们,并把我们的眼睛蒙住,
在把我们带到她的卧室之前。
我曾是个有耐心的朝圣者,因此我把
每个月和每一年都刻记在我的手杖上,
因为这会使我更接近目的地。

可是当我多年后终于到达了那里,
那里发生过什么,我想,很多人知道

如果能在罗卡马杜尔的停车场上
找着位置,然后数着通往上面小教堂
的阶梯。最后确定,就是在这里,
一群冷漠的艺术爱好者正在观看
一座木制的戴着皇冠抱着孩子的圣母像,
他们和我一样不再前行了。群山和山谷
相连。那火,那水和不真实的记忆。
热情依旧,但我听不到召唤。
只有在否定中圣像才有自己的住房。

三　拉乌达

　　某个知名的炼金术士曾写到这个国家,它位于人类思想的最重要的需求所安置的地方,这需求同样创造了几何学和科学、宗教和哲学、伦理和艺术。前面提到的那个炼金术士还是笛卡尔的支持者,他还曾写到,这个国家的名字,可以是萨那,或者哈米吉多顿、帕特莫斯,或者是忘川、阿卡狄亚(古希腊的一个高原地区),或者帕尔纳索斯山。

不,这里不应有空间。
但我对你们说话,你们站在我面前,
在有点儿相似的阳光下,
在几乎是一样的一个晚上,
甚至落下的雨滴也和那里的一样。

这个空间不同。天使们欢唱新王的到来,
三位圣人在街上鞠躬,
狮子们跪在拱廊下面,
宣告奇迹的出现。

而我们被关闭在琥珀里面,拿着小号和提琴。
我们跑,我们唱,我们赞美过去的生活,
是因为我们亲眼所见的过去的生活没有痛苦。

而在我手里突然有根君王的权杖,
或是一面孩子的拨浪鼓,为了能陪伴自己。
当羞辱离开我时,而我也承认
我过去受了很多的痛苦。

这并不确切,那不是权杖,是根长鞭,
事实上是把苍蝇拍子,因此我便可待在家里,
在窗口倾听着,因为邻居会前来拜访,
虽然四周很安静,只有井上桔槔的吱吱声。

我在那里出生,来自贵族阶层,
我们要比拉乌达或文佳戈拉的更优越。
我受过洗礼,我跟魔鬼断绝了关系,
在凯伊坦县的奥皮托沃基教区。

打苍蝇和沉思默想是我的职责,
或者吩咐尤尔克希斯去备好四轮马车,
我就可以摇摇晃晃地穿过吉勒尔森林,
去拜访我的亲戚希尔维斯特罗维斯一家,
还有多夫吉德一家,或者多夫格沃斯一家。

我是相当幸福的。我们的村子很平静,
虽然并不很富有,很少有人乘坐马车。
它太花钱了,需用四匹马拉车,
因此四轮马车便永远停放在马车房里。

初雪之后出去打猎,第一颗星快出来了。
我在门廊里跺脚,跺掉靴子上的雪。
桌上已摆满圣诞夜的大餐、糕点和蜂蜜,
我亲爱的雅德维佳知道怎样讨我欢喜。

如果没有把我送到维尔诺去上学,
那会有什么好处?什么好处也没有。
反正我是不会埋葬在希文托布罗希奇,
在希文迪布拉斯提斯,在圣布罗德。
那里是我祖先埋葬的地方,
那里的马儿会在溪流中间停下饮水
的习惯,让这个小男孩感到好奇。

我现在感到我站在金门桥上扔出一块
石头就像扔进深渊一样。那里有个自杀者
飞身跃下,像在梦中似的,比海鸥还小。
就像我从午睡中醒来,
发现自己身穿金刺绣的外衣。

它是写在基因的密码上,
要不就是我这个贵族在涅维阿查河畔
和一个未受洗礼的魔鬼下棋,那是个
来自不太被人知道的地球力量的全权代表。

我不能确定,发生在我身上的这些事的时间是在十九世纪还是二十世纪,因为这无法确定,而且也没有什么意义。在那个国家,发生在昨天的事情和发生在四百年前的事情并没有太大的区别。至于地点则是另一回事,

它要求有一定的精确性,在回答它的时候,我力图避免虚构。尽管我曾在两个大陆的许多国家搜集地球的图景,我的想象力也只能以这样的方式来处理它们,把它们分配到一个县的树木和山脉的南北东西。我的县里和邻近的科甫诺县,每一条小河,每一个城镇和居民点都有它自身的尊严,并且受到历史学家的尊敬对待,感谢他们,我才能写下以下的注释:

拉乌达(Lauda) 这个词并非来自中世纪意大利的赞歌,那是我的标题所涉及的,同时它也和波兰食物中一个复数词 lauda 毫无关系。这个 lauda 就是立陶宛语里的 liauda,但与拉丁语 laudare 毫无关系。流经这个地区的小河 liaude,在汇集了涅凯尔帕、加杜瓦、肯姆斯罗瓦达斯、尼基斯、维斯南塔五条支流之后,便流入了涅维阿查河。至于说到拉乌达的居民史,人们可能会引用小说家显克维奇的《洪流》,不过一部文学虚构作品当作史料来源,其价值是值得怀疑的。《立陶宛大百科全书》这部三十六卷的浩瀚的集体著作(波士顿,一九五三至一九六九出版)是这样说的:"拉乌达,涅维阿查河右岸一群贵族村庄的名称,主要在波丘乃利欧—多特奴瓦(凯伊坦县)一线。关于拉乌达的贵族状况,在十六世纪末期的罗辛地区法院档案里有不少记录,还有买卖契约和其他文件。在那个时

期，在涅维阿查河右岸的大片地带上，住着属于维利奥这个广阔地产的贵族，这片土地就叫'利欧达'。"文件直接写道："在利亚夫达""在拉乌达""在名为拉乌登斯科耶""利夫德庄园"等等，"这个名字是从那条小河利欧达来的"。

"A.沙利斯拉乌达庄园和它的土地安置在紧挨着波丘乃利艾教堂（在克拉肯纳夫西部）。那里很可能还有一些其他的拉乌达庄园。这些贵族村庄的来源曾经有多种解释。最接近历史真实的似乎是 H.沃夫绵斯基提出的论点：这个地区里的小贵族，是早在十四世纪时就被立陶宛大公安置在这里的，并且不停地参加与条顿骑士团的作战。他们负责保卫并给涅曼河沿岸的城堡提供给养。那个时期条顿骑士团经常劫掠涅曼河右岸直到维留奥纳的居民点，拉乌达和多特奴瓦地区的贵族便向那里的城堡提供战斗人员。直到十八世纪，这些贵族村庄便分成了不同的地块，每个地块内拥有几个农庄，它们都属于维朗的产业。"

"比拉乌达更高级的贵族"，意味着他们具有比小地主更高，但却低于豪绅或半豪绅的社会地位。也许这种说法不太确切，因为贵族庄园的规模并不一致。此外，当拉乌达用于更古老一些、更广义的意思时，所有住在那里的人都可列为拉乌达阶层。我的母亲就出生在那里，那里也是她的母亲和我出生的地方，是在舍泰伊涅，或舍泰伊尼艾，涅维阿查河的左岸，离希文托布罗希奇或希文迪布拉斯提斯有三公里，紧挨着拉乌达。我的母亲是齐格蒙特·库纳特的女儿（他的姓后面是两个 t 字母，正像在《立陶宛大百科全书》里提到的一个叫斯坦尼斯瓦夫·库纳特的人一样，那人是个移民，是个经济学家，是巴黎巴诺学校的教授），是库纳特和约瑟法·希鲁奇的女儿。下面我将引用一份一五九五年的文件，它发表在《历史档案》第一卷上，是 K.雅布朗斯基斯搜集的（卡乌纳斯，一九三四年出版）。文件指的是否是我的祖先，不能完全确定。但是可以确定的是：希鲁提斯这个姓，虽然在现在的农民中间也有，但除了我的家族外，其他贵族中并没有这个姓。不管怎么说，这份文件是可以支持这个家族存在于拉乌达的论点的，它是用基里尔（古斯拉夫文）字母写的，现在用拉丁文字母录出：

我，谢别斯提杨·尤利维奇·沃罗特凯维奇，维利诺纳县佐莫伊西科地区的执行吏以此收据证实，在今天，一五九五年一月三十日，我被巴尔巴娜·希鲁特夫人，伏伊捷赫·科夫舍之女，杨·文涅拉沃维希·希鲁特的未亡人召唤到她位于维利沃纳县日姆兹地区的拉乌达庄园。该夫人当着执行吏我本人和两位证人骑士的面，立下最后的遗嘱；将拉乌达庄园以及所有的财产、土地、草地、牧场、森林、谷仓、水面、农产品什一税、收益、家仆、长工和佃户（全部）遗赠给她的儿子，亚当·雅诺维奇·希鲁特，日姆兹地区的地主。该地主亚当·希鲁特爵士在我、执行吏和证人面前接收了上面所述的庄园、财产及其居民，并得到我的准许。根据希鲁特夫人的嘱托，在这张收据上写下了所有仆役和家人的名字，因此我认为这是一张有效的登记表和财产目录，特列举如下……（下面为登记表）

文佳戈拉 立陶宛语的万交佳拉，凯伊坦南部小城，位于科甫诺县，离科甫诺二十五公里，离博布里十二公里，离拉布纳瓦十一公里。这个地名也表示出在拉乌达之后的第二个贵族庄园和农庄的聚集点。关于文佳戈拉的历史，我们在《立陶宛大百科全书》中可以读到："文在十四世纪就是个有名的居民区，在骑士团的编年史中被提及的名字为文达雅格尔、文佳格尔、文迪加林。在十四世纪后半叶，从文佳戈拉向西，横穿波布泰、阿里奥加拉、巴塔基阿形成了一条宽广的防御地带，保护了日姆兹中部人口较为稠密的居民区，使其免遭条顿骑士团的侵犯。在这条防线上，从文佳戈拉到拉布纳瓦，大约八公里长的地段上，有十处地方用砍倒的大树和尖桩筑起了路障，以防备敌人。在一三八二年或在一八三四年，一个条顿骑士，拉吉英的副司令 M. 苏兹巴兹，为了帮助维托尔德去攻打斯基尔佳尔，进入了立陶宛,在文佳戈拉遇见了一群庆祝节日的当地群众。他被迫进入武装冲突,打了一仗,在这个神圣的地方,有一百二十个立陶宛人被杀死,三百人被俘,被押解到涅曼河对岸。

"一六六四年,在日益壮大的居民区,杨和马利约娜(娘家姓沃帕钦斯基)·罗斯托夫斯基夫妇(或罗斯特沃罗斯基)以圣三一之名用木头建起了一座教堂。"

我们还读到,在一八六三年文佳戈拉教区的副主教(代理主教)安托尼·科兹沃夫斯基神父被捕并被流放到西伯利亚。我们同时还找到下面这条消息:文佳戈拉庄园过去曾为赫沃皮茨基所有。1890 年为哈托夫斯基购买。一九一八年文佳戈拉及其周围地区的波兰化了的居民曾试图成立独立的共和国"文佳戈拉共和国"。

我的父亲就出生在文佳戈拉附近的塞宾宾纳村,是阿杜尔·米沃什和斯达尼斯瓦娃(娘家姓沃帕钦斯基)的儿子。我母亲的妹妹嫁给了波布特的兹吉斯瓦夫·尤里耶维奇[也就是尤尔雅维奇,从而造成许多麻烦,因为"ie(耶)"在立陶宛语中应读作"ia(雅)"]。我之所以提到这些,是因为在这个地区的档案中曾多次提到同样的姓名。

奥皮托沃基 通常在旧文件中写成这样。立陶宛语是阿皮达劳基斯。其庄园和教堂位于凯伊坦北部五公里的地方,在涅维阿查河左岸。在《立陶宛大百科全书》中,我们读到如下的描述:

"在一座丘陵的斜坡上,阿里奥加拉的执行吏、日姆兹的法官彼得·苏克什塔,于一六三五年建起了一座单钟楼的巴洛克式小教堂,还建有数座建筑物,在离小河半里外的公园里,还建了一座宫殿(府邸),这座府邸建于十九世纪中叶,古典式的,形状像一个扁平的 H 字,有古希腊柯林斯式和爱奥尼亚式的圆柱及三座浮雕。府邸的窗户是文艺复兴时期和巴洛克时期的式样。府邸内部值得注意的是那个雅致的火炉和石膏玫瑰花装饰。在门厅里,直到第二次世界大战期间，还摆放有用狩猎来的野兽的角制作的家具（一张大桌、椅子、一个大橱柜、衣架等等）。这些都是府邸主人查别沃在巴黎的世界博览会用五千卢布买来的。其中一部分设备现在安放在凯伊旦博物馆。第二次世界大战后，这座府邸曾被改为老人和残缺人之家。一八〇二年曾在庄园里办起过一座小学。阿里奥加拉早在一三七一年就曾在利沃里亚的编年史中被提及过。后来，它的主人曾是彼得·苏克什塔，他曾捐赠给教堂九十亩土地。接下来，卡其密什·查维沙还出资装修了教堂，兴建了一座祭坛和一座自家用的地下墓室。阿里奥加拉还曾先后归属于卡尔普家、提什凯维奇家。从十九世纪最后二十五年起，它便属于查别沃家。这家的人将府邸的中心和宫殿弃之不用，让公园长满野草，直到一九四〇年。"

我的受洗证明来自奥皮托沃基，是用俄文写的。我从未到过这座府邸。彼得·苏克什塔很可能就是那个日姆兹的地方执行吏，给全部动产列出了一份清单，根据一九三四年的《历史档案》，我把它写在下面，这样就可以使现在这个年份和一五八七年这个年份处于同等地位了。

以下就是一五八七年六月十七日列出的奥皮托沃基府宅的动产的清单，其中包含有我要带往华沙的家居用品。

狐皮镶边有拉毛衬里的黑色女上衣，一件绿色女上衣，灰色女外衣，带缝间的外衣，棕色亚麻布外衣，鲜红色亚麻布外衣，红布马甲，绿布马甲。

十二把汤匙，值五塔勒差六便士；六把汤匙，值两塔勒；四只杯子，值四塔勒；盛酒瓶的篮子，值十六便士；别尼亚什夫人的马刀，值二十便士。

锡器：大碗三个，小碗十个，大浅盘子十一个，碟子二个，盘子两打，阿吉英盘子九个，洗手盆一个，黄油盒一个，大小水壶六个，一夸脱容量的锅四只，大瓶、中瓶、小瓶四个，盐罐一个，烛台二个。

黄铜制品：碗三只，水罐两个，铜瓶一个，装水的壶一个，铜烛台七个，薄片铜烛台两个，啤酒罐一个，另一个在奥维斯托夫，中号啤酒罐、小号啤酒罐，各有一个在奥维斯托夫，三条腿大锅两个，大平锅一个，小平锅两个，煎锅两个，一加仑的大肚罐子六个。

大铁链两条，厨房的链子一条。

盔甲四套，胸甲四套，钢盔四套，头盔四个，新马刀二把，大砍刀新的二把、旧的三把，火绳枪新枪两把、旧枪三把，吉乃特爵士的猎鸟火枪一支，简易火枪三支，长矛一把，圆盾一个。

轻骑兵马鞍两副，鞑靼马鞍一副，马具三套，新货车绳索一套，马靴三双，四轮马车新的加箍的一辆，双轮战车加箍的一辆，旧四轮马车加箍的一辆，四轮运货马车未装饰未加箍的一辆，土耳其头盔两套。

纺织用具，铁匠用具。

马匹：灰色乌纳霍德里克雄马一匹，灰色老雄马一匹，拉货的黑马二匹，其他拉货的马有卢什齐克马一匹，奥维斯托夫小马驹一匹、母马一匹，小浅棕色雄马一匹、母马一匹，栗色小马一匹。

给斯特茨基先生一百五十戈比，给舍姆贝洛瓦先生二十戈比，给雷吉娜小姐二十戈比，给波布罗夫尼茨基先生八十戈比……

箱子一只，内装已封好的信件。计有奥皮托沃基和奥维斯托夫的信件，由其兄弟封好，以及写在羊皮纸上的梅顶吉安的特许状，还有主人与其兄弟的来往短小书信。

奥皮托沃基和奥维斯托夫的田地里精心耕种的黑麦，还有蔬菜，上帝保佑，明年可以用这笔收成还清债务。

奥皮托沃基的动产：耕牛八头，租给保罗的一头耕牛，租给奥维斯托夫的米哈尔一头牛。母牛十二头，另有牛犊一头，老母羊二十只，羊羔十四只。

奥维斯托夫的动产：耕牛八头，在长工托马什那里有两头，其中一头公牛明年必须送去耕地。母牛和奶牛十七头，母羊和公羊四十七只，牛犊一头，还有今年出生的一头一岁牛犊。

其他小物品，以及未记录在案的，以后添加。

在这份财产清单上盖着一枚印章，并有"彼得·苏克什塔的亲笔签名"手书字样。

希文托布罗希奇 　立陶宛语 šventybrastis。brasta 这个词的意思是浅滩。是指在涅维阿查河左岸的一座教堂和几栋房屋。它同样位于那条穿过奥皮托沃基的公路上，不过更朝北些，离凯伊坦十五公里，但仍在凯伊坦县内。引自《立陶宛大百科全书》的材料：虽然 š 附近的一些地方，如长纳贝扎、希拉帕贝扎、多特奴瓦，都为骑士团所熟习，并在侵略立陶宛时遭到攻击，但编年史家却没有提到 š。根据传说，š 一度曾是异教的一处圣地。其周围都是橡树林，到第二次世界大战开始之时，那里还屹立着五棵挺拔的古老橡树，高达三十七米，树围达三点五至五点八米。š 这个地名很可能来自立陶宛语 šventas、波兰语 święty（意思是"神圣的"）和小河"布拉斯达"（它位于这条河边）。第一座木制的"我主变容"小教堂，是一七七四年由查维辛庄园主伊格纳齐·查维沙建立起来的。一八八〇年雅诺夫斯基扩建了它，加建了一座侧翼楼和一座钟塔。一九一五年钟楼上的两座大钟被卸了下来运到了俄国。一八六三年，俄国人在 š 附近靠近达尼利希基阿村的地方，和起义军支队打了一仗，在这场战役中起义军牺牲了二十五人，伤十一人，八人被俘。一八六三年十月二十日，A. 马兹凯维奇神父率领一支小分队，在同一地点袭击了俄国人，夺取了二十普特的火药和其他一些武器装备。就在 š 的教堂附近，在涅维阿查河和布拉斯达小河的旁边，埋葬着牺牲的起义战士们，那里立着一个纪念他们的木十字架。一九三八年，一座水泥的纪念碑取代了这个十字架。一九二八年，这座教堂被翻修一新，š 成为阿皮塔劳基斯教区的一个分支。

我每天都要走过现代艺术博物馆所处的那条街，从那里可以越过旧金山湾看见太平洋。我有一次正好碰上博物馆一场关于未来城市规划的展览。它是建筑模型组成的，每座建筑物可容纳一百万居民。因此我不指望一座西比利庙堂会留存下来，在这座庙堂里，我的右脚上的鞋子会被保存，而我左脚上的鞋子会被丢失而成为抱怨的原因。不过，应该相信计算机的好奇心，它们的一伙人对任何事物都会加以考虑的，其中就包括我的出生，于是他们就会遇到应把我划归哪个国家去的困难问题。考虑到他们分析程序的某些特点，他们的困难是显而易见的。因为历史上的日姆兹是从波罗的海一直延伸到涅维阿查河。在河的东岸，也就是左岸，则是另一个叫做欧克什托塔的地区，而我是在左岸出生的。但是我们应该考虑一下我和拉乌达的关系吧，它是属于维留安城堡的。考虑到文佳戈拉就是历史上的日姆兹这个毋庸置疑的事实，以及来自奥皮托沃基的彼得·苏克什塔（奥皮托沃基是在河的另一边）是日姆兹的地方行政官。而更重要的是，一台理智的计算机是不会忽略气候和地貌的（关于这些资料是如何收集到的，在此我就不再赘述了）。仅这两项就足以容许我们决定，一个人是出生在日姆兹还是出生在欧克什托塔的。

在维尔诺，在保法沃瓦山街上（在波胡兰卡街的转角处），那座名为齐格蒙特·奥古斯特国王的第一国立男子中学，一九二九年我的毕业委员会主席是马里安·马索纽斯教授，此人毕业于斯特方·巴托里大学。他是个秃顶的、留着一部长胡须的老人。在《波兰哲学—作家辞典》中（华沙，一九七一年出版），有如下记载："谈及波兰哲学，马索纽斯主张：波兰思想界有一种基本上是经验主义的倾向，喜欢用归纳法思维，'对于思辨或幻想的思维方式相当不友好'。他认为实证主义倾向是波兰哲学的典型特征。至于波兰的形而上学，他认为则是受到更为浪漫主义的立陶宛的影响而形成的。"

现在我们在一起参加宗教仪式。
用水晶？用琥珀？是用音乐。

既不是过去有的,也不是将来会有的。
只是在世界停滞时才是其所存在的。

大斋节之歌

现在我的双手已经入睡,
我的双脚被梦所占据,
视觉和听觉已不再说谎。
既不远,也不近
一切事物既伟大又渺小。

我在大地上跑了很久很久,
经历过人世间的光明旅程。
我对别人进行评判,
却全然不知自己的价值。
给予我悲伤,甚至是绝望。
我不知道这标记是何意义,
在夜里常常被惊醒,
而语言也不给予帮助。

一面面镜子,在屏幕上的影子,
所有我所看见的东西。
我的脸孔看起来老老实实,
但它立即消失不见。
光亮喷射而出又熄灭了,
留下孤芳自爱在黑暗中。

海外之歌

我用一种不太为人知晓的非洲语言,
创作了我的作品。
即使《神曲》,也只能让人笑笑,
如果它的部族消失之后。

我被送到五颜六色的大陆的文明中,
放在海上巨龙的鳞片之间。
我在遥远的地方,从高处看见我自己,
就像一座小岛或一片云。

该完成的完成了,虽然并不完全。
这个维尔诺学生也许想有更大的成就。
谁获得很少,他将会被夺去。
将会有小小的胜利、不大的失败。

比我优秀的人试图调整他们的声音,
他们的名字受到野草的缠绕。
只有我留了下来,从混乱中调整好秩序,
因为我的头脑机灵狡黠。

我的头顶上每天都是已逝的帝国之鹰,
外省在燃烧,行星在消亡,
给不幸者以亮光和火山的岩浆。
由于无法知晓的原因。

谁能责备我，如果我在这里，
或者任何地方寻找我的祖国。
混淆着各种方言，使用外省的口语，
和海洋的合唱队混杂在一起？

我掌心里清澈透明的琥珀，
我们全都在它里面，随着琴弦的响动，
一首歌和跳舞的高贵客人们，
会一直让我们兴高采烈、快乐欢欣。

是时候了，既然我们已思考了足够长久的时间，那我们就应对在这里出现的一个角色进行评价了。这评价既不带特别的同情，也没有任何的偏见。我们并不打算写一份像临床诊断书那样的报告，这当然是不可能的。不过，可以希望，我们会遵照公正无私的原则。

他是个有学习能力的年轻人，但缺少才华。
别人是有才华的，比如他的朋友，那个诗人特奥多尔，
很久以后，这个朋友也搬到了他在波德戈那街五号的公寓里。
在这里，他住在一套丑陋的装饰着人造假花的房子里。
在此地，特奥多尔的腹部中了三颗子弹，距离很近。
这使他免除了穿越多个国境线的必要性，
他没有抓住大城市街上的一棵小树，当房

屋旋转倒塌,压在一个逃亡者身上,他
大声喊叫着:"我在哪里?""我在哪里?"
他没有掌握种种技能,这些技能并不完全有用。
而是有害,因为它们消耗了我们的时间和意志。
同时他也被免除了妥协造成的滑稽处境,
也不用醉醺醺的胡言乱语来惩罚自己。

这个年轻人结构非常巧妙,
在他身上栖息着一个庸俗而疯狂的自我。
他要求爱、惊叹和喃喃的赞美声,
但是满足他的也许只有权力。
当他受到西拉丘兹暴君的邀请,
允许他去创造一种完美的国家。
(那时,他读起了《魔山》,而且
他总是站在赞扬恐怖暴力的纳夫塔一边。)

然而,即使事情是这样或者事情正是如此,
他的心里一片空虚,只有恐惧。
惧怕凝视,惧怕触摸,惧怕人类的道德,
对生命的畏惧甚至大于对死亡的畏惧,
大于对轻视和高度挑剔的畏惧。

因此,那年轻人正在思考家族的衰落,
思考着日姆兹无名小贵族的血脉的受损。
甚至会产生怪物和残缺的变种,
在愚蠢而贪吃的躯体里是精神分裂的灵魂。

他因为失败而对他父亲心怀怨恨,
因为一个人在旅行过北冰洋、萨彦岭和
巴西之后不应该只当个县里的工程师。
当他巡视了那些泥泞的公路后便借酒浇愁。

那个年轻人就是这样获得了灵感,
而这种灵感总是受到错误的理解。
不论是韵律还是咒语都无法提供词语,
于是他找呀找呀,以致多少岁月都流逝了。

才能是另一回事。特奥多尔正好拥有才能,
但才能却用短暂的报答来引诱我们。
而到现在,当特奥多尔的坟墓已经倒塌,
当德劳加斯在加拿大自杀,
当尼卡成了老太婆并将死于澳大利亚,
只有一首诗会让人想起特奥多尔的名字。
这首诗是口述的——因为不是手
写出了这首诗。而水、树木和天空,
天空对我们是亲切的,哪怕它是黑沉沉的。
而看到它的有我们的父母和我们的祖先,
以及祖先的祖先,从远古开始。
现在我们把这首诗安放在这里,像是铭文:
"大公国的最后一个可怜的行吟诗人。"

* * *

立陶宛,我的故乡。简单地、热忱地,
我重复我们祷告辞里的词句。
贫瘠的土地,矢车菊和蓟草的土地,
平坦海岸上白色教堂的土地,
大片雾霾和忧郁天空的土地,
芦苇沙沙作响的湖泊的土地。

立陶宛。有着干枯的悲苦的双唇,
既没有希望,也没有信仰。
我喃喃自语,呼唤你的名字,
而深沉的风摇晃着白杨树,
摇得歪斜树木的树叶沙沙作响。

一条条饥饿的大路通向那些休耕地,
一幢幢房屋投进朽败的墙壁形成的棺材,
仿佛是一群牲畜傍晚时分纷纷朝家走去。
而巨大的太阳像一只红色的水罐,
把鲜活的血泼向厚厚的云层。

立陶宛。持续不断的恶劣气候的故乡。
大风撕扯着它,像撕扯海岸边上的悬岩。
被世纪和神灵所毁坏,
从天空的白色剑鞘里拔出剑来,
倾泻下冰雹,让它劈头盖脑地砸下。
给予我们以激情,往我们嘴里放火!

安静。

——特奥多尔·布伊尼茨基

《波兰文学文献目录》，新科尔布特，在第八卷中，在尤策维奇·亚当·卢德维克的词条下刊载了以下的生平资料："笔名、匿名：L. A. J.；来自POK的L. z……，卢德维克，来自波维的诗人，人种史学家。一八一〇年生于日姆兹的波凯维。曾在维尔诺神学院攻读神学。一八三七年获神父助手称号，担任希维亚多希奇教区的副主教。在一八三九年前后，与天主教决裂，转向东正教，并结了婚。在一八四一年编辑了一本名为 Linksminé（即《彩虹》）的新年刊。一八四四年成为列伯尔县学校的教师。一八四六年在那里逝世。"

尤策维奇神父被认为是立陶宛最早的人种学家之一。他搜集歌曲、成语和民间传说。他用波兰文写作。他也曾将密茨凯维奇和其他诗人的诗作翻译成立陶宛文。他所出生的波凯维庄园位于沙维尔县。上面所引的资料并没有让我们猜测出他转向东正教的原因，以及音乐在其中所负的职责。希维亚多希奇教区的这位代主教，或许并未注意到，不同性别的人们在一起阅读诗歌，或者在小钢琴旁共度时光，会产生多么有害的后果，这正像但丁《神曲地狱篇》中的帕奥罗和弗兰西斯卡，以及《先人祭》中古斯塔夫所表明的那样。而且他常常会去拜访他的邻居：地主米拉夫斯基家，并且致命地爱上了他们那富于音乐才华的女儿马尔维娜。

我在童年时就已熟悉了尤策维奇的一些著作。一八四六年，他的《立陶宛古代遗迹、风俗习惯的描述》由波凯维的卢德维克为维尔诺出版。在它的序言里有一段赞美立陶宛的语言。而对于采用外国的风俗和语言表示了悲伤，他还简略列举了"用立陶宛语言公开发表的比较重要的著作"。为首的是一些新教的译作和雅库布·伍耶克的《布道辞》，翻译者是米科瓦伊·达乌克萨神父。它是题献给日姆兹主教梅尔奇奥尔·格德罗伊奇公爵的，是一五九九年在耶稣会学院出版社印刷的。作者还说："第二个对本国文学作出巨大贡献的人是康斯坦齐·西尔维德神父,他是耶稣会教士,著名立陶宛语文学家和传教士。他的布道辞风格严谨,他的语言很纯洁,没有任何外来语的词句。"因为"不单是新教徒中才有热诚的基督信仰的支持者和乡村居民的朋友。不久以前,在我们的罗马教会里,就有一位出身于高贵血统的伟人,一位立陶宛君主的后代。这位终身为祭坛服务、德高望重的年迈老者,有着高尚圣洁的风度,从(如果我可以借用波兰一位伟大作家的话来说)他清澈的双眼,从他装饰了他那让人尊重的额头的一直披散到双肩的雪白头发,这就是这位值得众人敬重的神父,是日姆兹羊群的牧羊人,约瑟夫·阿尔诺夫·格德罗伊奇公爵。为了他,我们也应该有一部我们自己祖国语言的《新约全书》"。

这位作者还向多乃拉提斯致敬,他是长诗《一年四季》的作者,并且还赞扬了他同时代的用立陶宛文写作的诗人们:西蒙·斯塔涅维奇,迪奥尼齐·帕什凯维奇和安托尼·德罗兹多夫斯基牧师。他还发表消息称:"直到现在,我们还没有一本立陶宛文的历史著作。我只听说耶日·普拉特尔用本国语言写过一部《立陶宛历史》,但是,由于那位热爱祖国历史的年轻人的过早夭亡,那部历史至今还没有出版。我们希望(但愿成功)那位可敬的遗孀不会把手稿珍藏起来,而是尽快地将它出版。它将会是我们文学中最美的花朵之一,是悬挂在记忆和荣誉的庙堂上的花环!"然而这位遗孀并未挂上花环,因为,我们姑且猜想,她正是尤策维奇神父在下文所引用的呼吁文章中所指的那些无动于衷的人们之一:

"不幸的是,听得懂我们祖国语言的人不多,会说这种语言的人就更少了,如果不是因为这样,我们或许还能摆脱自己对于我们的民族语言所持有的偏见。遗憾的是,就连今天的立陶宛诗人,也没有用立陶宛语来写作!现在已到了该让我们抛弃这种根深蒂固的习惯的时候了!现在已到了恢复我们的理智、把外国语的知识和我们老祖宗使用的语言的知识结合在一起的时候了!——因为语言是一个民族的财产,任何人都不应该忘记他们祖先所说的语言!"

我来了,卢德维克神父,啄木鸟在敲击着松树。

经过多年的喧哗和骚动后,一匹小马驹在马厩里活动。

你瞧,我已经不太习惯那些壁式的烛台,

而悲伤与可笑的一切都落到了你我身上。

在游吟诗人中,谁也不再使用他们祖先的语言。

无论是谁,一旦忘记了它的声音,就会永远把它忘却。

后来,还有许多你不知道他们名字的人,

例如,诺尔维德、贡布罗维奇,两人都来自日姆兹,

我们都不是立陶宛诗人,我和立陶宛人特奥多尔都不是,

只有在遥远的城市里,弓身在希腊语或梵语辞典上,

我才会擦擦我的额头,想一想,我以前一定见过这个词,

在收割黑麦的河畔、在万灵节的墓地里。

我在那里生活了很久,一百年的许多倍。

农奴和仆役们的命运占据着我的良心。

除了我,还有谁思索过雅丘利斯的生活,

还有他的妻子和儿子格里高利,还有四个女儿。

以及马杜利斯、普拉尼阿利斯、安布罗热和他们的姐妹波沃尼亚,

拉伊纳、多休塔、布伊吉斯和米克·日莫伊迪维奇及

其妻子卡休娜,以及瓦夫林、米沃沙提斯的生活?
是谁亲手把他们的骨灰变成了字母?
然而它们,卢德维克神父,并不是某种虚伪的谦卑,
不过,让我们打个比方,它们像撕开的一片云。
或者是风习用它那热情和温情、喋喋不休的声音欺骗我们。
大地的真实不是这样,我们通过它的肉和血了解它。
我记得许多活人,我就不像别人那样孤立无援。
我会选择渺小,因为伟大也会以同样方式消失。
让我把我的那些书放在你箴言所放的同一地方。
在散发出姜味的书架上,在那些立陶宛条令的旁边。

卢德维克·亚当·尤策维奇把迪奥尼齐·帕什凯维奇(他在自己的诗篇上署名为迪奥尼查斯·帕什卡)称作是"为民族光荣而写作的最勤奋的人"。他是个日姆兹的贵族,在他位于波尔达庄园内的一棵被称作"保布利斯"的大橡树的树洞里,建起了一座本地工艺品博物馆。

巨大的保布利斯是否还活着?在它几个
世纪形成的巨洞里,就像在很好的家里,
能让十二个赴宴的人围桌而坐。

游吟诗人密茨凯维奇这样问道,尽管他不会不知道,

保布利斯由于衰老而枯死,一八一一年就被砍倒了。

卢德维克神父对帕什卡的警句颇为赞赏,并且引用了其中的一首,"是我本人听诗人亲自对我说的"。

这首诗是由下面的事件提供的:嘉年华会期间,邻居们纷纷赶着马车来到帕什凯维奇那里,一辆赶在最前头的马车出了事故,翻倒了。坐在车里的一位夫人丢了一只手袋,里面装有一只心爱的金鼻烟盒。一位姓林德的军官骑马跟在后面,他没有看见,便将它踩碎了。到达以后,这位夫人激动万分地向那位立陶宛诗人讲述了金鼻烟盒的整个悲剧事件。帕什凯维奇回答道,如果你真是这么可惜你的鼻烟盒,那么就在它结束它存在的那个地方,立座纪念碑,刻上我为你写的一首小诗:

Cze buwa tabakiera,
O dabar czios niera.
Nes tas Linde Pasiutis,
Prawaźiawo nepajutis.

这里的立陶宛文书法并不是最美的,而内容也不深奥。其意思大致如下:这儿曾经有只鼻烟盒,现在它没有了,因为那个疯狂的林德没有注意到它,把它踩碎了。

在科甫诺的大路上,那里的海豹在云后面吠叫;
从海洋驶来的轮船,驶入由悬崖峭壁构成的大门。
在我们朝圣的这个短暂的栖息处。
不是由于人的劝说,劝说或者怂恿,
使我们知道,世上没有比死亡更肯定的事情。
为了未来的子孙后代,为了人类的需要,
我将捐出我的领地,和属于领地的全部财物。
森林、小树丛、湖泊和美貌夫人们的丝带,
以及纯金的鼻烟盒。我作为一个

在城镇之间流浪的漂泊者,

以及我所拥有的一切,我亲手的签名。

但愿我们或我们的后代离开本国到外国去的时候,

这些诗句能够保存下来,哪怕是写在廉价的纸上。

作为证据,以证明反抗权杖的毫无益处。

我们想要的是为了自己,但结果却不是为了自己。

从悲惨和痛苦接受下来的,却变成了赞扬,

从刚想要说出的抱怨中,产生了感恩。

因此,我们出于自由意志而成了生存的参与者。

在我们接受和挚爱上帝的话语之后,

遵从我们古老的虔诚的祖先的榜样。

既有立陶宛的祖先,也包括罗斯的祖先,

在我们无法移动的领地上,不受地球人冒险的经历。

注解:在这个记录中使用了从十六世纪的遗嘱和赠予新教的档案中的一些句子和形式,还包括国王齐格蒙特·奥古斯特所给予大公国的天主教贵族与非天主教贵族同等特权中的句子和形式。(根据波兰和立陶宛的宗教改革纪念碑,维尔诺,一九一一)

四 在城市上空

1

如果我是个负责任的人,
那也不会对一切都承担责任。
我并不支持哥白尼的论点。
在伽利略的事件上,我不表示支持或反对。
我的船从未从池塘驶入过大海。
当我出生时,火车已在铁轨上奔跑。
车轮和活塞发出的响声交织在一起,
穿过早已被砍光的森林。
住在这一地区的有老百姓、犹太人和士绅。
赶着马车去购买煤油、鲱鱼和盐。
但是他们在城里是用电来照明。
据说有人发明了无线电报。
书籍已写出,各种思想已被彻底讨论。
斧头正朝着树干砍去。

2

"凡是把别人引进奴役的人,他自己也会走进奴役。"我在地球这座星球上的时代就这样开始了。后来我在大海边的一座城市里当了一名教师,我正在转身背对着黑板,他们可以读到我在黑板上用歪歪扭扭的笔迹写下的"圣徒马克西姆"和日期"580-662"。他们的许多面孔在我面前显现,男孩和女孩们,他们出生的时候,我正在创作那首将在纪念典礼上宣读的挽歌的第一节,而他们在我想方设法还未完成那首长诗之前就已经长大了。接着我放下粉笔,对他们说了下面的一席话:

"是的,无法否认,异乎寻常的命运降临到我们人类的身上,正是圣徒马克西姆想要保护我们以求避免的那些命运。那时他已对理性的真实性所包含的魔鬼般的诱惑力产生了怀疑。然而,尽管我们老是听见所有的人都在劝告我们要清楚地了解其因果关系,但我们还是要小心提防那些虽说完全合乎逻辑,但却有些过于急切做出的论断。的确,如果不知道这股冲昏我们头脑的力量来自何方,或者它要把我们带往何方,那是会令人苦恼的。但是,且让我们保持克制力,只接受那些在我们的意图里只局限于陈述而不是任何其他的东西。让我们这样来阐述这一点:是的,普遍性正在吞吃掉独特性,我们的手指上戴满了中国戒指和亚述戒指,文明是短暂的,短得像我们生命中的一个星期,长久以来被尊为祖国的地方,笼罩在橡树下的地方,现在只不过是地图上的一个,而我们自己的姓名,每天都会丢失一个字母,虽然我们仍然靠姓名来区分你和我。"

3

从前,他们生活在此地,以太阳的高低来区分岁月。
在圣米迦勒节过后,在烟和雾里,当天使向种子宣告。
在整个降临节和三日斋的四个星期天里,
直到瞎子、跛者和驼背者欢呼,掌权者颤抖。
世界上的圣贤穿过雪地,保护着没药,乳香和黄金。
森林里的树木因严寒而裂开,拿走了小教堂的蜡烛。
他在格耐扎勒特游荡,是他们跳熊舞的时候了。
在大斋节响起的低音提琴和鼓,一直响到圣灰星期三。
这里又有了小太阳//使冰冻的大地温暖起来。
骑马驶过绿绿的麦田//手握棕榈叶//国王进入了耶路撒冷。

4

这是一艘船,形状像三层船,或像埃及的帆船。

无论如何,天神们习惯把手窝成杯状放在嘴上大叫着,从一个小岛到另一个小岛。

它由一只小马达驱动,随着太平洋的第九个浪潮驶来。

随着海浪的沙沙声,它头朝上搁浅在海滩上。

他们在跑,他们人很多,在甲板上,在桅杆上都是混杂的裸体。

直到整个船上挤满了人,就像一只扇动着翅膀的飞鸟。

他们全都是来自二十世纪末年的男男女女。

我醒了,懂得了其中的含意,或者说,我几乎懂得了。

5

无法忍受的一生,但还是熬过来了。
春天,牛羊被赶到牧场上。现在语言背叛了我。
我不知道这块土地该叫什么名字,
从村里最终端的房子到森林边上,都围起了栏杆。
(我一直缺少言辞,我从来都不是个诗人,
如果是诗人,言辞会给他带来愉快)。
因此,这里只有老牧人和他的包袱,
和打着十字形绑腿的双腿,以及最长的鞭子。
他身边有两个男孩,其中一个拿着桦树皮喇叭,
另一个拿着用绳子绑住枪管的老式手枪。
他们确实被看见了。在希尔文泰或在克林基斯凯。
当我还没有走进我的修道院之前,
光线射在一根永远明亮的沙岩圆柱上。
今天依然如此,就像法兰西国王的时代一样。

因为我很想能博得一天的理解。
或者哪怕是一秒钟的理解,当那三位
以其独特的存在现身出来时。

6

我用了很长时间才学会说话,现在我一言不发,而让日子流逝过去。

我不停地惊异于我出生的那一天,但仅有一次,是从时间的开始到结束。

我被一个轻率的女人生下,我和她连接在一起。我,这个老人,在梦里充满了对她的怜悯。

她的滑稽可笑的衣裙,她的舞步,如今已全然消失,但又变得如此亲近。

并且用一个不同于原先的名字叫她,那是孩提时的唯一名字。

同时也意味着调整自己,忘记自己,把自己数一数。

啊,原则性的个人主义发生了什么? 何时发生的?

那长在河边散发出独特香气的菖蒲在哪里,那棵属于我而不属于任何别人的菖蒲?

是哪片被烧焦的草地,她曾怀抱着我跑过的那片草地,

为了保护她的儿子,免遭野兽的獠牙撕咬?

我的记忆关闭了,我不知道真正的我是谁?

我完成了什么,我曾否帮助过别人?

她把我奉献给奥斯特罗尖门的圣母。

她是否听见了又怎样听见她的祷告?

一个没有手的表演者带着自己的蝴蝶标本。

湖边的一个渔夫,为他的这一地区的最好渔网而感到骄傲。

一个园丁在栽培来自海外的果树。

一切都被夺走了,勾销了。我们全部的宝藏。

于是,在黑暗中的法庭上,只有我们自己。

我们听见了身边的嗒的嗒的脚步声,这表明她已宽恕了我们。

7

赫罗宁先生,他拉着我的手臂进了公园,
在林荫道的转弯处,那里长有塞雷斯苔藓,
那是一片伸展到草地小河和整个山谷的广阔景象。
一直可以看到森林后边的小城教堂的塔楼。
而他正在啪啪地开合着他的鼻烟盒,不慌
不忙地讲述着他在彼得堡或那不勒斯的冒险经历。
他风趣地描述着各个不同的国家,
他特别详细地讲述了波列西奈的沼泽地带,
那是他有一次从威尼斯到拉韦纳途中经过的,
他倾向于认为,那个省份的耶稣会教士
把北方的沼泽地带也命名为波河平原。
后来他回忆起圣日耳曼爵士的事情,
或是关于那本失落的《象形文字之书》。
恰好那时,太阳正在我们的国土上西沉。
而他还来不及把他的手绢放进他的口袋,
鸟儿就仿佛到了黎明时刻那样鸣叫起来。
到了中午,黎明的曙光便喷射出光芒万丈,
越来越快,越来越快,半个小时的一个世纪,
赫罗宁先生在哪里?我在哪里!这里一个人也没有。

五 短暂休息

1

生命是无法承受的,但却熬过来了。
谁的生命?我的,但这意味着什么?

在短暂休息时,我吃着用纸包的三明治,
我站在大墙下,陷入了粗犷的沉思。

而我也会成为我从未成为的那个人,
而我也会得到我从未得到过的东西。
窗外雪中的寒鸦会让我想起另一个我,
不是那个正在用我的语言思考的我。

假如他们在说,我所听到的只是赫拉克利特河的流水声,
这就足够了,因为仅仅是听着,就把我累坏了。
书记员们在黑暗房间里打着算盘在数数。
或者是赶着一群牲口从大火烟雾中走出。
丢弃的衣服还短时内保持着手和肩膀的形状。
松针落在了一只长毛绒的泰迪熊身上。
而新的人群带着他们众多的大车和一门大炮
在东哥特人的营地里又有什么值得我关心呢?

如果我的初恋已梦想成真,
如果我走在海港街上感到幸福。
(可是这条大街并不通向任何港口,
它只通向锯木厂后面的潮湿的木堆。)
假如我被列为城市的长老出使国外,
假如我们曾和费拉拉缔结了同盟条约。

不论是谁,只要他出生在地球上一次,
就可能是伊希斯曾在他梦中出现过的人,
并曾献身于一种秘密的仪式,
后来他便说道:我看见了。
我在午夜时看见了灿烂夺目的太阳。
我曾踏进普罗塞尔皮娜的门槛。
我经历所有的自然元素,我回来了。
我来到地下和天上所有神明的面前,
我面对面地向他们顶礼膜拜。

或者是一个角斗士,一个奴隶,
在一块光滑的石头上有一行题词:
"我不曾存在,我存在过,没有我,
我什么也不关心。"

2

——尊贵的旅人,你从哪里来到我们这里?

——我的都城,在长满树木的丘陵的山谷中,
在两河交汇处有座碉堡式的城堡。
因其有华丽的神殿而声名远扬:
有天主教堂、基督教堂、犹太教堂和清真寺。
我们的国家种植黑麦和亚麻,同时也运送木材。
我们的军队是由一个轻骑兵团、
一个龙骑兵团和一个骲鞑骑兵团组成。
我国的邮票
描述的是幽灵,
许久以前由两个艺术家雕刻而成,
他们是朋友或是仇敌:彼德罗和吉奥万尼。
我们的学校教的是教义学,护教学,
从塔木德经和提图斯·李维引用的摘句。
亚里士多德受到高度评价,
不过还不及对套袋赛跑和圣约翰节前夕
跳火堆比赛的评价。

——高贵的旅人,你的永生永世是什么样?

——是喜剧性的。因为暴恐已被忘记。
只有可笑的事物才会被后代记住。
伤病而死,被勒死,饿死都是一种死,
但愚蠢行为却屡次出现,每年都会花样翻新。
我参与了愚蠢行为,我打好了领带。
我不知为什么,我跳舞,我没有任何目的。
我是个顾客,羊毛衫和润发油的买主,
一个滑稽模仿者,一个胆子不大的客人。
一个觉得自己在橱窗里的映象很神气的花花公子。
我的年纪是次要的,我的智慧是二流的,
我身上长满了无意识的树皮。
我力图想象出另一个地球,但却想不出,
我力图想象出另一个天堂,但却想不出。

3

在所有被时间打败和释放的人们中,
有一种默契和一个盟约。
他们敲打着锤子,把卷发纸放在头发上,
为了紧急事务走在弯弯曲曲的走廊上。
有跛子、妓女、骗子和权贵们。
他们城市持续的时间是没有尽头的,
尽管他们将不再买进或者卖出,

也不会去嫁一个丈夫或娶一个妻子,
他们在镜子里不会被自己或被别人看见。
他们的亚麻布、呢绒、印花布和锦缎,
它们没有按时送来,而是迟晚了一些,
它们被卷了起来,微微发亮,发出沙沙声,
在路灯或者太阳的一动不动的光线下。
他们相互原谅,被别人原谅,
我的这些使者,一伙不苟言笑的随从,
虽说他们从未停止在街上和广场上的工作,
同时(正如我们习惯常说)在那里又在这里。

4

我想要成为一个伟大、光荣和有权势的人,
但不是在一个名气不大的城市里。
所以我才逃到一些国家,它们的首都,
有着白炽路灯下光亮夺目的林荫大道。
而且许多地方还有爱奥尼亚式的圆柱。
我没有学会珍视在那里获得的荣誉。
在每种形态中都会显现出沙土的平原,
于是我继续逃走,逃到了大都市的中心,
原以为那里会是个中心,但是那里没有。
我本来应该为我披露的妄想而哭泣,
如果我们还保存着为罪孽而哭泣的习惯,
至少我会在石板上叩头祈求宽恕,

并且转向我的那些沉默寡言的随从:
告诉我,为什么是我,为什么正好是我?
那些爱得真切和强烈的人又在哪里?
如果他不想忠贞的话,他是否应保持忠贞不贰呢?

5

我曾许下誓愿,是什么誓愿我就不记得了。
我曾佩戴过银色徽章,后来是金色徽章。
我宣过誓,在神秘会所和秘密工作者俱乐部。
以人民的自由或以兄弟会的名义起誓,
并不是那个想要正直就能成为正直的人。
我并没有对口号和长官唯命是从,
某些地下的懒洋洋的幽灵在树根底下。
显然是已经作出了不同的安排,
同时对我的道德品格发出低声的嘲笑。
他们关注于正当杀人这个重要的话题。
我的目光敏锐的伙伴们困惑不安地望着我,
当我走过他们的桌旁,一个天真的鲁特琴手。
他们在下国际象棋,以决定谁去执行判决,
我原以为他们参加比赛只是为了娱乐。
我是多么羡慕他们啊,他们如此庄严高贵,
他们摆脱了那种令人感到可耻的秘密,

而这种秘密我是谁也不能告诉,
这就像安徒生童话中的美人鱼一样。
我想要正确地步行,却感到隐隐的痛楚,
这让我想到,我做的事都是在模仿别人。

6

这个大城市正逢节日,
街上禁止通行,只有游行队伍。
一座神像缓缓地移动:
那是个四层楼高的阳具。
一群男女祭师围着它跳舞。
在基督教的教堂里都在举行祈祷仪式,
那里的礼拜仪式包括了讨论,
由一位身着复活节法衣的牧师主持,
讨论我们是否应相信死后有来生,
然后让大家投票来进行表决。
于是我去参加了一个晚上的派对,
在一座山坡上的玻璃房子里
他们沉默地站着,观看着星球上的景观:
这片因金属或者盐而闪闪发亮的平原,
被侵蚀出一条条沟壑来的苦艾色土地,

在远处的顶峰上屹立着白色的观象台。
在一片深红的霞光中,太阳下山了。

在枪击和痛苦、悲歌和哀叹之后,
撕开绷带和破坏印章的并不是我。

如果我是个无知无识的孩子,
只是通过我的声音来说话,那又怎样?

谁又能说出,命运想实现什么样的目的,
只在世上生活一次,是太少了,
还是太多了。

六　控告者

你说出一个姓名,却没有人知道。

也可能这个人早已死去,也可能
他是另一条河岸上的名人。

> 基亚罗蒙特
> 米奥芒德尔
> 裴多菲
> 密茨凯维奇

年青一代对于某地和过去
发生的事情毫无兴趣。

你的老师们一再重复的话:
"生命短暂,艺术长存",那又怎样?

他们戴着桂冠的骗局即将结束。

难道你还要继续对自己说:"我不会完全消亡?"
啊,是的,我不会全部死去,我会留下
一个条目,在大百科全书的第十四卷上,
在一百个米勒斯和米老鼠的后面。

一个旅人。很远很远。太阳低垂。
你坐在壕沟里,把小刀切下的面包
送到你那长满胡须的嘴里。那里奢侈豪华,

游行队伍,马车,花丛里的青春年华,
不久前你曾是他们中的一员,现在你是旁观者。
儿子们骑马前行,却不认识你。

你不喜欢这个话题,好吧,那就换一个,
我们谈谈黎明前的那些中世纪的对话。

我最仁慈而尊贵的身体,
我,你的灵魂,你慷慨陈词,我命令你:
是起床的时候了!快去核对日期。
有许多任务必须今天完成。
再为我服务一会儿,就那么一点点,
我不知道在你的黑暗隧道里出了什么事。
我不知道你何时会拒绝我、推翻我。
到那时,你的宇宙会凝结、会崩溃。

而你,作为回答,你会听到:骨头裂开,
暗黑色的血在加速的节奏中咕噜着。
紧接着疼痛便用脸上的表情来回答。
一声巨石的咯咯声,低语声,判决。

承认吧,你曾经憎恨过你的躯体,
因为你深爱它而未能得到回报。它没有

满足你的高度期望。这就好似你
和某个不停躁动的小动物被锁在一起，
或者更糟，和疯子，而且是和斯拉夫疯子锁在一起。

多么美丽，多么光亮。一声回音。
你俯身探出火车窗外，后面是铁路信号员的房子。
孩子们摇着手绢，森林疾驰而过。回声。
这不就是她，身穿金线刺绣的长裙，
一步步走下楼梯，你所喜爱的人。

地球上所谓的景点，但不是很多。
你出去旅游，但你没有看够玩够，
春之舞在继续，但没有跳舞的人。
事实上，你可能从来都没有去过那里，
一个纯洁而鄙夷不屑、毫不在意的精灵。
你想去看、去尝、去触摸，除此之外别无他求。
不为任何人类的目的。你是个过客，
你使用手、脚和眼睛。
正如一个天体物理学家使用发亮的屏幕，
他知道他所了解的东西早已消亡。
"温和忠诚的动物"。怎么会和它们在这里，
如果它们在奔跑、在追求，当这些都已消失之时？

你还记得你的《教会史》课本吗？
包括扉页的颜色，走廊的气味。
的确，你很早就是诺斯替派教徒、马里昂派教徒。
是摩尼教派毒药的秘密品尝者。

他们从我们光明的祖国被扔到了地球上
俘房们会被送给黑暗的执政官进行肉体的消灭。
他的房子和法律。这只鸽子在布法罗山的上空,
也是他的,正如你是他的一样。你来吧,火焰。
火光一闪——世界的基础便遭到毁灭。

这罪孽,这过失。你又能向谁申诉?
我知道你的显微镜,你的成果,
你的秘密,和你为固执任性而忙碌
的一生,没有跳出固执任性的一生。

在六月的一天,在六月的一天,
在一把扶手椅上装饰着牡丹和茉莉的花环。
你的一双短腿摇晃着。大家在鼓掌叫好。
由男女农民组成的合唱团正在唱一首歌。

直到你来到了十字路口。那里将有两条路。
一条难走,朝上,另一条好走,朝下。
你要走朝上那条路,会把你带到城堡。

道路蜿蜒而上,伴和着鼓与笛的响声。
在弯道上转着圈,那里的蜜香味越来越浓。
筐形的蜂窝,它们的稻草像黄铜般光亮,
成排成排的向日葵、百里香。
有四座塔楼,面向东西南北,
当你走进大门,他们好像是在等着你。
万籁俱寂,在一个玫瑰花园里,

它的周围，是广博的绿色丘陵，
蓝绿色的，一直向上延伸到云际。

小路上的石子吱嘎响起，突然像在梦中那样飞了起来。
在大理石基座上，立着白色和黑色的狮身鹰首像。
昏黑大厅的镶木地板，人们的确在等待你的到来。
你不用自我介绍，这里的每一个都认识你，爱你。
眼神对着眼神，手握着手，多好的相处，
多美的被挽救的世代相传的永恒的音乐。

不论那个人是谁，从服饰看出，他是普罗旺斯人，
当他向美丽的夫人们、老人们和年轻人说的话，
也就是你的话，仿佛他和你早就是一个人。
"这就是那把分开了特里斯坦和伊索尔特的剑，
它向我们揭示出生命和真理之间的矛盾。
在忘却的世俗年代中是我们的运动和休息。
在我们为最终日子所作的祈求中，是我们的安慰。"

什么城堡也没有。你不过是在听唱片。
一根针，在一片冰冻的湖面上轻轻摇晃，
把死去的诗人们的声音引导到阳光下面，
这时候你厌恶地在想：

> 兽性（Bestiality）
> 兽性（Bestialité）
> 兽性（Bestialità）

他们之中是谁把我释放,
从我的时代遗留给我的知识中?
从无穷中相加,从无穷中相减。
从能把自己提升到星星那里的真空。

喉咙。
窒息。
手指按压
进肉里。
它片刻之后不再存活。
赤裸裸的一堆,
颤抖着。
无声无响地
在厚玻璃的后面。

如果你就是那个在厚玻璃后面的观察者?

不过,这是发生在很久以前,在埃克巴坦那、
在埃德瑟,如你所愿。就算它是,一种编年史。
其中记载的并不确切,也缺乏证据
来反对你们,更不是反对你个人。

你们匆匆赶去安排你们的农事。
打碎牌匾,把它们运走。血迹
被人用肥皂、沙子和漂白粉从墙上洗净。

在南方城市某处的一张理发椅子上
夏日的酷热,叮当声,一只手鼓,
在街道中间有位女祭司,
在一圈围观者中间摇晃着她黝黑的肚皮。
而在这里,他们在修剪你灰白的连鬓胡子。
啊,皇帝
弗兰茨·约瑟夫,
尼古拉,
自我。

——是的,我已学会和我的悲伤相处。

——似乎把话语组合在一起会有所帮助。

——不对,还有别的,仁慈和美貌。
我向它们致敬,我崇敬它们,
我给它们带来了礼物。

你什么都不用做,只是重复说:
只要我来得及。
只要我来得及。

你很想引导一群人,穿过一座
神殿的圆柱,举行一次赎罪的仪式。

赎罪仪式?在哪里?什么时候?为谁?

七 冬天的钟声

当我前往特兰西瓦尼亚山区,
穿过森林、荒原、喀尔巴阡山脊,
在傍晚时分停留在一条浅滩旁
(是我的同伴们打发我走在前头
让我去探路的)。我放马去啃草,
并从鞍袋中取出了《圣经》;
天色如此温柔而亲切,溪流声是如此美妙,
我低头读着保罗的书信,
观看天上的第一个星辰,
我摇了摇头,渐渐进入了沉睡。

一个穿着华丽的希腊服装的年轻人,
拍拍我的胳臂,开口说道:
"时光对于凡人来说就像水的流逝,
我曾下到过深渊,并探究过它的渊底。
我在科林斯时被严厉的保罗训斥过。
因为我窃取了我父亲的妻子,
他下令将我永远驱逐出宴会,
再也不让我和他们兄弟般地坐在桌旁,
从此我再也没有参加过圣徒们的聚会。
多年来我受到罪恶爱情的诱惑,
对一个可怜的玩物动了激情,

因此,便遭到了永久的毁灭。
我所不知道的,我的主,我的上帝,
用他的雷霆闪电把我从灰烬中拉出。
在他的眼里你的真理不值一文,
他的仁慈拯救了所有世人的肉体。"

我在一片广阔的星空下醒来,
得到了从未期望过的帮助,
免除了我们渺小人生中的烦恼,
我用手绢擦着被泪水浸湿的双眼。

不,我从未去到特兰西瓦尼亚,
也从未从那里给我的教堂带过信息。
但我本来是可以的。
这是一道文体的练习题。
未完成体国家的
过去时。

但是,我现在所说的并不是编造出来的。
那条几乎正对着大学的狭窄街道,
确实是被称为文学胡同。
在转角处有家书店,但摆放的不是书而是纸,
一直堆到天花板。没有装订,只用绳子捆着。
有印刷的,有手写的,有拉丁文的,有西里尔文的,
有的用希伯来字母。是一百年、三百年以前的。
现在我认为,它可能值一大笔钱。
从这家书店望过去,斜对面那里

也有一家同样的书店。
两家书店的老板长得很像:灰白的胡须,
黑色的土耳其长袍,通红的眼睑。
从拿破仑经过此地的那一年起,他们都没有变化,
直到现在这里也依然如故。是岩石的特权吗?
永远如此,因为他们喜欢这样。在第二
家书店后面,沿着墙拐弯,经过一座房子,
在那座房里,有一位我们城市的著名诗人,
写过一个关于公主"格拉席娜"的故事。
再过去是一扇嵌满钉子的木头大门,
钉子大如拳头。在拱顶下,在右边,
楼梯散发出油漆的气味,我就住在那里。
并不是我特意挑选这个文学胡同的,
而是碰巧那里有一间房子要出租。
天花板很低,有一扇凸窗,一张橡木床,
严寒的冬天,有火炉把房间烧得暖洋洋。
火炉需要消耗大量木柴,
那是老女仆阿兹贝塔从门廊搬拿过来。

看来没有什么新的理由
(因为我已去过许多遥远的地方,
比越过高山和森林的路程更远的地方),
让我回忆起那里的那间房子。

然而我是属于那些相信 apokatastasis(复原)的人,
这个词是许诺逆反倒转的动作,
不是凝结在 Katastasis(高潮)里的,而是

出现在法令第三条、第二十一条里的那种行为。

它是指"复辟"。尼斯的
乔治、约翰斯·斯科杜斯·艾留格斯、
卢斯布鲁克和威廉·布莱克。

因此,每种事物,对于我,都有双重存在,
既在时间之中,以及当时间不再存在之时。

随后的一个早晨。在刺骨的严寒中,
一切都是冰冷的。在那昏昏欲睡的雾里,
有一片天空充满了深红的亮光。
雪堆,被雪橇弄得滑溜溜的路面,
还有烟雾和一团团蒸汽,也都变成粉红。
附近有铃铛的叮当声,再远一些,是长着
长毛的马,身上盖满冰霜,每根毛都显露出来。
然后,钟声响了起来。在圣约翰教堂,
在圣伯纳丁教堂,在圣卡西密尔什教堂,
在大教堂,在传教会教堂,
在圣乔治教堂,在圣多明戈教堂,
还有圣尼古拉斯教堂、圣雅各布教堂。
好多的钟声。仿佛拉着绳索的手
要在城市上空建起一座庄严的大厦。
这样,披着斗篷的阿兹贝塔可以去往晨祷。

关于阿兹贝塔的一生,我确实想过很久。
我可以一年一年计算下去。但我宁愿不那样做。

年代又算什么,如果我看到了雪和她的鞋子,
滑稽可笑的,尖尖的头,边上有纽扣。
我也一样,然而肉体的骄傲
既有开始,也有结束。

胖乎乎的天使又吹响了金号角。
而身穿十字褡的佝偻着腰的神父,
今天我想把他比作一只甲虫,
来自卢浮宫博物馆的埃及展区。

我们的姐妹阿兹贝塔在和圣人们交流——
和女巫们交流,他们在云雾笼罩的
三位一体圣像下,被压在轮式刑具上筋断骨折,
直到他们承认他们晚上都会变成喜鹊。
和供主人玩弄取乐的女仆们交流,
和收到离婚书的妻子们交流,
和夹着包袱等在监狱墙外的母亲们交流——
用她乌黑的指甲追随着一个个字母,
当合唱队的指挥,一个献身者,一个利未人
正走上阶梯,唱着:Introibo ad altare Dei.
Ad Deum qui laetificat juventutem meam.[1]
Prie Dievo kurs linksmina mano jaunystė.[2]

---

1 拉丁文,我将颤抖着走向主的祭坛,祭坛会使我的青春对主感到欣慰。
2 立陶宛文,到宽慰我的青春的天主面前。

Mano jaunystė[1]
我久久地在仪式上
摇动着香炉,而我的话语的烟雾
在这儿冉冉升起。

在祈求中需要多长时间提高我的声音:
Memento etiam, Domine, famulorum famularumque tuarum
Qui nos praecesserunt.[2]

Kurie pirma musu nuėjo.[3]

这是哪一年,很容易记起。
这是我们山里的桉树林被冻死的那一年。
那时,人人都可给自己的火炉取得免费的木柴,
以抵御从海上刮来的狂风和暴雨。

早晨,我们用链锯来锯开木头,
而它是个强大而暴躁的小矮墩,
在燃烧时噼啪作响,冲来冲去。
在我们的下面是海湾,嬉戏的太阳。
通过赭色雾气可以看见旧金山的塔楼。

---

1 立陶宛文,我的青春。
2 拉丁文,主啊,请记住你的男女仆人,那些先行于我们的人。
3 立陶宛文,那些先走的人们。

永远是同样的不愿意原谅的意识。
也许只有尊敬才能拯救我。

如果不是他,我不敢大胆宣布预言家们的誓约:

"凡是被创造出来的,也能够被毁灭,形式却永远不能。
橡树被斧头砍倒,羊羔被刀杀死,
但是它们外部的形式永远存在。阿门。哈利路亚!

"因为上帝自己永远和那些进入死亡之门的人一同进入,
他和他们一同躺进坟墓,躺在永恒的幻象中。
直到他们醒来,看见耶稣,看见放着的亚麻布衣服,
那是女人们为他们纺织的,看见了圣父房屋的大门。"

而如果在下面的这座城市被大火烧毁,
连同所有大陆各洲的城市。
我也不会用我沾满灰烬的嘴说,这不公平。

因为我们生活在审判之下,对此我们什么也不知道。
这场审判开始于一七五七年。

虽然不能完全确定,也许是在另一年。
它将结束于第六个千年,或者在下星期二。
造物主的作坊突然安静下来。无法想象的安静。
每一颗种子的形式都在光荣中恢复原状。
我因绝望而受到审判,因为我不能理解这一切。

伯克利　一九七三至一九七四

珍珠颂

一九八一

魔 山

记不清了,布德贝格是何时去世的,两年或者三年前。
陈也一样,是去年或者前年。
我们刚到不久,这个特别温和的布德贝格
就说起他一开始很不习惯,
因为这里没有春夏秋冬。

"我不断地梦见白雪和白桦林。
里几乎没有四季,也看不出时间的流逝。
你会看到,这里是一座魔山。"

布德贝格,我童年时就知道的家族姓名,
他在凯伊坦县一带非常有名,
那是一个俄国家庭,波罗的海德国人的后裔。
我没有读过他的任何著作,太过专业了。
而陈好像是个杰出的诗人,
对此我应该相信,因为他只用中文写作。

炎热的十月,凉快的七月,二月树开花,
蜂鸟的交配飞行并不预示着春天的来临。
只有忠实的枫树每年毫无必要地掉落叶子,
因为它的祖先们只学会了这一招。

我觉得布德贝格是对的,但我反对,
这样我就得不到权力,拯救不了世界?
名望从我身边溜过,没有王冠,没有王位?
那么我应该为此去训练我自己,唯一的自己,
以便去为海鸥和海雾构建诗句?
去听下面轮船汽笛发出的鸣叫?

直到消失,什么消失?生命。
现在我并不为失败而感到羞愧。
一座有海豹呼叫的雾蒙蒙的海岛,
或者一片炎热的沙漠就足以让我们
说出 yes, tak, si。[1]
"甚至熟睡时我们也在为构建世界而工作。"
持久性只能来自于持久。
我手一动就做成了一根无形的绳索。
我顺着它爬了上去,它把我撑住了。

多么长的游行队伍!

---

[1] 英文、波兰文、西班牙文的"是"。

那么多的帽子和带帽兜的长袍!
最令人尊敬的布德贝格教授,
最为卓越的陈教授,
名声并不显赫的米沃什教授,
他用几乎不为人知的语文写诗。
谁会在乎他们呢。这里阳光普照。
是的,那些高高的蜡烛的火光黯淡了。
多少代的蜂鸟伴随着他们,
当他们前行着。越过魔山,
来自海上的冷雾意味着,又是七月了。

           伯克利 一九七五

风 景

除了赞美,风景什么也不缺少。
除了王室的信使,他们带着礼物:
一个有定语的名词和变化的词句,
让珍贵的橡树能大放光彩。
当大学生们走在城外山谷的小路上,
就会一边走着一边唱起了《欢乐颂》。
就让那个孤独的牧羊人在树皮上刻字好了。

除了赞美,风景什么也不缺少。
但没有天使。密树林,昏暗的峡谷,
高悬在森林之上的森林,一只兀鹰在悲鸣。
有谁能在这里构造出一个句子?
这风景如何,他不清楚,但一定很美。

那里的下面,城堡的大厅倒塌了。
教堂后面的小街、妓院、商店。
一个人也没有。那么信使会从哪里来?
在不明不白的灾难后我继承了直达
海岸的土地和土地之上的太阳。

伯克利 一九七五

凯撒里亚

当我们驶入了凯撒里亚的水域
或者我们驶近了它,但偏离了地图册。
海鸥在海峡的轻柔声中沉沉入睡,
一串野鸭在晨雾中朝三角洲飞去。
烟雾后面是幻影、尖塔,像铁那样发出光和响声。
那里还有古船,一百年前人们让它驶入,
在城市的入口处腐烂锈蚀着。

多少年来我们都在学习,但不理解。
我们逛过了凯撒里亚的市场,
我们越过了山峦和内海,
认识了那里的很多人、宗教和方言。
现在,当凯撒里亚成为我们的悲痛时,
我们依然不知道,是否是贪婪蒙住了我们的眼睛,
还是我们坚信,一切都会完成
我们的使命,我们最初的召唤。

伯克利 一九七五

孤独研究

是沙漠中远距离水渠的守护者?
是沙石要塞中的一个人的守卫?
不论他是谁,都能在黎明时看见起伏的山岭。
灰烬的颜色,在消融的黑夜之上,
融合着紫罗兰色,又化为流动的胭脂,
直到它们站起,变得巨大,在橘红色光里。
一天接一天,不知不觉,一年又一年。
这光辉是为了谁?他在想:是为了我一人?
但在我死后,它依然会继续留在这里,
在蜥蜴眼里,它是什么?是否被候鸟看见?
如果我是全人类,可他们本身却没有我?
他知道叫喊没有用,因为没人会去救他。

伯克利 一九七五

幸福的一生

他的晚年适逢丰收的岁月。
没有地震,也没有旱涝灾害。
看来持续丰收的季节已趋稳定,
星星更加明亮,阳光更加灿烂。
就连边陲上也没有战争发生。
一代代的人在成长、和睦相处,
人们的理智不再是嘲讽的对象。

和如此生机勃勃的世界告别真是痛苦,
他为自己的多疑和嫉妒而深感羞愧,
为他受伤的记忆随他一起消失而欣慰。

在他死后两天一场飓风席卷海岸,
沉睡了百年的火山又喷出了烈焰。
岩浆湮没了森林、葡萄园和城镇,
海岛上的一仗宣告了战争的开始。

伯克利 一九七五

衰 落

一个人的死亡如同一个强大国家的衰落,
尽管它曾拥有骁勇的军队、将领和预言家,
繁华的港口和遍布海洋的强大船队,
如今它已孤立无援,谁也不和它结盟,
它的城市已变荒凉,居民也四处逃散,
曾经丰饶的田地如今已杂草丛生,
它的使命已被遗忘,其语言也已消亡,
只有乡村方言还保存在远方的人迹罕至的深山中。

伯克利　一九七五

诱 惑

在星光灿烂的天空下,
我漫步在山脊上,眺望霓虹灯的城市。
伴随着我的伙伴,那荒原的精灵,
它在周围游荡着,还对我说教,
说我并不是必要,即使不是我,
别人也会来此散步,想理解自己的时代。
假如我很久以前死去,什么都不会有所改变。
依然是同样的星星、城市和国家,
即使我的眼睛再也不会看到,
这个世界和它的事业依然会继续下去。

以耶稣基督的名义,请你离开我吧,
你把我折磨够了,我说。
不该由我来评判人们的职责,
就连我自己的成就我也无从知道。

伯克利　一九七五

秘 书

我仅仅是一个看不见事物的仆人,
它被口述给我和另外几个人。
秘书们互不相识,我们走在人世间,
所理解的不多。在一个句子中间开始,
在一个逗点前结束。至于它的全部内容,
我们全然不知,因为我们谁也不去读它。

伯克利 一九七五

证 据

毕竟你经历过地狱的火焰,
甚至你能说出它的样子:真的,
终结在尖锐的钩子上,为了能把肉
撕裂成小块,直至骨头。你走在街上,
依旧在进行着拷问、鞭打和流血。
你记得,因此你不怀疑:地狱确实存在。

伯克利 一九七五

惊 异

啊，窗子上多美的朝霞。大炮轰鸣。
摩西的竹筏在绿色的尼罗河上航行。
岿然站在空气中，我们在鲜花之上飞行。
可爱的康乃馨和美丽的郁金香摆在矮桌上。
听见狩猎的号角发出的哈——那——里的响声。
无穷无尽的不可胜数的地球宝藏财富。
百里香的芬芳、枞树的色彩、寒霜、鹤舞。
这一切都同时出现。也许是永恒的。
眼看不见、耳听不到，但它存在过。
琴弦不弹、舌头不说，但它定将存在。
草莓冰淇淋。
我们会在天空中将草莓冰淇淋融化。

伯克利　一九七五

思 想

有人步行,有人骑马,吹起号角,领着一群猎犬,
我们登上山坡,俯瞰着思想的丛林,
硫磺黄色,像晚秋时节的白杨树林
(假如以前生活的记忆没有把我欺骗)。
虽然这不是森林,只是一堆混乱的杂物,
氯气、汞和晶体的彩虹色。
我望了一下我的伙伴:弓、猎枪、
五连发的来复枪,还有投石器,
以及服装!千百年来的最新式样,
或者是克尔恺郭尔传教士
在散步时戴着的那种大礼帽。
并不是威风的团队。虽然这种思想
对于我们这样的人并不可怕,甚至在它的巢穴。
袭击可怜的牧人、农夫和伐木工人,
是它的本性,从此改变了它的习性,
尤其对年轻人。用太阳岛
和人世间正义的梦想去折磨他们。

伯克利　一九七六

费利娜

山上的幻影实验室冒烟了。
雾沿着明亮的阶梯变成了蓝色。
我走在长街上便想起了你,费利娜。
你亲切地出来,衣裙沙沙响,
带着你那可笑的歌声:

> 我的便鞋是鼠皮做的,
> 我的手套也是鼠皮做的。

你在镜子前走来走去,杜、塔、杜,
在你走到下面
坐进马车之前。

捷足的骏马把我们带到白杨路上。
渔夫们围坐在河岸上庆贺节日。
我们在树林的苹果树下铺上白桌布。
让银杯斟满了深色的葡萄酒。

——可是,哪里有这样美妙的乡郊?
——在古老的海外公国里就有,费利娜。

即使你那缎带非常低廉,
你的内衣也不那么干净,
这一天和云彩都永远停止了移动,
以便让真实的大地帮助我们。

你将会受到永恒的照顾,
蝴蝶在空中的印迹也受到保护,
而大地将会如它所愿得到重建,
在那里,再也不会有痛苦和嘲讽。

费利娜,簌簌作响的衣裙。
掉落下来的镜子。
杜、塔、杜。

伯克利 一九七六

读日本诗人一茶（一七六二至一八二六）

  美好的世界——
  露水滴落着
  一滴，二滴。

就是几笔墨迹便完成了
白雾的巨大寂静，
在群山中惊醒，
鹅群在鸣叫，
井口的桔槔在嘎吱响。
茅屋房檐上的微滴。

也许这是另一座房屋。
看不见的海洋，
直到中午，雾像大雨似的
从红杉的枝干上倾泻而下，
汽笛在下面的海湾里鸣响。

诗只能写这些，不能更多。
因为我们确实不知道说话的人，
他的骨头和肌肉是什么样子，
还有他的皮肤的松软性，
以及他的内心的感受。
这是不是什勒姆巴克村，
我们常常在它潮湿的草地上发现

像特蕾莎·罗什科夫斯卡衣裙那样
色彩斑斓的蝶蛹。
是不是另一个大陆和不同的人名,
科达宾斯基、查瓦塔、艾林、梅兰涅,
这首诗里什么人也没有,仿佛它
是因地点和人物的消隐而存在。

  一只杜鹃在叫,
  为了我,为了山,
  为了山,为了我
  (换着叫来叫去)。

坐在崖边自己的屋顶下面,
倾听着峡谷中瀑布的轰鸣,
他的前面是蜿蜒起伏的青山,
和触及他的西沉的太阳,
于是他就在想:为什么杜鹃的叫声
会在这里和那里不停地回荡,
也许这不会是事物的正常状况。

  决不要忘记
  我们行走在地狱之上,
  观赏着鲜花。

知道而不说:
就是这样忘却。

说出来的会得到增强,
没有说出的会趋于消失。
舌头出卖给了触觉。
我们人类会以温暖和轻柔而存续,
还有小兔、小熊和小猫。

根本不是严寒黎明时的一阵颤动,
不是对白天来临的恐惧,
不是监工的鞭子,
不是冬天的街道,
不是人世间任何人,
不是惩罚、意识。
什么都不是。

伯克利 一九七八

句子

出走
——当我们到来时,这里只长有树林,很密,像手指一样。

内部一幕
如果你想,大地会让你世世代代活下去。

反对悲观主义的手段
被雷击着火的森林能使我平静。

神庙
他们跪在密林里,向天上的游行队伍顶礼膜拜。

天外的山
我们进入了,赶着前面的一群仙鹿。

寂静地区
深蓝色的影子,葡萄叶上的亮光,

山羊的蹄子还和罗马时期的一样。

规则
当你进到这个阶段,你应把有血的手洗净。

艺术家的教义问答
让你的作品去捍卫一个人。

史诗
被枪矛刺穿,当他们自己需要蹲坐时。

哲学起源
从对大便和身体臭味的厌恶,
学会画出美丽的线条。

四季
是黄金世纪、银世纪、铜世纪、铁世纪?
不,是幻想的、诗歌的、哲学的、语文的世纪。

现代诗人
一个被关在地狱的人说:地狱并不存在。

诚实
如果他们应该去死,我怎么能爱这些亲人呢?

狗
在广大的斜坡草地上,一群狗在人们的
眼皮底下追逐嬉玩,而这时,人们也准备
爱上这种与人类相似的种族。

威胁
他非常害怕想到被忘的事情又会被想起。

本性
当魔鬼在我身上跳舞,我就觉得自己是个天使。

识别标志
这些人像我们一样,会在梦中飞翔。

越过门槛
时代的服装从我身上掉落,我处在一个
被部落人遗忘的大国里。

传说的片断
地下的树丛和地下的森林,好多个星期
都处在地下水的光照中。
一个流浪者来到,向他们通报:他们得到了宽恕。

喊叫
我不想要这样的生活,也不想处在这样
的法律之下,也不想在这样的地球上!

指责
——你没有说真话——因为这也许会是人们的希望。

贡 献
他使得他的子孙后代
能去种树和倾听钟的响声。

论划定界线的必要性
不幸的和欺骗的大海。

惊讶的理由
那些自然元素的掌管者给了我们歌颂生育的歌曲?

根据赫拉克利特
永远活动的火,是一切的尺度,如同
金钱是财富的尺度一样。

风 景
广阔无边的森林成了野蜂吸取蜜汁的对象。

语 言
宇宙意味着用魔鬼的语言来诅咒我的痛苦。

祈祷圣歌
从天河的沉默中保护了我们。

以防万一
当我咒骂命运时,这不是我,而是大地在我身上所为。

毕达哥拉斯规则的组成
离开了故土就不要回来,厄里倪厄斯跟在你身后。

假设
如果像她所说,你用波兰文写作,为了惩罚自己的罪孽,那你将得到拯救。

肖像
他关在塔楼里,阅读古代作者的作品,在露台上喂喂鸟,因为只有这样才能忘记对自己的认识。

安慰
放心吧,你的罪孽、你的善举都会被遗忘掩盖掉。

来自加利福尼亚的女诗人奥兰多·布鲁格诺尔
向你致敬,你是荆棘之王。

交换契约
他很感激,因此他不能不相信上帝。

完美的共和国
清早一开始,太阳才刚刚照射到浓密的枫树林,他们便上路了,并铭记着这个神圣的词:是。

花园里的诱惑者
一动不动地凝视着树枝,冰冷的,活着的。

秩序
他被剥夺了,为什么你就不能被剥夺?
比你更优秀的人都被剥夺了。

缺点或优点
你屈膝作揖!
我也屈膝作揖。

什么陪伴着我们
在山中溪流之上的带扶手的步行桥,
连最细小的树皮鼓包都记住了。

西方
在淡黄色的山丘上,在冰冷的蓝色大海上,
是多刺橡树的黑色树林。

安置在 L.F. 无名墓上的题词:
凡是你怀疑的均已消失,凡是你相信的都已实现。

墓志铭
你在想我们:他们只是生活在幻想中,
你知道,我们的家族、书中的人类,永远不死。

记忆和记忆
不知道,不记得,只有一个希望:
忘河之后的就是记忆,医治好了的。

敬神
因此,上帝听到了我的祈求,
准许我对他的荣誉犯下罪过。

生活的目的
为了掩饰我因穿深红色衣服而感到的羞涩!

药
如果不是厌恶他的皮肤的气味,
我就会认为自己是个好人。

思念
我不想成为众神和英雄中的一个。
只想变化成树木,永久生长,不会欺侮别人。

群山
直到膝盖的湿草,伐木区的比人高的覆盆子,斜坡上空的云,云里的黑森林。
穿着中世纪羊皮袄的牧人前来和我们相见。

逆转
他们居住区的废墟上已长出幼小的树林,
返回来的狼和熊安全地睡在浆果树丛中。

凌晨
我们从睡梦中醒来,但我不知是多少千年了。
鹰重又在阳光中飞行,但并不意味依然如故。

多产的捕鱼
(《路加福音》V,5—10)
岸上,鱼在西蒙、雅各和约翰张的网里挣扎着。
高飞的燕子。蝴蝶的翅膀。教堂。

教会史
两千年来我都试图去理解,这到底是怎么回事。

伯克利 一九七八

在圣像前

在不幸中赞美上帝是痛苦的,
想到他不去拯救,尽管他能够。

耶和华的天使没有触到一个人的眼睑,我握住他的一只手,
我是这次无端苦难的不果断的见证人。

不被听取的祈祷,他的和我的。
不被听取的祈求:感动我吧,
作为交换给他一个平凡的生命。

一个虚弱可怜的人走在医院的通道上,
他就像那个刚刚解冻的冬天。

而我是谁,一个在向圣像顶礼膜拜的信徒?

伯克利 一九七八

诗的状况

好像代替眼睛的是一副倒转的望远镜。世界离开了。所有的一切:人们、树木、街道都在变小,但是任何的东西都没有失去它们的鲜明性,只是更加浓缩了。

当我写诗时,我过去也有这样的时刻,因此我知道距离,客观的沉思,装扮成一个不是我的我,如今它一直不断地继续着,我便问自己,这是什么意思,是不是我进入了一个持续的诗的状况。

过去困难的事情现在容易了,但我并不认为要在写作中去表现它们的特别必要性。

现在我的健康状况很好,但我曾生过病。因为时间飞逝,我曾对未来发生的一切的恐惧感到忧虑。

每一分钟世界的惨景都使我感到惊恐不安,而且是那么可笑,我无法理解,文学怎么会想同它进行较量。

我每分钟一摸就会感到肌肉疼痛。我已经习惯这种不幸了,我并不请求上帝转移它,因为上帝为什么要把它从我的身上转移,如果它并没有从别人身上转移过它的话。

在梦中我到了一处深渊的狭窄口上,那里可以看见大海鱼在游动。我害怕我一看就会掉下去。于是我转过身来,用手指紧紧抓住粗糙的岩石墙壁,背对着海慢慢地挪动着,才终于到了安全地带。

我很焦急,也很生气。把时间浪费在打扫洗涮和煮饭之类的琐事上面。现在我正在小心谨慎地切洋葱,挤柠檬,准备着各种各样的调料。

伯克利 一九七七

距 离

有一段距离,我走在你身后,我不好意思更走近你。
虽然你选了我当你的葡萄园工人,我却压碎了你的愤怒的葡萄。
每个人都按照他的本性行事,并不是所有的恶习都能医好。
我甚至不知道,我是否能成为自由人,
因为我的行动不受我的意志的驱使。
揪住小孩的脖子,他便连踢带咬
直到强迫他学习,要他写字。
我想和大家一样,但得到的是分离的痛苦。
我以为我会处在自己人中间,但醒来时我却是个陌生人。
我在考察风习,我好像是从别的时代漫游到了这里。
因叛离了集体的仪式而愧疚。
有好多善良而正直的人,他们最公正地受到了召唤。
无论你走到地球的任何地方,他们都会跟随你。
可能这是真的,我是在暗恋着你。
但并不奢望自己能像他们那样在你身边。

伯克利 一九八〇

当度过了漫长的一生

当度过了　漫长的一生　便出现了
他一直企盼获得的　那种形态
而刻在石头上的　每个字
都长了白霜，　这时会怎样？　酒神节
游行队伍的火把　在黑暗的　山中，
那儿是他出生的地方。天空的一半
有着纠结在一起的云彩。他的面前
是面镜子。　在镜子里　是已经分裂的
毁灭着的事物。

　　　　　　　　　　　俄勒冈　一九七六

前去朝圣

但愿百里香和薰衣草的芳香一路陪伴我们,
来到这个省份,它不知道它是多么幸运,
因为在地球的许多角落里,它是唯一
一个被选中和拜访过的地方。

他们前去的那个圣地,却没有路标指引,
直到它现身,在一个群山之间的
牧人的山谷,那里要比记忆更久远,
在山洞中一条嗡嗡作响的狭小溪河之上。

愿葡萄酒和烤肉的美味伴随着我们,
就像我们常在空地上举行欢宴那样,
寻找着,没有找到,收集着信息,
为那一天的阳光灿烂而欢欣鼓舞。

温柔的群山和畜群的铃声
让我们想起我们失去的一切,
因为我们看见了并爱上了,
那个转瞬间就会消逝的世界。

卢尔德 一九七六

凌　晨

逝去世纪的
奔驰的群马。

晨曦在扩展
广阔地覆盖着世界。
我的火把变暗而天空变得明亮,
我站在潺潺河水上的岩洞旁,
晨曦中一轮银月高悬在群山上。

卢尔德　一九七六

正 门

在一座雕饰的石头正门前,
在阳光下,在亮和影的界线上。
近乎晴朗,欣慰地想,当脆弱的
躯体消失,空无一人,这里仍会留下。
触摸着布满颗粒的墙,对我那么
轻易地接受我的消失而感到惊讶,
尽管这不应该。大地,我与你有何关系?
与你的草场有何关系? 草场上
沉默的动物在洪水前仍旧低头吃着青草。
与你毫无节制的生育有何关系?
这么温情的忧郁又是从何而来?
是否因为那毫无用处的愤怒?

伯克利 一九七六

单独的笔记本(一九七七至一九七九)

一 装有镜子的画廊

第一页
    一个老人,傲慢无礼,一副黑心肠,
    他为自己不久前才二十岁而感到惊异,
    他在说话,
        虽然他宁愿理解而不愿说话。

    他爱过渴望过,但结果不好。
    他追求过,甚至都要抓住了,但世界比他更快,
    现在他看见的是幻影。

    他小时候在梦里跑过一个昏暗的花园,
    他的祖父在那儿,应该有梨树却没有,
    小门开向汹涌的海浪。

    坚毅不屈的土地,
    不可废止的法律,
    掩盖不住的灯光。

    现在他登上大理石楼梯
    开花的橘树散发出香气
    他还听了听小鸟的鸣啾。

沉重的门已经关闭,
他在门后停留了很久,
在不知是冬天还是春天的空气里,
在没有清晨和落日的天光里。

屋檐的嵌板仿照树林的拱顶,
他走过装满镜子的大厅,
镜子里的脸孔时现时隐。
完全像巴尔巴娜公主出现在国王面前,
她是被一个女巫婆召唤而来。
在这里,处处能听见说话的声音,
声音多得能让人听上几百年,
他曾一度想要了解他那可怜的生活。

第十页

萨克拉门托河,在荒凉的群山中,带黄褐色。
从海湾那边突然吹来阵阵清风,
我的轮胎在桥上发出了韵律。

轮船,岛屿之间的黑色野兽,
处在水上和天上的灰色冬天。
如果它们能从春天和远方的陆地召唤而来,
那我是否能告诉它们最坏的但却是真实的
——有关那不属于它们却来到我身上的智慧?

第十二页

他在落满灰尘的书架上发现了字迹不很清晰的家庭编年史的书页，于是他又再次拜访了他童年曾一度住过的齐维纳河畔阴暗的房子。它被称作"城堡"，因为它是建立在原先是"利剑骑士"城堡的遗址上的，这座城堡是拿破仑在世时被烧毁的，地基下有一座地牢，还发现了一具被铁链钉在了墙上的骷髅。这座房屋又被称作"宫殿"，以便和公园里的耳房相区别，欧格留斯会把钢琴搬到那里去过冬的。他的这位亲戚曾上过麦茨的耶稣会学校，并在彼得堡的军事法庭当过律师，但当他被要求改变宗教信仰时，他便离职不干了。嗣后他便独自一人住在这座城堡里，与邻居和家人均无来往，只有他喜爱的姐妹雅德维佳·伊齐兹卡夫人是例外。"他们和仆人说话只用波兰语或白俄罗斯语，而讨厌用俄语。"他同很少的客人——过去在彼得堡的同事交谈时则用法语。"他待在城堡里可说是足不出户，从一八九三年的晚秋到一九○八年从没有离开过。他读得很多，写得也不少，但最多的是弹钢琴，有时整日整夜都在弹。这是架家用型的钢琴，由华沙的科恩戈夫厂制造，他为它支付了一千五百金卢布，这在那时候可是一笔巨大的数目。"如果他要外出，他就骑马到附近的伊多尔特去看望他的姐妹。人们常会看到他们骑马到林子里去散步。她很喜欢骑上一个"女战士"马鞍。但自从她逝世之后，也许只有某个过路人晚上停留在公园的门口听到美妙的乐声，才能证明这座房子里住有人,后来有好几个月都听不到音乐了。"不过现在已是秋天了,于是人们还认为他在弹奏,只是在宫殿的里面,由于有双重窗户,人们就不能听见了。"直到他叫来了家人,甚至接待了神父。他被葬在伊多尔特家族陵园他的姐妹的墓旁。身后留下了一包包手稿,内容不详,都是用绳子捆好了的。

第十三页

我并没有选加利福尼亚,它是强加给我的,
一个北方居民对着灼焦的荒原又能说什么?
灰色的泥土,干涸的小河床,
稻草色的丘陵和成堆的岩石。
像侏罗纪的爬虫:在我看来,
这就是这一地区的灵魂。
而从海洋来的雾遮住了它,
催生了洼地里的绿色,
和多刺的橡树与荆棘。

那儿说过,这大地——新娘是属于我们的,
为了让我们沉入她那深而清澈的河水中,
被丰富的水流簇拥着,游了开去?

第十四页

他在编年史读到:"在他死后不久便开始吓唬人了。从这时候起,城堡就没有安宁过,因为大家都在说,欧格留斯先生在走来走去。家具在移动,房间里的书桌在动,晚上他在书房里弹钢琴。楼上的图书室里晚上也出现了许多稀奇古怪的事情。"维尔诺银行代理人密切斯瓦夫·雅沃维茨基先生对此深信不疑,他是因房屋继承人想搞到一笔贷款而被派到此地来进行房屋估价的,他们给他在欧格留斯的书房里安排了一个床位,这是间嵌有橡木地板的大房间,窗子面向公园的一侧和齐维纳河。书房里除了钢琴和书桌之外,还有些书架,书架上摆放着欧格留斯随手可用、不必上楼到图书室去取的一些书。一进门人们便会注意到那些画和一座从摄政时代留传下来并饰有拿破仑鹰徽的珍贵的座钟。半夜里,客人胆战心惊地摇铃叫仆人,把粗绒做的铃绳都扯断了,还没等救援到来,他便穿着内衣内裤跳出窗外,他为此付出了身患肺炎的代价,因为外面很冷。大家终于习惯了城堡里的惶恐不安,但是从德鲁亚新来的教区主持维伯尔神父的遭遇却非同一般。有次他来城堡访问,随便翻了一本照片簿,突然他在一张相片上停住了,便问照片上的人是谁,当他听到女主人说是她两年前死去的姐夫欧格留斯时,神父便说:"这就怪了,我不知道该不该对夫人说,也许最好是什么也不说,因为要是我说出这件事来,夫人准会认为我疯了。但是不管夫人您相信不相信,我还是要告诉您。昨天晚上,他就在修道院我的房间里。"随即他便说道,昨天他从教区巡视回来后,因为太累了,便早早上了床,用读书来催眠。这时他听见大门嘎吱一声响,先是在餐厅里,接着是与卧室相邻的起居室里响起了脚步声。房门打开时,一个陌生的男人走了进来,他穿着讲究,"带着一种富人的傲气,非常自信"。他光着头,没有穿风衣。维伯尔神父便把他看成是当地的一位他不认识的地主,有急事前来找他。于是神父便为自己这样早上床而向他道歉。这个陌生人默默地朝床边走来,他把右手撑在大理石的桌面上,说道:"为了证明我来过这里,我把我的指印留下了。"说完他便转身走了出去,不急不忙地穿过没有灯光的起居室,随后他走过餐厅,打开通向修道院走廊的那扇门,他的脚步声也渐渐消失了。不过,神父前去检查过,通向庭院的门是锁着的,通往大街上的大门是锁着的,大门旁边的耳门也是锁着的。欧格留斯清晰地让人记起了他,直到一九一四年二月他弟弟尤瑟夫逝世的那一天为止。我感兴趣的是,读者也会想到:哲学是否真的有助于生活的激情?也许所有的智慧都一无是处,如果那些微不足道的愤怒、不快和家庭争吵是如此的持久,以致我们死后还要奔走不息。

第十五页
　　世界是可怕的
　　　　塞尚
塞尚,我把三个不可能相聚的人引导到
你在艾克斯的工作室来,引导到赭石和朱砂的大火中。

给这个女人取名为加布里娜,我能让她

出现时穿一件带水手衣领的白色裙子。
或者打扮成一个没有牙床的龅牙老太婆,
她站在这儿,橄榄似的金黄色,满头黑发。

这是艾德克,半个世纪前的田径运动员。
他把手放在臀部上,就同从艺术画册上
复制下来的自己的画像一模一样。

而这个就是画他的密切斯瓦夫,手指头被烟熏黄,
他舔着卷烟纸,想着画笔的下一个动作。

他们将是我的忧愁的见证人,
我不能向你倾诉又能向谁呢?

力气、灵巧、美貌,尤其是力气,
摇晃着肩膀,轻盈的步履,
受到人们的高度评价,而且很公正。
一个与普通动作相协调的动作,即灵敏,
无论世界怎么样,都会让人高兴。
要像他投掷铁饼的弯腰姿势那样,
他放马疾驰,在黎明时分
从Z先生的红发妻子的窗前驰过!

我羡慕他,像个十六岁的孩子。
直到不是很快,那是在大战之后,
我才听到他的消息。他没有阵亡。
在一个新的国家,在一种荒谬语言的统治下,

他因厌恶日常的谎言而用瓦斯自杀。

如果肉体的荣誉坠落在泥土中，
坠入到永恒的忘却里。如果我，才智
对他有这样的权力，听到我的命令
就会前来。尽管他永远也不会是这样的人。
难道我胜了？难道那不是一场可悲的复仇？

人们所渴望得到的一切，塞尚，
都变成像普罗旺斯的松树干，当你低头时，
她的皮肤和服装的颜色：浅黄、粉色，
自然的赭褐色，绿色的维罗纳城，
像颜料管一样的语言，现成的，不同的，
加布里娜一直都是这个样子。

我想知道，那着魔的瞬间到哪儿去了，
是到了什么样的苍天，什么样的深渊底部，
是到了生长在时空之外的什么样的花园去了。
我在找那一瞬间看到的我的房子在哪儿。
当它从眼睛解放出来，永远留在它本身中，
也就是你带着画架围着那棵大树，
日复一日都在追逐的那座房屋。

密切斯瓦夫在华沙有了自己的工作室。
他是你后来的学生，但他告诉我
在那个战乱的冬天，他常用哈气来暖和
双手，几乎画成了一个泥罐和一个苹果。
他凝视着它们，它们布满了整个画布。

而我相信他是想要从这些事物中
抽取那视觉的一瞬间,
假如他遵守艺术家的规则:
艺术家应该对善与恶、乐与苦,
以及凡人的悲痛无动于衷,漠然置之。
他是只为一个目标服务的仆人。

但他却利用了他的工作室去救助别人。
他在那儿掩护犹太人,为此他被处死刑。
他于一九四三年五月惨遭杀害,
为自己的朋友们献出了他的灵魂。

为赞颂心灵而歌唱是苦涩的,塞尚。

  这三个名字是真实的,因而经受住了监管。如果将他们改变一下,臆想的闸门便会立即打开。他越是想做得更精确,就越是纠结于人类语言的手段中。但只要武断地把这三个名字放在一起就已经足够了。而他们身上不能表述的一切就会得到加强,就会组成一个独立的故事。他们确实曾在一起过,虽然是在一张相片里,但不单是自己,而且还有其他人,那是在克拉斯诺格鲁达的一座房屋的平台前。他们每个人都活在另一个邻人的思念中。他现在试想,他会怎样去思念他们。艾德克会使他陷入想起自己羞耻的恐慌之中:他没有守住球门,踢倒了跳栏,从马上摔下来,所有这类不应为外人知道的事情。当他得知,艾德克在战前不久就结了婚,他和他妻子形影相随，共同度过了战争，经过相互商量，一致同意于一九五一年或一九五二年双双自杀而死。他反而感到是一种安慰，仿佛一个令他自愧低人一等的人消失了，这倒让他振奋了起来。至于加布里娜，她的天性就像那条河一样猛烈，他就是在这条河边出生的，并在三岁时在那里第一次见到少女时期的她。是深蓝海面上的一道金网，或者是绿色的维罗纳城，或者是用陶泥盘子盛着的蜂巢的酸甜，或者是像乐器颈部的颈脖。他从未想过，她会是他的一切，常常被救了出来，而摆脱了时光的观念。至于密切斯瓦夫，他却认为，虽然他没有过过这样的生活，即作为一个艺术家所获得的胜利，虽然他的画已全部烧毁，只有他年轻时给艾德克画的那幅肖像画还在，但他也是幸福的。他曾和尤拉一起住在高档社区的一套现代化的公寓里。或者在二十年代末期，他和她一起到戈尔斯山区旅游过。那时候，华沙的艺术家们和文学家们都热衷于山居生活、稚拙的玻璃画和民歌。我不知道其中所蕴含的那种快乐，就像密切斯瓦夫带着羞怯情绪轻轻哼唱的歌曲那样：

"转圈呀转呀转，
小太阳在升起。
小太阳在升起，
我们的卡辛卡，
要骑马去结婚，

要骑马去结婚。
她骑马走呀走,
她抬起了双手,
她抬起了双手,
她祈求主耶稣,
她祈求主耶稣,
赐给她幸福。"

他认为"过去"一词什么意义都没有,因为如果他能让这三位如此鲜活地出现在他面前,那又何必去谈论超尘世的凝视哩。

第十七页

一幅叔本华的画像,不知何故,会和艾拉的画像挂在一起。她被画家戴上了一顶文艺复兴时期的帽子,和泰坦尼克号上的某些女士所戴的帽子相似,她莫名其妙地笑了起来。"哲学家,"一个旅游者对他说道,"我知道他们讨厌你的缘由了。有谁会想要知道,真理是心理对它的功利使命的一种反抗呢?而命运在分配才智的天赋时是极其傲慢的,那些一味追求幻想的平庸之辈应该屈从于少数中的少数人而承认自己的劣势呢?'他就像一个观众,因为他摆脱了一切而专注于看剧。'哲学家和艺术家不就是千百万人中的一个?而我也一样,如果我事先知道有什么落在我身上让我去选择,难道我就不会选定生命和幸福吗?即使是现在,当我知道,我的那些同龄人的生命和幸福都没有留下什么,因此,这不难猜到你为什么不受人喜欢,而且永远也不会被人喜欢。没有人像你那样去把儿童和天才与其他人对立起来,其他人永远处于盲目意志的掌控之下,其本质就是性欲。也没有人像你那样试图去解释:为什么每个孩子都是天才?因为他们是旁观者,求知若渴,是尚未被人类意志俘获的心灵,我还想加一句,是和厄洛斯所引导的心灵一样,但他仍然是一个自由和跳舞的厄洛斯,对目标和服务一无所知。而艺术家和哲学家的天赋在对成人的世界抱有隐秘的敌意里却有它自己的秘密。你的语言——哲学家——表面上合乎逻辑而又确切,比表现更隐秘,人们才无法接近你。你就承认吧,你唯一的主题就是时间:每年的绿色仙景,含苞欲放的姑娘,在一小时内生和死的一代代人。你只问了一个问题——一个人是否值得被诱惑和被俘获的呢?"

第十八页

情人们早晨走在村庄里的小路上,他们在眺望山谷。他们为自己的胜利,为他们本身和他们在活人的尘世间所扮演的角色而眩惑。

翠绿的草地、在下面流动的溪流,和对面山坡上层层叠嶂的树林。

他们走在一块啄木鸟啄食的枞树中间,在那里的山谷边上新刈的草散发出芬芳。

看！他们在树木中间发现了一座小桥，一座带扶手的真正的桥，它通向对岸的某处地方。

当他们往下走时，突然看见一片松树中有两座钟楼的屋顶，闪耀着青铜般的铜绿色。还听到了一座小钟的细小声音。

这座修道院。比它更高的路上的小汽车。阳光下有声音，重又归于寂静。

作为一个宣示的开始，但他们不知道是什么宣示，因为它无法超过开始，作进一步的宣示。

"哲学家，你对他们短暂的自我冲动过于严厉了。虽然他们确实是这样看待事物，仿佛他们存在的虚荣已成为过去。但我承认，你的这些话却证实了我自己所经历过的事情：

'不管客体是什么，是风景、树木，还是岩石、楼房。当我们完全沉浸在这个客体时，就会忘记我们的个性，我们的意志，我们将会作为纯粹的主体，作为客体的明镜而继续存在着，就好像那里只有客体，没有人去感知它，这时候，就不可能有人把知觉者和知觉过程分开来，而是合而为一，因为整个意识都被一个感性图景所填满、所占据；如果客体在这个程度上摆脱了除了意志之外的全部联系，而主体也摆脱了和意志的一切联系，那么我们就不得不承认，我们所了解的东西就不再是特别的事物了，而是一种思想，一种永恒的形式，一种在这种阶段上意志的直接客观化。因此，当他沉浸在这种知觉时，他就不再是个体了。因为在这样的知觉中，个体便失去了它自身，但却成了知识的纯粹的主体，超越于意志、痛苦和时间之外。'"

第二十页
被河床切割的暴露出凝结熔岩的地球，
广袤的荒凉的地球，起源于草木生长之前。

他们到达的这条河，被探险家们称作"哥伦比亚"，
它直流而下，形成一种冰冷的
液体熔岩，灰暗得就像它的上面既无天空也无云彩。

这里什么也没有，除了星球之风，它把
侵蚀的岩石扬起了尘土。

走过了一百里，他们到达平原上的一座
房屋，当他们进入里面，便实现了一个
关于火山荒漠的旧梦。

因为这是座博物馆，保存着公主们的刺绣，
王储们的摇篮，还有一张被遗忘朝
代的皇亲国戚们的相片。

狂风砰砰响地撞击着铜门。在沙皇尼古拉

和罗马尼亚皇后玛丽亚的肖像下面,
嵌木地板发出嘎吱嘎吱的响声。
是什么疯子选了这么个地方来存放他所
珍爱的纪念物、紫丁香色的披肩和中国
丝绸的衣服?

和家人一起游历比亚里茨的花季少女因
失去了肉体感而处于永久的苦闷之中。

为了对散开的浮石和雪花石块进行触摸
和悄声说话而感到羞耻。

直至代替悲痛的是又聋又哑的抽象的疼痛。

　　他名叫萨姆·希尔,是个百万富翁。在多风的高地上,哥伦比亚河从岩山上直泻而下,在上新世时期的火山岩层中为自己冲刷出了一条峡谷。不久之后,人们便在那里沿着峡谷划出了一道华盛顿州中部和俄勒冈州中部的边界。一九一四年,他在此地开始建造一座大厦,准备用作博物馆,以纪念他的朋友,罗马尼亚的玛丽亚。这位王座上的美人,是爱丁堡与萨克斯-科堡-戈塔公爵同俄国大公主马丽生的大女儿,因此她也是乔治国王和沙皇尼古拉的表姐妹。一八九三年她十八岁时,便在波茨坦和罗马尼亚王储费迪南德·霍亨佐伦-齐格马林根亲王结婚。人们都说她有 cuisse légére,即轻巧的大腿。

不论真相如何，萨姆·希尔把他的这座大厦命名为"马丽希尔"，把她的名字和他的姓连在了一起。一九二六年博物馆开幕时，皇室成员都参加了。为数不多的来到此地旅游的旅客，有幸看到这位身穿罗马尼亚民族服装的玛丽亚，并为她的雕成的王座和她的纺织机而感到惊讶不已，她的化妆用品保存在陈列柜里，墙上挂着她的亲人们的肖像。挂在第一排的是沙皇一家人的。

第二十四页
如果不是现在，那又会是什么时候？
这儿是凤凰飞机场，我看见火山的圆锥山，
便想起我没有说出的一切。
关于"痛苦"和"忍受"这些词，以及他能承受那么多，
靠锤炼怒气直至它劳累而消失的命运。
这里是考爱岛，白云环绕的绿宝石，
暖风吹拂着棕榈叶，而我想起了雪，
我在遥远的外省，那里发生了
另一种无法理解的生活的事情。
星球的一半光明移入了黑暗，
城市入睡了，每个人都按照自己的钟点，
这对于我，像那时一样，却是太多了。
太多的世界。

  无休止地等待。每日每时都在挨饿。痉挛的喉

咙,凝视着在街上走过的每一张女人的脸。他所渴望的不是她,而是整个大地,张大着鼻孔去吸取烤面包、煮咖啡、湿蔬菜的气味。在想象中吃下所有的菜肴,喝掉所有的烧酒。准备好去绝对地占有。

第二十五页
你说过,在所有的讲话之后全都会留下来。
你们讲话之后,诗人们,哲学家们,小说家们,
所有从肉体内部被挖掘出来的一切,
活着,但知道这不是能自由地说出来的一切。

我现在是个沉浸在巨大寂静中的女人,
但并不是每个人都需要你们的那样说话。
你杀死的那些鸟,你小船里的那些鱼,
能在什么话语中得到休息,又在什么样的天堂上?

你从我这里得到礼物,它们被接受了,
但你并不去想念那些以前死去的人。
冬天苹果、白霜和亚麻布的气味,
在这可怜的地球上,除了礼物别无其他。

一所蒙昧的学院。聚集着身穿胸衣的女翻译家们,穿裙子的女语法家们,穿着镶边衬裤的女诗人们。她们的课程有丝绸对皮肤的触感,倾听衣裙的沙沙声,帽上的饰毛摇动时要抬起下巴来。他们讲授这些课程所带来的益处。能套到肘部的长手套和

一把扇子，低垂的睫毛和鞠躬，以及人类的语言，一只上过彩釉的夜壶，即使一只描画过的眼睛，从底部调皮地望上去，这被称为"器皿"，一个撑起胸部的乳罩，并且按照法国曾祖母的榜样，她们记得英国士兵的红上衣，把来月经说成"英国人来了"。重要的方法和目标在于一个刚刚能察觉到的微笑，因为一切事物都是一种假象：管弦乐队和舞会的响声，镶金框的画，颂歌，歌曲，大理石雕塑，政治家们的演说和编年史的文字。实际上，这仅仅是一种自身内部的温暖和胶着的感觉，以及一种当他遇到欢欣和危险的事件时所具有的清醒的警惕性，而这种事件是没有名称的，但人们都称其为生活。

第二十七页
在我前面有多少人跨过了语言的界线，
在百年的鬼魅之后知道语言的无用。
它们既令人害怕而又毫无意义？

我该如何对待横贯西伯利亚铁路的司机，
和一位被旅客献上一枚蒙古戒指的夫人，
以及电话线低声歌唱的广阔空域，
还有豪华小轿车和三次铃声之后就到的车站？

他们都站在门廊前，穿着光鲜的衣服。
通过煤烟熏黑的玻璃在观看日蚀，
那是在一九一四年夏天，在科甫诺省，
我就在那里，不知道发生了什么和如何发生。

他们也不知道发生了什么和如何发生。
就连这个少年,现在是他们中的一个,
他正流浪在语言疆界的悬崖之上,
在他生命的末期,那时他们都不在了。

第二十九页
在帝国的阴影里,穿着古斯拉夫的长裤,
早早地,你要学会喜欢自己的耻辱,
因为它会永远和你在一起。
它不会离开你,即使你变更了国家和姓名。
你耻于你的失败,你耻于你的心软,
你耻于热忱的献媚,耻于机灵的伪装,
耻于平原上的尘土飞扬和被砍伐当柴烧的树木。
你只好待在简陋的屋里等待春天的来临。
花园里没有花,因为遭到了践踏。
你慢吞吞地吃着饺子,喝着并不冷的汤。
你永远遭受着屈辱,你憎恨那些外国人。

第三十一页
啊,美好、祝福,你们是我从
辛酸而混乱的生活中唯一要攫取的东西。
我在生活中认识了恶,我自己的和别人的,
我喜不自胜,我只记得惊喜。
在广袤无垠的绿色之上的太阳升起,
第一缕阳光下开放的花朵,无边无际的青草,
山岭的蓝色轮廓和一声"和撒那"。

我问过多少次，这不是大地的真实？
诅咒和悲叹怎么会变成这里的颂歌？
为什么我需要假装，当我知道这样多？
但这是嘴唇自己在赞美，是脚自己在跑，
是心在激烈跳动，是舌头在宣布自己的崇敬。

第三十四页
如果死亡临近，为何还这样热情？
你是否能看到、听到和感觉到呢？
然而地球独一无二，
有多好的陆地，多美的海洋，和多美的景观啊！
在痛苦的大厅里，桌子上摆得多么丰盛。
音乐在继续，但演奏它的人却不在。
没有他们的丝绒，也没有松紧带。
来往于行星间的人们，将琴弓架到小提琴上
在他们的村子里饮酒、打闹、掷骰子，
同乘坐在旋转木马上的死人一起嬉玩。

我已是个阅历丰富的人，
但我无法去写一篇投诉状。
因为欢笑会和悲哭一起到来，
所以，如果我立即合上这本书：
生活是甜蜜的，但还是不看为好。

二 有关独立年代的页篇

第三十五页

与深入到父亲制服衣领的银色绣纹这个领域相比,到达流向太平洋的哥伦比亚河,或者在流到北极湖的阿萨巴斯卡河(在加拿大)的河畔支起一座帐篷,要轻易得多。这是一九二〇年的春天,他们住在河岸街,靠近圣雅各教堂,谁能料想到一个人的心里能保存着花香、椅子和晚祷呢?他们乘坐一辆由一个士兵驾驭的四轮马车,马车沿着维利亚河驶向安托科尔,穿过城来到了郊外。那里有工兵驻扎在河岸上,所有的一切都是绿色的,炮台涂成了绿色,第一辆装甲车也是橄榄绿,窗外也是一片绿色。这时父亲唱了起来:

在卢瓦尔的美丽河水之畔,
那儿有我的出生和摇篮,
有两种物品从那里流出:
华丽的丝带和来复枪。

这首歌唱的是什么?是歌唱从法国来的武器?还是那辆装甲车?他们还继续唱道:

他阵亡在斯托哈德河畔的战役中,
在他的坟上长出了一株白玫瑰。

同样在河岸街上,不过是在另一端,离港口较

近,布尔哈特夫人记得她是站在钢琴的左边,引吭高歌起一首难懂的歌曲:

咖啡店的嘈杂声在他身旁。

在维利亚河畔的房屋墙上,他读到"皮尔苏茨基(Piłsudski)"时就在想,他们为什么要写成ds,而不是像波兰文那样写成dz。墙上还有斯特拉文斯卡夫人、涅查比托夫斯卡夫人,马丽亚·帕夫利科夫斯卡夫人的兄弟丹内克,他是个飞行员。维托尔德和自己的骑兵团却在很远的地方。尼娜这个疯姑娘,据说参加了一支枪骑兵部队。当斯维京斯基医生给他切除扁桃体时,他痛得要命,但时间很短,随后他就能坐在牙医的椅子上,吃很多冰淇淋。过了很久他都能想起这件事,当时哈拉特医生还笑着说:"你当然不会叫苦了!"冰淇淋、樱桃,已是夏天,报纸上的大标题,越来越低的交谈声。前线的突破对他说来就意味着在第一时间他所记住的远方炮火光照下的尘土路,军车,流亡,恐惧。留在他心里的战败意味着沿涅曼河的那条烧焦的公路和公路上挤满的手推车、货车和马车。他还可以这样说而不会误导别人。我知道城市的街道变得荒凉,人们的眼睛从半闭半开的窗子朝外观看。黄昏时分,他们装有什物和马料的大车正驶入山边的蜿蜒弯曲的公路,这条公路是经波纳里通向兰德瓦鲁夫的。当他朝四下一望,下面的城市已是一片黑暗。他后来成了一个大学生，公路的这些弯曲对他说来又是什么呢，他又会怎样去看这座城市呢，他现在很难精确地说出，也无法去描述那里的情景，因为他已无人可问，这是很久以前的事了，他们都已死了。本不该是这样的，但现在却成了这样，甚至连他父亲制服领子上的银色饰带，也只有当歌曲的旋律回来时才会出现：

> 在卢瓦尔美丽河水的岸上，
> 那里是我出生的地方。

第三十六页
战争打赢了，星星静悄悄。

白杨的和贫穷的田野地区保护着茅屋顶上的白鹳的翅膀和标有十字明显记号的面包。

谁也不能在黎明时刻切断菩提树大道和包围村庄，而把一批批人群遣送到东方去。

用稻草铺盖屋顶的工匠们、村里的铁匠们、为腌菜季节准备木桶的箍桶匠们都在不停地忙碌着，像婚礼上的乐师们一样。

普遍的贫穷依旧，赤脚的牧童在麦茬地上生起了火，鹅群在草地上嘎嘎叫着，井旁的桔槔在嘎吱作响。

黑色的小镇在逢集的日子里披上了五颜六色的毯子,嚼着袋子里的燕麦,并在星期五的傍晚点起了蜡烛。

木车轮夜里响彻田野。一道亮光来自落日的霞光,而不是来自醒来的城市。

一个加里西亚中学的学生,一个雇农,一个地主的儿子和一个农民的儿子躺在黄泉下,而把祖国交由"精灵之王"去管理。

一个胜利者、不具有波兰姓氏的贵族,捋着胡须,什么也不说。

"他出来……走向田野,裸麦和黑土
宽广而亲切地展现在他自由的眼前。"

他真想能像他父亲那样去安排轮种,去考虑明天仆役和长工的工作!

"高高的走廊和光滑的泥地。"

他多么希望自己能拥有像农民之王那样的权力,在苹果树下去进行审判!

"金色玫瑰啊,你把我举向你自己,

在生命的黎明之前永远能看到。"

这不是他的国家,没有一个部落愿和它结成民族联盟。

"他为一声惊天动地的喊叫而被追逐。"

他没有自己的国家,只有别的国家,他得到这个国家太迟了。

"我像个在路上踟蹰不前的乞丐。"

他头顶上的星星并不平静,他在它们那里读到的一切,对任何人都毫无用处。

白鹰旗覆盖的棺材安放在王陵中,但心却在别处,在他的城市里,在他的首都。

难道这就是波列斯瓦夫王冠的继承人,他身后被征服的后代又成了无家可归者?

"好像这微笑就是属于这些圣歌,
在它们里面淌满了血。" 引自《精灵之王》[1]

---

[1]《精灵之王》是波兰著名诗人尤·斯沃瓦茨基(1809—1849)的一部长诗。

第三十七页
致捷霍维奇
很可能死人们并不需要来自世间的报告,他们能在象征里看到后来发生的事情。

但我敢打赌你身上还有一些关心的事情,至少你在活人中间还会继续生存下去。到那时,我会描写你现在的这个样子,在我的另一个大陆,在你后世闪电中。

一个黑发小伙子身穿陆军蓝制服,戴顶有鹰徽的无檐帽,打着绑腿。
因为你曾在一九二〇年当过两个星期的兵,而你剧本中的演员也穿着同样的制服。

何齐兹刚好来得及上演这个剧本,在东布洛夫斯基广场上那个地板嘎吱作响的房间里,我们的办公桌倒毁之前。
也是在你死于炸弹、苏尔茨死于奥斯威辛集中营、什帕克因不愿关进犹太区而挨了一颗子弹、伏沃达凯维曹娃在纽约死于心脏病发作之前。

当我在语言实验室录制你的诗和今天在放你的这盘录音带时,你都在我的身边转来转去,我对你穿着这身衣服并不感到惊异。

被夺去的生命、被侵占的国土和罪恶,还有你的在深渊之上显得纯洁的曲调。

从铁床、易患风湿病的地下室、混乱的号哭和抽泣、悲惨的苦难。
从院子里的厕所、窗台上的西红柿、浴盆上面的蒸汽、沾满油污的格子笔记本。

如何才能把这简朴的音乐提升为年轻人的声音,把那黑色的田野加以改变呢?

昏沉的田野,一些金盏花和锦葵,在我的亲娘、在我亲爱的妈妈的花园里。
他为他血液中的缺陷而被隔离起来,意识到自己的命运,但只有歌唱才能持续下去,谁也不了解这全部的忧愁。

但正是这个在你死后的这些岁月中折磨我;一个问题:哪里才是未能记住的事物的真实性呢?

你话语后面的你,和所有沉默的人们,以及一个过去曾一度存在过的如今却沉寂了的国家,又在哪里呢?

三　茵陈星

第三十八页

　　现在我没有什么可失去的了，我的谨慎小心的、我的机灵狡猾的、我的这只孤芳自赏的猫。

　　现在我们可以去做忏悔了，不用担心敌人会从中获得益处。

　　我们是回声，以轻微的响声掠过一排排房间。

　　季节高涨与消退，但像在一个我们未曾去过的公园一样。

　　这是一种宽慰，因为我们不用在赛跑和跳远方面努力去追赶别人了。

　　大地并不能让陛下满意。

　　怀上孩子的夜里，签订了一个含意不明的协议。

　　无辜者受到了判决，但是他无法理解它的含义。

　　即使能从灰烬、星座和鸟的飞翔中预卜出来。

　　可恶的契约，卷入到血里，一场复仇的遗传因子的进军，来自沼泽似的千年。

来自白痴和瘸子,来自癫狂的妓女和患梅毒的国王。

来到了羊腿、大麦和喝汤声里。

当茵陈星升起时,我受到了油和水的洗礼,在红十字帐篷旁的草地上玩耍。

这是给我指定的时间,似乎个人的命运太少了。

在某个古老的小城里("市政厅大钟敲响了午夜的钟声,彼时有一个大学生 N……"如此等等)。

怎么说话?怎么撕开话语的皮?
我觉得我写过的东西不是现在这个样子,
我觉得我所经历的生活不是现在这个样子。

托马斯带来消息说,我所出生的那所房子已经没有了,

连林荫大道和斜向河流的公园也不存在了。

我做过回乡的梦。欣喜异常。五彩缤纷。

我还会飞。

树木长得比我童年时更高大,因为当它们不复

存在时依然在长大。

失去了故乡和祖国。

整整一生都在异族中漂泊流浪。

甚至这一点。

只有浪漫的,也就是可以接受的。

此外,这也是我的祈祷得到了回应,我作为一个中学生受到了诗圣们的教导:祈求伟大,就意味着流亡。

大地并不能让陛下满意。

由于一个与尘世国家毫无关系的原因。

尽管这样,我仍惊讶于我活到了这个令人尊重的年纪。

毫无疑问,我得到了奇迹般的拯救,我为此向上帝表示我的感恩之情。于是那些威胁也就来光顾我了。

第三十九页
他听见声音,却不理解挑选他作为媒介工具的叫喊、祈祷、咒诅、赞颂。他想知道他是谁,但他不知道。他想成为一个,但却成了相互矛盾的多个,这给了他一些快乐,但更让他羞怯。他记得在维什基这个地方的湖畔,有红十字会的帐篷(他不把它叫做"帐篷"[Namiot],因为那时是不这样称呼它的)。他记得从船里舀出水来,巨大而灰色的波浪和从巨浪中浮现出来的一座东正教堂。他在想一九一六那一年和他那美貌的表妹艾拉,她穿着军队护士的制服。想起她和她刚嫁的一个英俊军官沿着前线骑马跑了好几百里路。她的妈妈围着披肩,黄昏时分坐在火炉旁,和涅克拉什先生在一起,早在里加学习时她就认识了他。他的肩章闪闪发亮。他曾妨碍他们的谈话,如今他却安静地坐在那里,眼睛望着蓝色的火焰,因为她说过,如果能久久地望着它,他就能看到有个可笑的小人儿,叼着烟斗,乘马而行。

第四十页
对一个女人的孩子我们该怎么办?
去问飞翔在大地之上的诸神。大炮的炮筒
在向后冲、跳,又一次,那边是平原
在地平线上闪耀。孩子们成群结队在奔跑。
在湖畔的公园里,有红十字会的帐篷,
在篱笆,花床和菜畦的旁边。
现在都在跑动。护士的面纱在飘动。
一匹深栗色的牡马,残株、谷地。
河里的木排上蓝胡子在划着桨。
浓烟后面露出了一片被砍伐的树林。

第四十一页
我们的知识不高,诸神在说。
我们知道他们的痛苦,但不同情。
我们惊讶彩云下面的宏伟,
惊讶圣母、本质和处女地的恭顺
我们又何必去关注生与死呢?

第四十二页
我们手脚并用地爬出了防空洞。黎明,
远远地,在寒冷的霞光里,有一辆装甲车。

第四十三页
　　他走着,有时还忍饥挨饿,他不是经过灌木丛和树林,而是经过许多房间,里面有许多已成形体的声响和颜色在喧嚣着、闪耀着、变换着。这里有一群隐居在中世纪村庄的风笛手,他们从一个长满野草的山坡,走上一座高地,他们将在这里为战斗演奏。在那里,维利亚河的河水涨得很高,直达教堂的台阶。而在四月的强烈阳光下,涂着蓝色、白色和绿色条纹的小船,在教堂尖塔下面划来划去。那里有一伙小男孩在采摘覆盆子,碰见了一座长满野草的坟地,他们辨认出的名字是:浮士德,希尔德布兰德。的确,我们何必去关注生与死哩。

第四十四页
一九二〇年给我们上可可的夫人们。
为波兰的光荣而成长,我们的小骑士,我们的鹰!
颈下扣紧的红上衣,我们的枪骑兵开进了尖门。

波兰妇女协会的夫人们,波兰救助协会的夫人们。

第四十五页
我把国民议会议员们的鼻烟壶
和镶有银边的大礼服送进了博物馆。
驮马的蹄子敲打着柏油马路,
荒凉的街道飘散着腐烂的臭味,
我们喝着伏特加,我们这些车夫们。

第四十六页
"记忆中的母亲,亲人中的亲人"。伏瓦德克用一轮多卡特车把他从公共汽车站接走。那里的人都没有想到,这车的名字和"狗车"一样。一条坑坑洼洼的行人很少的大路,穿过多风而无树的高原,右下方是个不大的湖,再过去是一条峡谷,在绿色田野中有一个水眼。那一边是一片大而发亮的空地,处在落叶松和滚石之间。在那片鳞光中是一只鹭的白点。他们转到了右边的土路上,从那里可以看见另一个湖,在山谷的终端他们穿过一个村子,再过去的山下面,他们驶入了一片松树、枞树和榛树的灌木林,转出这片树林,便要到家了。"谁会责怪我不准确,谁会认识这些地方和人呢?我的权力是绝对的。那里的一切现在只属于一个人。他曾是维尔诺的学生,被狗车拉到这儿来的。我要不说伏瓦德克是谁,比如在第一次世界大战之前,他曾在卡尔斯鲁厄学过工程学。或者又如,佛罗伦迪娜姑姑是什么人?她年轻时,这是一片未被砍伐的古树林,俨然成了一堵天然的大墙,挡住了三公里长的山丘和这个湖与另一个大湖的斜坡。她还购进了一批黄书皮的法国言情小说,如布尔热、吉普和都德的小说。该选什么,不该选什么,全凭我的意念,我却很奇怪我不喜读想象的东西,好像是我相信一个人能真实地再现过去有过的东西。为什么佛罗伦迪娜却爱看这些小说呢?很难接受这种新的观念:我现在可以不拘礼节地用'你'来和她说话了,而在这之前,我从来都不敢这样做,她不是个老太太,而是一个少女和孩子,两者兼有。她穿着对她肉体需要都难于想象的束胸衣和衬裙,带着她的女儿到过华沙、巴黎、威尼斯和比亚利茨,这对我和她又有什么关系呢?不过,正是由于我对她的思念,才把我引进了这个纯经验的独特地域。她需要将就:不是去聘请管家和雇用仆人,而是要让她的女儿们黎明即起,穿上皮靴和羊皮袄,到马厩去、到猪圈去,给用人们派活,冬天去监督脱粒直至天黑。每年有三个月不再有庄园,只有接待避暑客人的旅馆。在卡特勒奇卡的厨房里,炉火从早上四点一直烧到深夜,伏瓦德克一连好几个小时都在弹钢琴,而他们,即那些客人们却在付费、跳舞。她还得接受这种不声不响的风习的改变,对于女儿们和自己的男人是否结了婚抱冷漠态度。除了伏瓦德克,这里还住有耶日和其他客人。一切都照旧过去了,不声不响的,因此,一种必需的平凡性便把任何的原则和要求,变成了不需要任何人的肯定便会自行消失的人类臆想。他们都不太到教堂去,除了有时为了佛罗伦迪娜的缘故。而她和她的两个不太信奉天主教的女儿,让我暗地里思考信仰和觉悟的相对性,它们是无法抗拒事物的规律的。"可是实际上，对于构想这篇独白的他说来，他在那里所了解的一切，为什么还不够呢？他那时认为，他来到这个地方不过是碰巧的、暂时的，这只是某种事情的前奏，但是后来，除了前奏和暂时外，再也没有发生过更多的事情了。

第四十七页
这种原料，毛茸茸的，很像毛毯，
一百多年来都是用以制作长袍，
因此你无法分清这是二十世纪的结束还是开始。
她坐在镜前，掀起了她的一片衣裙。
在她粉红—古铜色的胸部上现出了鲜黄色。
就连她手中的刷子也没有变形。
窗框可以是任何时代的，
那被风吹弯的桉树的景致多么美好。
在这唯一的肉体里，栖居在这唯一的瞬间她是谁？
她在这里会被谁看见呢？
当她的名字都被除去了。
她在第三人身上的皮肤不是为了任何人，
而她最光滑的皮肤并不在第三人身上。
这是云彩在树木上空飘动。
周边是古铜色的亮光，而这一切
都停止不动，增强着，进入到光里。

第四十八页
北部地区的霞光，湖那边是收刈者们的歌声，
他们在远处移动着，显得很小，在捆扎最后的麦穗。
谁有权力来指明他们应怎样回到村里，

他们坐在火堆旁,煮着食物、切面包,
或者他们的祖辈住在烟囱发明前的草房里。
那时家家屋顶都冒出浓烟,像是着了火。
或者这片土地在大风狂刮之前是多么
安静,湖泊像眼睛,在未触及的树林中。
什么样的规律能预测太阳的下次升起,
在一列囚车上,或者在工地塔吊的梦幻中
把自己称作神,从他们的窗户望过去,
晃动着脑袋,同情地离开了,因为知道得太多?
你,年轻的猎人,最好把小船驶入深水中,
并把射杀的野鸭拾回来,在天黑之前。

第四十九页

在一列空荡荡的夜行车里,轰隆隆地驶过田野、驶过森林,一个年轻人,即从前的我,和我相似得出乎想象,在硬木长凳上缩着脚,因为车厢里很冷。在睡意蒙眬中他听见驶过的列车轰鸣声,桥梁的回声,隧洞的节奏声,火车头的汽笛声。他醒了,擦了擦眼睛,他看见在疾驰而过的松树的怪状上面,是一片深蓝色的苍穹,有一颗血红的星星在天空的低处发亮。

第五十页

茵陈星
苦涩的河水在茵陈星下面流淌。
地里的人在收集苦味的面包。

他的头顶上没有亮出上帝垂怜的标志,
而世纪却要求自己的信徒顶礼膜拜。

他们从恐龙那里探寻出自己的起源。
他们从溶洞的狐猴吸取他们的灵巧。
在城市上空飞翔的翼手龙,
为思索的苔藓宣布了法律。

他们用铁丝捆住了一个人的双手,
把这个讥笑者放入了浅浅的坟坑。
为了不让他在遗嘱中说出真理,
从此他便永远成了个无名的人。

行星的帝国就在近前。
给予他们掌管语言的权力。
大火的灰烬还没有冷却,
戴克里先的罗马又重新站起。

     伯克利 一九七七至一九七八

笛卡儿大街

经过了笛卡儿大街
我走向塞纳河,一个旅游的年轻野蛮人,
惶恐不安地来到了这个世界的都城。

我们一行多人,来自雅西和科罗斯瓦、
维尔诺和布加勒斯特、西贡和马拉克什。
大家都羞于记起自己家乡的风俗,
这儿也不应向别人说起它们。
拍手叫服务员,赤脚姑娘急忙来到,
她口念咒语,分发食物,
主人和仆役们齐声背诵着祷文。

我把阴郁的外省抛在了身后,
我走进了大众的令人惊讶而又渴望的地方。

后来有许多来自雅西和科罗斯瓦、维尔诺
和布加勒斯特、西贡和马拉克什的人,
将被杀死,因为他们想废除家乡的风习。

随后他们的同伙便夺取了权力,
好以普世的美丽的观念的名义去杀人。

这时城市却保持着自己的本性。
黑暗中传来了沙哑的笑声,

烤着长面包,把酒倒进瓦罐中,
在市集上买鱼、柠檬和大蒜。
对荣誉、羞耻、伟大和名望漠不关心。
因为这一切都已成过去,都变成了
谁也不知道代表谁的纪念碑,变成了
轻到快听不见的咏叹调或者口头禅。

我又把胳膊靠在了河岸的粗糙大理石上,
好像是从地狱中旅行回来,
竟然在亮光中看见了季节的转换。
在那里帝国毁灭,曾经活着的人均已死去。

这里和别的地方,都没有什么世界之都。
被废止的风习已恢复它们的好名声。
我已知道了人类世代相传的时间,
是和地球的时间大不相同。

在我的深重罪孽中有一桩我记得最清楚,
有一次我沿着小溪走在林间的小路上,
我朝盘在草丛中的一条水蛇扔去了一块大石头。

而我一生所遭到的都是公正的惩罚,
它迟早都会落在那些触犯禁忌者的头上。

伯克利　一九八〇

算　账

我的糊涂历史可以记满几大本。

有一些可以专记那些无意识行为。
就像一只蛾,明明知道,
但它还要扑向蜡烛的火光。

另一些可用于记载抑止不安的方法,
和未能听从的带有警示的耳语。

我会用一卷来记下我的满意和自豪,
当我成了别人称羡赞赏的时候,
我便会昂首阔步,深信不疑。

但所有这一切只有一个主题:渴望,
假如只有我自己的,啊,不。绝不是。
它追逐着我,因为我想和别人一样,
我为我身上的野蛮和傲慢而感到恐惧。

我不再记下我的糊涂的历史,
因为太迟了,而且很难达到真是。

伯克利　一九八〇

河 流

以各种不同的名义,我只赞美你们,河流!
你们是牛奶、是蜂蜜、是爱情、是死亡、是舞蹈。
从神秘洞里长有苔藓的岩石中冒出一股清泉,
那是一位仙女从她的水罐里倒出来的活水。

这股清澈的泉水在草地里成了潺潺溪流。
你的跑步和我的跑步开始了。有赞叹,和迅速跑过。
我把脸朝向太阳,赤裸着,还没入水桨就划了起来。
橡树林、草场、松树林均一闪而过。
每个转弯处许诺的大地向我敞开着。
冒烟的村庄,昏昏欲睡的畜群,岸上的燕子,沙崖。
慢慢地、一步一步地,我走进了你的水中。
水流默默地淹到了我的膝盖。
直到我把自己交给了它,它把我带动,我游了起来。
经过一个胜利的中午所反映出来的宏伟的天空。
仲夏夜开始时,我来到你们的岸上。
当满月出现时,仪式上嘴唇和嘴唇相连在一起。
就像那时一样,我在自己身上听见码头的水响声。
听见呼唤、拥抱和爱抚。
我们伴随着被沉没城市响起的钟声离开了。
古代祖祖辈辈的使节欢迎那些被遗忘的人。
你们总不停息的水流带着我们前行前行。
没有现在、没有过去,只有永恒的一刹那。

伯克利 一九八〇

Czeslaw Milosz
New and Collected Poems 1931-2001

Copyright © 1988, 1991, 1995, 2001, Czeslaw Milosz Royalties Inc.
All rights reserved

图字：09-2013-104 号

图书在版编目（CIP）数据

礼物：米沃什诗歌：1931—1981 /（波）切斯瓦夫
·米沃什著；林洪亮译. -- 上海：上海译文出版社，
2024.11（2025.4 重印）. ISBN 978-7-5327-9636-6

Ⅰ. I513.25

中国国家版本馆CIP数据核字第20243A92Q2号

| 礼物：米沃什诗歌 1931-1981 | **Czeslaw Milosz**
切斯瓦夫·米沃什 著
林洪亮 译 | 出版统筹　赵武平
责任编辑　陈飞雪
装帧设计/内文排版　柴昊洲 |

上海译文出版社有限公司出版、发行
网址：www.yiwen.com.cn
201101　上海市闵行区号景路 159 弄 B 座
上海市崇明县裕安印刷厂印刷

开本 787×960　1/32　印张 15.25　插页 2　字数 134,000
2024 年 11 月第 1 版　2025 年 4 月第 2 次印刷

ISBN 978-7-5327-9636-6
定价：78.00 元

本书中文简体字专有出版权归本社独家所有，非经本社同意不得转载、摘编或复制
如有质量问题，请与承印厂质量科联系. T：021-59404766